BUFO & SPALLANZANI

BUFO & SPALLANZANI

ROMANCE

RUBEM FONSECA

PREFÁCIO DE
RAPHAEL MONTES

POSFÁCIO DE
SÉRGIO AUGUSTO

11ª edição

EDITORA NOVA FRONTEIRA

Editora Nova Fronteira Participações S.A.
Rua Candelária, 60 — 7º andar — Centro — 20091-020
Rio de Janeiro — RJ — Brasil
Tel.: (21) 3882-8200

DADOS INTERNACIONAIS DE CATALOGAÇÃO NA PUBLICAÇÃO (CIP)
(CÂMARA BRASILEIRA DO LIVRO, SP, BRASIL)

Fonseca, Rubem, 1925-2020
Bufo & Spallanzani / Rubem Fonseca. -- 11. ed. -- Rio de Janeiro : Nova Fronteira, 2020.

ISBN 9786556400785

1. Ficção - Literatura brasileira I. Título II. Série.

20-42712 CDD-B869

Índices para catálogo sistemático:
1. Ficção: Literatura brasileira B869.3
Aline Graziele Benitez - Bibliotecária - CRB-1/3129

AS FACES DE UM ESCRITOR

RAPHAEL MONTES

> "Vou lhe dizer uma coisa: o ponto de vista, a opinião, as crenças, as presunções, os valores, as inclinações, as obsessões, as concepções et cetera dos personagens, mesmo os principais, mesmo na primeira pessoa, (...) não são necessariamente os mesmos do autor. Muitas vezes o autor pensa exatamente o oposto de seu personagem."

É o que diz, em certo ponto, o narrador de *Bufo & Spallanzani*, Gustavo Flávio.

Oitavo livro de Rubem Fonseca, seu terceiro romance, *Bufo & Spallanzani* flerta o tempo inteiro com um delicioso jogo entre autor, narrador e leitor. Afinal, é impossível não ficar tentando desvendar a personalidade de Rubem para além das páginas, nas agruras vividas por Gustavo Flávio, um escritor de sucesso em crise criativa que precisa escrever seu próximo romance, com adiantamento já pago pelo editor. Para nosso deleite, ele ainda se mete em alguns crimes pelo caminho.

Logo de início, mergulhamos em uma espécie de noir à brasileira com a misteriosa morte de Madame X, com um tiro no coração, contada em detalhes por Gustavo Flávio para Minolta, sua parceira e salvadora. O encarregado da investigação é o inspetor Guedes, que, contrariando ordens do delegado, se recusa a aceitar a versão de suicídio e pressiona os suspeitos — Eugênio Delamare, marido da falecida, e o próprio Gustavo, seu amante.

Camadas inusitadas entram em cena e "quem matou Madame X?" logo se torna apenas o ponto de partida para uma narrativa descontínua, como uma montanha-russa cujo caminho o leitor não consegue antever. Conforme a trama avança, somos levados a um passeio pelas ruas do Rio de Janeiro, com descrições potentes dos espaços físicos, sociais e psicológicos da cidade, como em geral acontece nos romances e contos de Rubem; desta vez guiados pelos passos de Guedes e do narrador. Sem dúvida, esse ímpeto *flanêur*, com algo de voyeurístico, influenciou muitos escritores da "violência urbana" que vieram depois, como o próprio Luiz Alfredo Garcia-Roza, com seu delegado Espinosa, que transita pelas ruas de Copacabana e do centro da cidade, além de Marçal Aquino, Patrícia Melo e Tony Bellotto.

A mescla de subgêneros do policial e a firme subversão de seus clichês dão o tom do romance. Guedes está longe de ser o típico detetive noir; é, sim, um policial carioca comum, um detetive "sebento", segundo o narrador, mas dono de uma moral irrepreensível, adepto do Princípio da Singeleza e do Princípio da Premiação do Risco. Assemelha-se, em alguma medida, ao delegado Alberto Mattos de *Agosto*, o que nos faz questionar se não são todos os investigadores fonsequianos uma espécie de *alter ego* do autor, que trabalhou na polícia carioca.

Quando menos esperamos, um desvio de rota: a história se desdobra com outra intriga policial que esclarece (ou confunde?) a origem do protagonista. Deixa de lado o noir para se tornar uma espécie de *thriller* psicológico, com teorias conspiratórias, falsificações e mudanças de identidade em uma investigação com fraudes, sapos mortos e plantas exóticas. Mais adiante, um novo desvio: buscando inspiração para seu romance, Gustavo Flávio se isola em uma pousada, uma espécie de retiro, e novos personagens chegam às páginas. Aqui, uma homenagem ao "*whodunit*" de Agatha Christie — um lugar isolado, um número limitado de suspeitos e um novo crime.

Uma história policial que se desdobra em várias. As partes finais entregam soluções corajosas e voltam a flertar com a questão de identidades. O próprio Gustavo Flávio — talvez Rubem — provoca (ou se desculpa): "Todo romance sofre de uma maldição, uma principal, entre outras: a de terminar sempre frouxamente. Se isto fosse um romance não fugiria à regra e teria também um fim pífio."

Sem dúvida, o elemento metanarrativo — o nascimento do romance de um escritor de sucesso em crise — é a grande delícia de *Bufo &Spallanzani*. Afinal, não é sempre que um autor do quilate de Rubem Fonseca nos permite adentrar sua intimidade e conhecer sua visão crítica de bloqueio criativo, do papel do escritor na sociedade e do mercado literário — claro, com o salvo-conduto de que quem está dizendo é o narrador-escritor, nunca o próprio autor. "O mundo da arte é o mundo da inveja e da picuinha", ele resume.

Enquanto o enigma nos faz devorar as páginas, as conversas e as reflexões sobre o fazer literário dão um vislumbre das diversas faces que um escritor assume quando em crise criativa (e de identidade). No processo doloroso de transformação de Gustavo Flávio para realizar seu romance sobre sapos e homens está representada a relação do escritor com a própria literatura: um processo de angústias, de perdas e — por que não? — de crimes. Afinal, "quando escrever faz bem, alguma coisa faz mal à nossa literatura. Escrever é uma experiência penosa, desgastante, é por isso que existem entre nós, escritores, tantos alcoólatras, drogados, suicidas, misantropos, fugitivos, loucos, infelizes, mortos-jovens e velhos gagás".

I
FOUTRE TON ENCRIER

1

"Você fez de mim um sátiro (e um glutão), por isso gostaria de permanecer agarrado às suas costas, como Bufo, e, como ele, poderia ter a minha perna carbonizada sem perder esta obsessão. Mas você, agora que está saciada, quer que eu volte a falar de madame X. Muito bem, já chego lá. Mas antes quero lhe contar um sonho que tenho tido ultimamente.

"Neste pesadelo Tolstói me aparece todo vestido de preto, suas longas barbas brancas desalinhadas, dizendo em russo, 'para escrever *Guerra e paz* fiz este gesto duzentas mil vezes'; ele estende a mão descarnada e branca como a cera de uma vela, que não sai inteira da comprida manga do paletó, e faz o movimento de molhar uma pena num tinteiro. À minha frente, sobre uma mesa, estão um tinteiro de metal brilhante, uma pena comprida, provavelmente de ganso, e uma resma de papel. 'Anda', diz Tolstói, 'agora é a tua vez.' Perpassa por mim uma sensação aterradora, a certeza de que não conseguirei estender a mão centenas de milhares de vezes para molhar aquela pena no tinteiro e encher as páginas vazias de letras e palavras e frases e parágrafos. Então me vem a convicção de que morrerei antes de realizar esse esforço sobre-humano. Acordo aflito e infeliz e fico sem dormir o resto da noite. Como você sabe, não consigo escrever à mão, como deveriam escrever todos os escritores, segundo o idiota do Nabokov.

"Você me perguntava como posso ser tão prolífico gastando tanto tempo com as mulheres. Olha, nunca entendi Flaubert ao dizer 'reserve ton priapisme pour le style, fous ton encrier, calme-toi sur la viande... une once de sperme perdue fatigue plus que trois litres de sang'. Não fodo meu tinteiro, porém, em compensação, não tenho vida social, não atendo telefone, não respondo cartas, só revejo o meu texto uma vez, quando revejo. Simenon tem, ou tinha, tantas amantes quanto eu, talvez mais, e escreveu uma quantidade enorme de livros. Sim, é verdade, não gasto apenas tempo — e esperma, vá lá — com as mulheres, gasto também dinheiro, pois sou, como você, uma pessoa generosa. A necessidade de dinheiro, aliás, é uma grande incentivadora das artes.

"Posso confessar uma coisa? De repente me deu um sono danado e se não lhe aborrece vou dormir um pouquinho. Não, não vou sonhar com Tolstói, não me rogue essa praga. Sabe o que o russo disse, depois de molhar a pena tantas vezes no tinteiro? 'A difusão de material impresso é a mais poderosa arma da ignorância.' Muito engraçado.

"Quer ver o retrato de madame X? Nós combinamos que eu sempre lhe contaria tudo com a maior franqueza, mas não lhe diria nomes, nem mostraria retratos, nem deixaria você ler as cartas. Com madame X não foi diferente do que aconteceu com as outras: apaixonei-me por ela no instante em que a vi, e isso não deixa de ser culpa sua, já que foi você quem me despertou para o amor. Ela não era uma mulher opulenta, mas seu corpo tinha um grande esplendor; pernas, nádegas e seios eram perfeitos. Seu cabelo, naquele dia, estava preso num coque atrás da cabeça, deixando o rosto e o pescoço aparecerem em toda a sua brancura. Movia-se com elegância e magnetismo pelo salão em que eu, estarrecido, a contemplava. Era um vernissage e o pintor, dono da festa, paparicava-a de maneira servil. Eu acabara de publicar *Morte e esporte: agonia como essência*, atacando a glorificação do esporte competitivo, essa forma de preservação institucionalizada dos impulsos destrutivos do homem, ritual obsceno e belicista, abominável metáfora da corrida armamentista e da violência entre povos e indivíduos. Há coisa mais grotesca do que esses construtos hormonais fabricados nos laboratórios esportivos, as anãs simiescas das barras assimétricas, os gigantes, de ambos os sexos, de constituição bovina e olhar abestalhado atirando pesos e martelos para o ar? Está bem, está bem, voltemos a madame X.

"Ela sentou-se para assistir a uma exibição de slides, encostou as costas retas no espaldar da cadeira e cruzou as pernas deixando os joelhos aparecerem. Usava um vestido de seda e o tecido fino delineava a forma atraente de suas coxas. Tive vontade de me ajoelhar aos seus pés (ver M. Mendes) mas achei melhor uma abordagem convencional. Os slides eram todos de quadros de Chagall. 'Você gosta de Chagall?', perguntei na primeira oportunidade. Ela respondeu que sim. 'Essa gente toda voando', eu disse, e ela respondeu que Chagall era um artista que acreditava acima de tudo no amor. Na mão esquerda dela, no dedo anelar, havia um anel de brilhantes. Devia ter uns trinta anos de idade e uns cinco de casada, que é quando as mulheres começam a perceber que o casamento é uma coisa opressiva, doentia mesmo, iníqua e estiolante; além das privações sexuais que passam a sofrer, pois os maridos já se cansaram delas. Uma mulher dessas é presa fácil, o sonho romântico acabou, restou a desilusão, o tédio, a perturbação moral, a vulnerabilidade. Então aparece um libertino como eu e seduz a pobre mulher. Ali estava uma pessoa que acreditava no amor. 'Que nul ne meure qu'il n'ait aimé' (ver Saint-John Perse), eu disse. O francês pode ser uma língua morta, mas é linda e funciona muito bem com as burguesas. 'Infelizmente o mundo não é como os poetas querem', disse ela. Convidei-a para jantar, ela hesitou e acabou aceitando almoçar comigo. Era a primeira vez que ia a um restaurante com um homem que não fosse o marido.

"O marido era um homem de muitas posses e prestígio social. O casamento deles, como disse, chegara àquele ponto em que a rotina criara o tédio e o tédio a apatia e a apatia a ansiedade, depois a incompreensão, a aversão, e por aí afora. Ela tentou reverter esse processo viajando com o marido à Índia, à China, cada vez indo mais longe, como se os problemas não os acompanhassem. Fez o marido comprar uma fazenda perto (a outra, que possuíam, era em Mato Grosso), deu mamadeira para os cabritinhos umas três vezes e depois não achou mais graça naquilo. Tentou ter filhos, mas era estéril; dedicou-se à beneficência, entrando para a diretoria de uma associação destinada a recuperar prostitutas e mendigos.

"No primeiro dia em que almoçamos juntos ela praticamente nada comeu. Bebeu uma taça de vinho. Falamos de livros e ela disse que não gostava de literatura brasileira e admitiu candidamente que não havia lido nenhum dos meus livros, o que destrói a sua teoria, minha querida, de que ela estava deslumbrada pelo escritor. Perguntei qual era o autor da sua preferência e ela citou o Moravia. Lera *La vita interiore* e *L'amante infelice*, no original, fez questão de dizer. Ter mencionado Moravia deu-me a oportunidade que esperava de falar de sexo. Disse a ela que eu encarava o sexo, na vida e na literatura, da mesma maneira que o Moravia, isto é, algo que não deve ser pervertido pela metáfora, mesmo porque nada há que se lhe assemelhe ou lhe seja análogo. Desenvolvi este raciocínio astuto que desembocou naturalmente no campo das considerações de ordem pessoal. Os velhos e sovados temas da liberdade sexual, da paixão sem possessão, do hedonismo, do direito ao prazer foram espertamente abordados por mim. Eram cinco horas da tarde e continuávamos no restaurante, ambos falando muito, sem parar, creio que não houve um único segundo de silêncio entre nós. Lembro-me de que, em certo momento, ela me perguntou qual a diferença entre o sexo praticado por duas pessoas que se amavam e o realizado por duas pessoas que apenas se desejavam. Respondi: 'Confiança, as pessoas que se amam sabem que podem confiar no outro.' Para uma mulher casada, que contempla pela primeira vez a possibilidade de ter uma aventura amorosa, não existe frase mais instigante e tranquilizadora.

"Nosso primeiro encontro, no meu apartamento, foi uma coisa dantesca. Eu estava louco de desejo e ela me olhava com os olhos arregalados, pasma e ofegante. Tive que tirar sua roupa e colocá-la nua na cama, suntuosa, os cabelos negros e a pele branca luzindo, quando então aconteceu essa coisa formidanda: o meu pênis ficou inerte, encolheu. Desgraça maior não pode acontecer a um homem. Comecei a suar em pânico, beijando-a, acariciando-a de maneira agoniada que só fazia aumentar a minha impotência. Ela tentou me ajudar, mas também ficou nervosa e estava assustada, pois pensava, como me disse depois, que havia alguém escondido embaixo da cama. Levantou-se e foi para o banheiro. Fiquei na cama manuseando o meu pau desesperadamente, inutilmente, um longo tempo, até que comecei a chorar. Imagine um homem gordo e nu chorando numa cama, tentando fazer o seu pau levantar. Afinal limpei os olhos, enfiei-me num robe e fui ver o que ela fazia dentro do banheiro.

"Estava sentada na tampa do vaso sanitário, pernas cruzadas, desconsolada, olhando as unhas, meio acorcundada, até uma barriguinha adiposa surgira no seu ventre impoluto; a maquiagem em torno dos olhos derretera, e ela me fitou com um olhar patético. Liguei o gás do aquecedor, talvez pensasse que um banho nos purificaria, nos fizesse esquecer aquele horror, voltasse a encher o meu pênis de sangue. Subitamente o aquecedor explodiu (ver Fonseca). Atirei-me sobre ela para protegê-la, caímos ao chão e naquele inferno de fogo e fumaça nossos corpos se conciliaram numa cópula excelsa e delirante. Só à noite percebi que o meu corpo estava empolado de queimaduras da explosão. Creio que foi nesse dia que me decidi, ao comprovar a superioridade do tesão sobre a dor, a escrever *Bufo & Spallanzani*. Mesmo com o corpo lambuzado de picrato de butesin, largando pele nos lençóis, passei a me encontrar com ela todos os dias, mais potente do que Maupassant e Simenon juntos.

"Diariamente, por volta de uma hora da tarde, ela chegava à minha casa, depois de passar na academia de ginástica, onde fazia exercícios. Enquanto não chegava eu caminhava ansioso de um lado para o outro, sentindo com os dedos a ereção do meu pênis, falando sozinho. Quando ela surgia eu agarrava seu corpo com fervor demente e fodia-a em pé, no hall, sem que ela tivesse tirado a roupa, enfiando meu pau pela perna da sua calcinha enquanto a levantava segurando-a pela bunda, esmagando-a na parede. Depois eu a levava para a cama e passávamos a tarde fodendo. Até então ela nunca tivera um orgasmo em sua vida. Nos intervalos eu lia poesia para ela, que gostava particularmente de um poema de Baudelaire que fala de um minete, 'la très-chère était nue, et, connaissant mon coeur'. Eu sempre lia poesia para ela quando acabávamos de foder, exatamente como faço com você, meu amor. Agora, deixe-me dormir."

2

Guedes, um policial adepto do Princípio da Singeleza, de Ferguson — se existem duas ou mais teorias para explicar um mistério, a mais simples é a verdadeira* —, jamais supôs que um dia iria encontrar a socialite Delfina Delamare. Ela, por sua vez, nunca havia visto um policial em carne e osso. O tira, como todo mundo, sabia quem era Delfina Delamare, a cinderela órfã que se casara com o milionário Eugênio Delamare, colecionador de obras de arte, campeão olímpico de equitação pelo Brasil, o bachelor mais disputado do hemisfério sul. Os jornais e revistas deram um grande destaque ao casamento da moça pobre que nunca saíra de casa, onde tomava conta de uma avó doente, com o príncipe encantado; e desde então o casal jamais deixou de ser notícia.

Houve um tempo em que os tiras usavam paletó, gravata e chapéu, mas isso foi antes de Guedes entrar para a polícia. Ele possuía apenas um terno velho, que nunca usava e que, de tão antigo, já entrara e saíra de moda diversas vezes. Costumava vestir um blusão sobre a camisa esporte, a fim de esconder o revólver, um Colt Cobra 38, que usava sob o sovaco. O Cobra era o seu singelo luxo e a única infração aos regulamentos que o Guedes cometia. O Taurus 38 que o Departamento fornecia era muito pesado para ser carregado de um lado para o outro. Ele havia pensado em

---

* Baseado no Princípio da Parcimônia (ver W. Ockham): *non sunt multiplicanda entia praeter necessitatem*, também conhecido como *Ockham's razor*.

engavetar o Taurus mas um dia estava num ônibus quando um assaltante arrancou o cordão de ouro de uma passageira enquanto outro, armado, ameaçava os passageiros em volta. Guedes tivera de intervir atirando no assaltante armado, sem feri-lo com gravidade porém. (Ele se orgulhava de nunca ter matado ninguém.) O Taurus continuou debaixo do braço até que ele comprou, do delegado Raul, da Homicídios, o Cobra, fabricado nos anos 50 mas em excelente estado, uma arma mais leve, feita de uma liga especial de aço e molibdênio; suas raias não eram muito resistentes, mas para Guedes isso não tinha importância, ele esperava usar o revólver o menos possível.

Delfina Delamare nem sempre acompanhava o marido nas suas viagens. Na verdade ela não gostava muito de viajar. Os navios estavam sempre cheios de velhos aposentados e mulheres feias, eram lugares falsamente elegantes em que a demora da viagem fazia aparecer a vulgaridade incômoda das pessoas. Os aviões tinham a vantagem de ser mais rápidos, mas produziam uma proximidade claustrofóbica e promíscua com dorminhocos gordos sem sapatos caindo em cima de você, mesmo na primeira classe. Enfim, viajar tinha sido sempre uma experiência desagradável. Ela preferia ficar no Rio, trabalhando em suas obras filantrópicas.

O encontro entre Delfina e Guedes deu-se numa das poucas circunstâncias possíveis de ocorrer. Foi na rua, é claro, mas de maneira imprevista, para um e outro. Delfina estava no seu Mercedes, na rua Diamantina, uma rua sem saída no alto do Jardim Botânico. Quando chegou ao local do encontro Guedes já sabia que Delfina não estava dormindo, como chegaram a supor as pessoas que a encontraram, devido à tranquilidade do seu rosto e à postura confortável do corpo no assento do carro. Guedes, porém, havia tomado conhecimento, ainda na delegacia, do ferimento letal oculto pela blusa de seda que Delfina vestia.

O local já havia sido isolado pelos policiais. A rua Diamantina tinha árvores dos dois lados e, naquela hora da manhã, o sol varava a copa das árvores e refletia na capota amarelo-metálica do carro, fazendo-a brilhar como se fosse de ouro.

Guedes acompanhou atentamente o trabalho dos peritos do Instituto de Criminalística. Havia poucas impressões digitais no carro, colhidas cuidadosamente pelos peritos da polícia. Foram feitas várias fotos de Delfina, alguns closes da mão direita que segurava um revólver niquelado calibre 22. No pulso da mão esquerda, um relógio de ouro. Dentro da bolsa, sobre o banco do carro, havia um talão de cheques, vários cartões de crédito, objetos de maquiagem num pequeno estojo, um vidro de perfume francês, um lenço de cambraia, uma receita em papel timbrado do médico Pedro Baran (hematologia, oncologia) e um aviso do correio do Leblon para Delfina Delamare apanhar correspondência registrada. Esses dois documentos Guedes colocou no bolso. Havia no porta-luvas, além dos documentos do carro, um livro, *Os amantes*, de Gustavo Flávio, com a dedicatória "Para Delfina, que sabe que a poesia é uma ciência tão exata quanto a geometria, G.F.". A dedicatória não tinha data e fora escrita com uma caneta de ponta macia e tinta preta. Guedes colocou o livro debaixo do braço. Esperou a perícia terminar o seu lento trabalho no local; aguardou o rabecão chegar e levar o corpo da morta numa caixa de metal amassada e suja para ser autopsiado no Instituto Médico Legal. Delfina recebeu dos homens do rabecão o mesmo tratamento dos mendigos que caem mortos nas sarjetas.

A atividade policial, para Guedes, consistia na apuração das infrações penais e da sua autoria. Apurar a infração penal, conforme o Código de Processo Penal, significava pesquisar o fato infringente da lei. Não cabia a ele, policial, nenhum julgamento de valor acerca da ilicitude do fato, mas apenas a colheita de provas, de sua materialidade e autoria e todas as providências para acautelar os vestígios deixados pela infração. Delfina Delamare podia ter sido assassinada ou cometido suicídio. Na segunda hipótese, a menos que alguém pudesse ser indiciado por instigação, induzimento ou auxílio ao suicídio, não havia crime a ser apurado. Suicídio não era crime; as discussões filosóficas sobre o direito de morrer — contra e a favor — eram, para Guedes, apenas um exercício acadêmico. Era inútil ameaçar o suicida com qualquer pena. Antigamente suicidas tinham a mão direita cortada, eram empalados, eram arrastados pela rua com o rosto voltado para o chão, eram privados de honras fúnebres; se fossem nobres eram — declarados plebeus, degradados, quebravam-se seus escudos, demoliam-se seus castelos. Nada disso tivera algum poder dissuasório. Nem mesmo as ameaças com o fogo dos infernos valiam muita coisa. Deixemos dona Delfina em paz, pensou Guedes. O perito perguntara por que uma mulher rica e bonita (e certamente saudável pois ninguém tinha aquela beleza sem possuir muita saúde) havia abdicado da própria vida. "Por que não?", respondera Guedes. Ele era policial há muito tempo e acreditava que querer viver era tão estranho quanto querer morrer.

Mesmo não tendo dúvidas de que se tratava de um suicídio, Guedes fez todas as investigações que faria se fosse um homicídio. A rua Diamantina era uma rua pequena, com poucos prédios de apartamentos e apenas duas casas. Guedes visitou os edifícios e as casas para saber se alguém tinha alguma informação sobre o caso. A dificuldade nesse tipo de trabalho é saber como conter os loquazes e estimular os lacônicos. Normalmente as pessoas que menos sabem são as que mais falam. Mas ninguém havia visto ou ouvido coisa alguma. Um estampido de 22 dentro de um carro com os vidros completamente cerrados não fazia mesmo muito barulho.

O tira comeu um sanduíche numa esquina da rua Voluntários da Pátria, onde ficava o prédio do consultório do doutor Pedro Baran. Antes havia passado numa livraria e olhara no Aurélio o significado do vocábulo *oncologia*.

"Sim", disse Baran depois que Guedes relatou a morte de Delfina e sua suspeita de que ela havia se matado, "ela era minha cliente e não me surpreendo com o suicídio".

Baran apanhou uma ficha à sua frente, sobre a mesa.

"Ela veio pela primeira vez ao meu consultório por indicação do clínico que a atendia, o doutor Askanasi. Queixava-se de suores noturnos, nervosismo, perda de peso e de apetite. Dona Delfina atribuía esses sintomas a preocupações com uma viagem que iria fazer. Ela odiava viajar, segundo me disse, e os sintomas para ela seriam apenas uma reação psicossomática. Estava enganada. Os pacientes sempre se enganam quando fazem autodiagnósticos. Colhi sangue e mandei que ela voltasse dois dias depois. Mas ela foi viajar e só apareceu três meses mais tarde, alguns dias atrás. Mostrei-lhe o resultado do exame, esse que você tem nas mãos: presença de mieloblastos que permitiam um único diagnóstico. Ela sofria de leucemia, uma doença fulminante, por enquanto ainda incurável, de tratamento paliativo extenuante e doloroso. Eu lhe disse que achava que ela tinha poucos meses de vida, mas aconselhei-a a obter uma outra opinião médica."

"Como foi que ela reagiu?"

"Muito bem. Ela queria saber a verdade. De qualquer maneira eu não tinha outra pessoa a quem fazer essa revelação, ela estava se separando do marido, que ainda não voltara da viagem que haviam feito juntos, não tinha filhos nem parentes. Sou a favor do médico dizer a verdade ao cliente, por pior que seja."

"Ela reagiu *muito bem*, diz o senhor", disse Guedes.

"Sei o que o senhor está pensando", disse Baran, "saber a verdade a teria levado a procurar a morte pelas próprias mãos, mas para algumas pessoas isso é uma forma de consolo, de reação contra a crueldade do destino."

Do consultório de Baran o tira foi ao Instituto Médico Legal. A autópsia ainda não havia sido feita. Nas últimas vinte e quatro horas um número muito grande de vítimas de homicídios e acidentes automobilísticos dera entrada no necrotério. Delfina Delamare, talvez pela primeira vez na vida, esperava a vez de ser atendida.

Estou relatando incidentes que não presenciei e desvendando sentimentos que podem até ser teoricamente secretos mas que são também tão óbvios que qualquer pessoa poderia imaginá-los sem precisar dispor da visão onisciente do ficcionista. A mente do tira era uma coisa difícil de penetrar, reconheço. Quanto a Delfina Delamare, bem, quanto a Delfina Delamare...

"Eu telefonei para dizer que vinha, mas o seu telefone não atendia", disse Guedes.

"Nunca atendo o telefone. Quando quero falar com alguém *eu* ligo."

"O senhor conhece dona Delfina Delamare?"

Estávamos no meu escritório, eu e o tira, um grande salão de paredes totalmente cobertas de livros. Não respondi logo. Estava vendo se descobria que tipo de pessoa era o policial à minha frente. A primeira impressão era de ser um daqueles sujeitos que de tanto comer e beber em pé nos botequins ordinários, junto com trabalhadores, vagabundos, prostitutas e pilantras, acaba se sentindo irmão dessa ralé. O tira era bem mais baixo e magro do que eu e tinha poucos cabelos. Seus olhos eram amarelos, da cor daquele círculo que envolve a pupila negra das corujas.

"Não muito bem", eu disse afinal. "Estive uma ou duas vezes na casa dela, numa dessas festas de convidados balanceados, sabe como é, gente de várias áreas, artes, negócios, política e mulheres elegantes. Eu representava a literatura, o escritor da moda servindo de enfeite. Normalmente essas festas me irritam, mas estava escrevendo um romance sobre a avareza dos ricos. Quando o sujeito tem muito dinheiro ele quer ainda mais dinheiro, mas não pelo que pode comprar com ele, o consumismo é um cacoete da classe média para baixo. Não estou levando em consideração o novo-rico. O rico sofre de um medo terrível: empobrecer subitamente. Por isso ele quer o dinheiro não para comprar coisas, mas para entesourar, acumular. A tendência de todo rico é tornar-se um avarento. Essa era a tese."

"Não pode ser o contrário: a tendência de todo avarento é tornar-se rico?", perguntou Guedes.

"Já pensei nisso. Mas meu personagem nasce rico, muito rico, e quando jovem tem ideais, sonhos, escreve sonetos et cetera e mais tarde torna-se apenas um sórdido acumulador de dinheiro. Mas você tem razão, essa relação de causa e efeito pode ser interpermutável. Mas voltando ao início de nossa conversa: qual o interesse da polícia em dona Delfina Delamare?"

"Ela apareceu morta hoje de manhã, no carro dela. Acreditamos que tenha sido suicídio."

"Não é possível! Jamais poderia supor que isso acontecesse." Guedes descreveu a visita que fizera ao doutor Baran e a conversa que haviam tido.

"Não sabia que ela estava doente", eu disse. "Ela não parecia doente."

"Havia um livro seu no porta-luvas do carro."

"Livro meu? Qual? Não sei se sabe, escrevi dezenas de livros."

"*Os amantes.*"

"Ah, *Os amantes...*"

"Com uma dedicatória sua. 'Para Delfina, que sabe que a poesia é uma ciência tão exata quanto a geometria.'"

"É uma frase do Flaubert. Que estava enganado, felizmente. Ele não conhecia, surgiu depois, a Filosofia da Dubitabilidade (ver Lakatos): não existem ciências exatas, nem mesmo a matemática, livres de ambiguidades, de erros, de negligências. O valor da poesia está no seu paradoxo, o que a poesia diz é aquilo que não é dito. Eu devia ter escrito, 'para Delfina, que sabe que a poesia é aquilo que não é'. Na verdade uma dedicatória não quer dizer muita coisa, nós nunca sabemos o que dizer na hora de fazer uma dedicatória, principalmente quando queremos mostrar inteligência ou profundidade."

"Qual foi a última vez em que o senhor esteve com dona Delfina?"

Dei uma gargalhada. "Sabe de uma coisa? Já escrevi alguns romances tendo policiais como protagonistas, mas jamais tive coragem de colocar na boca de um deles essa frase 'qual foi a última vez' et cetera. Sempre achei que um policial nunca diria uma coisa dessas fora de um filme B ou de uma novela ordinária."

"Qual foi a última vez em que o senhor esteve com dona Delfina?"

"Não me lembro bem da data. Foi num desses jantares com centenas de pessoas. Ela estava muito bonita e elegante, como sempre. Não posso lhe adiantar mais nada."

"Como sempre? Mas o senhor só viu dona Delfina duas vezes..."

"Senhor inspetor, a cabeça de um escritor talvez seja diferente das cabeças que o senhor está acostumado a vasculhar. Para um escritor, a palavra escrita é a realidade. Li tantas vezes nas colunas sociais que Delfina Delamare estava bonita e elegante como sempre que não tive dúvidas em incorporar, como se fosse uma percepção própria, esse clichê alheio. Nós, escritores, trabalhamos bem com estereótipos verbais, a realidade só existe se houver uma palavra que a defina."

"Por que dona Delfina tinha o seu livro no porta-luvas do carro? Alguma ideia?"

"Não. Nem creio que isso tenha importância."

"Para nós tudo é importante."

A calma daquele tira começou a me irritar.

"A polícia é sempre tão meticulosa assim? O senhor disse não ter dúvidas de que dona Delfina se matou. No entanto continua investigando, fazendo perguntas, querendo saber coisas. Não será apenas curiosidade bisbilhoteira sobre a vida de uma mulher famosa? Faço essa pergunta sem nenhum intuito de provocação, também tenho a minha curiosidade de escritor. O príncipe Andrew, filho da rainha Elizabeth da Inglaterra, disse numa entrevista que a profissão que ele gostaria de ter era a de detetive, mas não explicou por quê. Será porque o policial tem liberdade para poder satisfazer, sem limites, a sua curiosidade? Algo vedado até aos príncipes? O senhor conhece a frase de Plauto 'curiosus nemo est quin sit malevolus'? Ninguém é curioso sem ser maléfico."

Guedes pareceu refletir sobre o que eu dissera.

"O senhor tem razão. Estou tomando o seu tempo sem necessidade."

"Vou viajar dentro de uns dias, para um lugar chamado Refúgio do Pico do Gavião. Quero descansar um pouco antes de começar a escrever para valer o meu novo livro *Bufo & Spallanzani*."

Da minha casa o tira foi à delegacia. Os laudos do exame cadavérico e do exame pericial ainda não estavam prontos; pensou em telefonar aos peritos pedindo que lhe adiantassem o resultado dos exames, mas desistiu. Afinal não havia razão para tanta pressa. O caso já estava resolvido.

Foi para casa de ônibus. No botequim comeu um sanduíche de bife à milanesa com um chope. Começou a ler *Os amantes* ali mesmo, em pé, enquanto comia. Chegando em casa tirou os sapatos, o coldre com o Cobra, deitou-se no sofá e continuou lendo. Antes procurou no dicionário o significado da palavra *bufo*.

3

Guedes colocou *Os amantes* no chão, apagou a luz do abajur e dormiu. Estava acostumado a dormir vestido; muitas vezes, nos plantões da delegacia, nem mesmo tirava os sapatos na hora de dormir. Seu sono, depois de tantos anos de noites maldormidas, era um estado semiconsciente de alerta, de percepção embaciada do que ocorria à sua volta. Acordava cansado, mesmo quando dormia em sua cama. E foi assim, fatigado, que acordou naquele dia, pouco depois das cinco horas, quando o dia ainda estava escuro. Tomou banho, fez a barba, vestiu-se. Ferveu água e fez café instantâneo. Nunca sentia fome de manhã e o seu desjejum não passava dessa xícara de café.

A rua Barata Ribeiro, onde morava, estava vazia quando saiu. Dentro de poucas horas aquilo ficaria um inferno de buzinas e roncos de motores. Certas manhãs, quando sentia disposição para isso, ele ia andando de sua casa até à 14ª Delegacia, que ficava na rua Humberto de Campos, esquina da Afrânio de Melo Franco, no Leblon, uma caminhada de mais de cinco quilômetros.

Entrando pela Figueiredo de Magalhães foi para a avenida Copacabana. As lojas ainda estavam fechadas; mendigos, desempregados, moradores dos vãos das portas já estavam se levantando e preparavam-se silenciosamente para sair dos recantos onde dormiam, antes que os porteiros e serventes começassem a lavar com mangueiras as calçadas de pedra portuguesa. Aquela rua horrenda ficava linda vazia de carros e de transeuntes. Guedes gostava de ruas vazias. Aos domingos costumava ir ao centro da cidade para caminhar pelas ruas desertas.

Ao chegar à rua Francisco Sá o policial seguiu à direita, na direção de Ipanema. Na praça General Osório sentou-se num banco. Um velho curvado defecava ao lado de uma árvore. Guedes notou que da janela de um apartamento uma mulher observava o velho com uma expressão de repugnância. Mais tarde ela vai trazer o seu cocker spaniel para cagar na praça, pensou o tira, e não quer misturar as duas merdas.

Da praça, Guedes caminhou pela Visconde de Pirajá até ao Jardim de Alá, outro reduto de mendigos. À direita erguia-se o conjunto de edifícios de sua velha conhecida, a Cruzada São Sebastião. O tira atravessou o canal onde um pescador solitário tentava capturar com uma tarrafa algum peixe que estivesse entrando ou saindo da lagoa Rodrigo de Freitas. Na avenida Ataulfo de Paiva as padarias e os açougues já estavam abertos e também os poucos botequins que ainda existiam. Colegiais uniformizados começavam a sair de casa, carregando mochilas coloridas às costas.

Afinal Guedes chegou à rua Afrânio de Melo Franco. Os últimos frequentadores do Scala, que ficava em frente à delegacia, haviam acabado de sair; as luzes de néon da boate, anunciando Brazilian Follies, ainda estavam acesas.

Os tiras da 14ª estavam acostumados com os hábitos madrugadores de Guedes.

“Dá para segurar as pontas para mim?”, disse Mantuano, que estava de plantão. “Vou dar uma saidinha para tomar um café.”

Guedes fez uma rápida leitura do Registro de Ocorrências. Homicídios, acidentes de carro com mortos, um incêndio, um estupro, furtos e roubos. O roubo ocorre, segundo o Código Penal, quando a coisa alheia é subtraída mediante grave ameaça e violência à pessoa, ou depois de havê-la, por qualquer modo, reduzido à impossibilidade de resistência. Os velhos tiras diziam que antigamente os furtos eram comuns (ventanistas aproveitando uma janela aberta, batedores de carteira, descuidistas beneficiando-se da distração dos otários) e os roubos eram raros, uma luz acesa assustava o ladrão. Agora o número de roubos superava o de furtos, nada assustava mais um assaltante. Um dos últimos roubos que Guedes investigara fora um assalto numa mansão do Alto Leblon, efetuado durante uma feijoada a que estavam presentes mais de cem pessoas. Nem todas as vítimas de roubos procuravam a polícia e as estatísticas não eram confiáveis. É claro que quando morria alguém vítima da violência o registro era feito, um morto é sempre uma aporrinhação, há que se fazer alguma coisa com ele. Os furtos também não eram registrados, com exceção dos cometidos em lojas e escritórios, quando as vítimas tinham interesse no seguro. Na verdade ninguém acreditava na ação da polícia, o mínimo que se dizia dela é que era deficiente, violenta e corrupta. Guedes era um tira honesto, tenho que reconhecer isso, e havia muitos outros tiras honestos, o que não deixa de ser uma coisa extraordinária num país em que chega a ser incalculável o número de corruptos em todos os níveis da administração pública e privada.

As colunas sociais noticiaram a "morte trágica" de Delfina Delamare; os leitores habituais saberiam que morte trágica sem maiores explicações significava suicídio. O delegado titular da 14ª, Ferreira, depois de ler os jornais, mandou chamar Guedes. Ferreira começara sua carreira como escrivão e estava na polícia há mais de trinta anos. Havia passado por quase todas as delegacias do Departamento e certa vez chefiara uma Especializada. Suas relações com Guedes eram formais.

"Gostaria de receber o mais depressa possível o seu relatório sobre o suicídio dessa dona Delfina. Recebi um telefonema do secretário, dele mesmo, me pedindo informações. Você esteve no local? Quem era o delegado de plantão?"

"O doutor Bruno. Mas ele havia se ausentado na hora em que recebemos a comunicação da PM."

Guedes relatou a Ferreira tudo o que sabia sobre o suicídio.

"Ela era casada com um homem influente e o sujeito já foi procurar o secretário pedindo para abafar o caso. Algum jornalista procurou você?"

"Não."

De volta à sua sala Guedes telefonou para o Instituto Médico Legal. Afinal Delfina saíra da fila e fora autopsiada. O corpo havia sido liberado e removido do Instituto.

O legista informou que pelos exames externo (rigidez, resfriamento, livores cadavéricos) e interno (conteúdo gastrintestinal) concluíra que a morte de Delfina se dera por volta de uma hora da madrugada.

Em seguida, Guedes ligou para o Instituto de Criminalística.

"Ainda estou terminando o laudo", disse o perito, "mas posso adiantar que não foi suicídio. Fiz todos os testes. Ela não tem traços de pólvora na mão que segurava a arma. Guedes, a mulher foi morta."

Essa informação deixou Guedes, um homem frio e controlado, muito perturbado. Ele consultou suas notas. O carro de Delfina estava fechado por dentro, os vidros cerrados. A chave do carro estava na ignição. Ninguém ouvira coisa alguma na vizinhança. Concluiu que fizera uma porcaria de investigação. Cometera o pior de todos os enganos: subordinar (e circunscrever) a investigação a uma conjectura preconceitual. Decidir, preliminarmente, que se tratava de um suicídio fora uma estupidez. O policial tem que ter uma mente aberta a todas as hipóteses. Se tivesse explorado a probabilidade do homicídio ele talvez pudesse ter descoberto os movimentos do assassino depois de cometer o crime; agora, provavelmente, era muito tarde.

Guedes fez uma careta. Que diabo estava acontecendo com ele? Negligência? O policial negligente está a um passo do cinismo. O cínico a um passo da corrupção. Guedes deu um pontapé na lata de lixo, que rolou pela sala.

"O homem quer falar com você", disse um investigador aproximando-se da mesa do inspetor.

"Diga que saí", disse Guedes, vestindo o seu blusão sebento. Ele não queria falar com o delegado.

Guedes pegou um ônibus circular na rua General San Martín e voltou à rua Diamantina. Subiu pela rua Faro. Duas horas depois estava num botequim da rua Jardim Botânico, passando a limpo o croqui que fizera, enquanto tomava uma cerveja. Se estivesse em outro automóvel, o assassino, para sair da rua Diamantina, teria descido pela rua Faro, a única que dava mão em direção à Jardim Botânico;

se estivesse, ou não, no carro de Delfina, mas se evadira a pé, o assassino teria dois caminhos: descer pela rua Faro ou pela Benjamim Batista, via rua Itaipava, para chegar à rua Jardim Botânico. A rua Faro saía diretamente na Jardim Botânico, mas se o assassino fosse pela Benjamim Batista, para chegar à Jardim Botânico teria que atravessar uma de três ruas: Abade Ramos, Nina Rodrigues ou Nascimento Bittencourt. Além da escadaria que vai dar na praça Pio XI, de onde se pode chegar à Jardim Botânico pelas ruas Oliveira Rocha e Conde de Afonso Celso. Todas essas vias tinham pouco movimento e alguém talvez pudesse ter notado a presença de um estranho na hora deserta em que o crime ocorrera. Infelizmente parecia que todos os prédios daquelas ruas possuíam porteiro eletrônico. Não ia ser fácil encontrar uma testemunha, se é que ela existia.

Os ricos eram enterrados no São João Batista, pensou Guedes, pegando outro ônibus circular. Saltou na rua Voluntários da Pátria, esquina da Real Grandeza, e caminhou até onde ficavam as capelas do cemitério. Debaixo do sol forte, que fazia a caminhada parecer mais longa do que era. Sem poder tirar o blusão (um policial não anda por aí mostrando sua arma mesmo que seja um elegante Cobra), Guedes suava abundantemente. Como nunca usava um lenço, o inspetor removia o suor da testa e da face com os dedos da mão, como fazem os trabalhadores braçais.

Afinal chegou ao local onde ficavam as capelas, à direita do cemitério. As capelas estavam todas ocupadas, mas o corpo de Delfina Delamare não se encontrava em nenhuma delas.

Guedes telefonou de um orelhão para o IML e indagou para onde o corpo de Delfina havia sido transportado. Um carro da Santa Casa fizera o serviço. Da Santa Casa informaram que a "entrega" havia sido feita na rua Sara Vilela, uma rua que ficava no alto da rua Lopes Quintas. O corpo fora embalsamado.

A rua Sara Vilela não ficava muito longe, de automóvel, da rua Diamantina. Um dado que merecia ser levado em consideração.

Guedes caminhou de volta pela rua Real Grandeza até à rua São Clemente, uma caminhada apressada que lhe custou meia hora. Ali pegou um ônibus e fez praticamente, de volta, o mesmo caminho que fizera da Diamantina até ao cemitério. A rua Lopes Quintas ficava um pouco além da rua Faro. Guedes saltou do ônibus na rua Jardim Botânico, esquina da Lopes Quintas, e subiu a rua até chegar na Sara Vilela, uma rua sem prédios, só de mansões residenciais.

Havia vários carros parados em frente à mansão. Guedes tocou a campainha. Um homem abriu a porta. Seus olhos estavam vermelhos, como se tivesse chorado muito. Era jovem e usava uniforme de copeiro.

"O senhor Eugênio Delamare está?"

O copeiro olhou Guedes de alto a baixo. "Por favor, pela entrada de serviço." O copeiro apontou uma entrada lateral da mansão e fechou a porta.

Guedes tocou novamente a campainha.

O copeiro abriu a porta, acompanhado agora de um homem grande vestido de terno azul-marinho, camisa branca e gravata preta, que Guedes deduziu ser um motorista.

"O senhor Eugênio Delamare está?"

"Qual é o assunto?", perguntou o motorista de maneira truculenta.

"É só com ele."

"Agora ele não pode atender."

O motorista começou a fechar a porta, mas Guedes empurrou-a com o ombro e entrou no jardim da casa.

"Se der mais um passo eu lhe meto uma bala na cabeça", disse o motorista, apontando para Guedes uma pistola 45.

"Sou o inspetor Guedes da 14ª Delegacia de Polícia", disse o tira, imperturbável.

"Mostre sua identidade", disse o homem.

Motorista e guarda-costas, talvez da polícia, fazendo biscate — pensou Guedes mostrando a carteira.

"Não leve a mal", disse o motorista, noutro tom de voz, depois de examinar a carteira, "a madame morreu e nós estamos todos muito nervosos."

"Eu sei. Estou aqui por isso. Chame o seu patrão."

O motorista fez um gesto de cabeça para o copeiro, que olhava ansiosamente para ele, um olhar de submissão impudica. "Vai", ordenou o motorista.

Guedes ficou observando o motorista, que se pôs a caminhar de um lado para o outro. Grande parte do volume corpóreo dele era gordura. A bunda sentada no carro o dia inteiro, pensou Guedes, e comidinhas trazidas a toda a hora pelo copeiro. Mas em certa época ele devia ter levado uma vida atlética, seus movimentos eram ágeis e o corpo ereto.

O copeiro voltou acompanhado de um homem de quarenta anos, queimado de sol, elegante. Cumprimentou Guedes e dispensou os outros com um curto "podem ir". Depois pegou o tira pelo braço e conduziu-o através do jardim até a um banco que ficava sob um enorme oiti. Fez um gesto para o tira se sentar. Guedes, que já andara muito naquele dia e tinha a camisa empapada de suor, sentou-se aliviado. A sombra e a brisa fresca lhe deram logo uma sensação de bem-estar.

"Agradeço tudo o que o senhor tem feito por nós", disse Eugênio Delamare, com uma espécie de sorriso triste. "Imagine o meu sofrimento, minha surpresa terrível ao voltar de viagem e descobrir que minha mulher havia se suicidado e estava jogada numa imunda gaveta de necrotério. É um momento de profunda tristeza o que estou vivendo, éramos muito unidos, não temos parentes, éramos só nós dois... É uma desgraça que não posso repartir com ninguém, que não quero dividir com ninguém... Sempre fomos pessoas muito recatadas, sempre levamos uma vida muito discreta..." Eugênio passou os dedos sobre os olhos secos.

"Sua esposa não se matou. Ela foi assassinada."

"O quê?" Eugênio Delamare levantou-se do banco, surpreso.

"Assassinada", repetiu Guedes.

"Não é possível!" Eugênio voltou a sentar-se; a cor dourada do rosto havia desaparecido. "Mas me disseram que ela havia se matado. O próprio secretário de Segurança falou comigo."

"Provavelmente o secretário ainda não havia visto os laudos do médico-legista e do perito", disse Guedes.

"Houve alguma violência... sevícias sexuais, coisas assim?"

"Não. Ela morreu de um tiro no coração. O assassino não tocou no corpo dela. Nada foi roubado. O revólver estava na mão dela.

Foi tudo isso que nos levou a supor, erradamente, que se tratava de um suicídio."

"A polícia prendeu alguém? Suspeita de alguém?" Delamare já se controlara.

"Não deu tempo. Só descobrimos que não foi suicídio hoje."

Delamare olhou Guedes nos olhos. "Esta é uma cidade muito violenta", sua voz agora era a de um homem de negócios, "eu sempre disse a ela que tomasse muito cuidado, mas ela não me ouvia, saía sozinha dirigindo seu automóvel... Mas nunca pensei que viesse a ser assaltada, como aconteceu."

"Não creio que ela tenha sido assaltada", disse Guedes.

"Claro que foi assaltada."

"Acho que o senhor não entendeu o que eu disse. Nada foi roubado."

"*Você* não entendeu o que eu disse. Eu acho que ela foi assaltada, entendeu? Não quero escândalos. E o que importa se quem a matou foi um louco ou um ladrão? Ela está morta, não vai voltar a viver se descobrirmos isso." Outro tom de voz: "Por favor, inspetor... Como é mesmo o seu nome?"

"Guedes."

"Inspetor Guedes, eu saberei demonstrar o meu agradecimento... O que eu lhe peço é muito pouco, mas a minha gratidão será grande."

Guedes ficou em silêncio, que Delamare interpretou como aquiescência ao que acabara de dizer. "Vou lhe explicar o que eu quero que você faça. Prepare tudo, esses laudos, esses registros, os papéis, essa tralha toda, para que não reste dúvida de que minha mulher foi assassinada por um assaltante. Não se preocupe se algum superior quiser criar problemas, sou amigo do secretário de Segurança. E de gente mais alta."

Eugênio Delamare enfiou a mão no bolso, tirou um talão de cheques, apoiou-o na coxa e preencheu um cheque. Estendeu-o para Guedes. "Isto é apenas a primeira parte."

Houve um momento de silêncio e imobilidade, Delamare com o cheque na mão estendida, Guedes olhando para ele, ambos com fisionomias calmas e inescrutáveis.

"Eu podia acusá-lo pelo crime de corrupção ativa", disse Guedes, pegando o cheque de Delamare, "mas não vou fazê-lo porque o senhor talvez esteja transtornado com a morte de sua mulher e não sabe o que faz."

Guedes jogou o cheque no chão.

Eugênio Delamare abaixou-se e apanhou o cheque. "Pense bem", disse Delamare, "você viu a quantia que eu escrevi no cheque? Você não ganha isto em dez anos no seu trabalho infecto. E é a primeira parte, porra! Pega isso, anda!" Delamare tentou enfiar o cheque na mão de Guedes. O tira pegou o cheque e rasgou-o, jogando os pedaços no chão.

"Outra coisa", disse Guedes, "o seu motorista, ou guarda-costas, está usando uma arma privativa das Forças Armadas, o que é proibido por lei. Vou deixar passar isso também. O senhor receberá uma intimação para comparecer à delegacia a fim de prestar declarações."

Guedes caminhou pelo jardim em direção à porta de saída. Ouviu Delamare dizer às suas costas "não seja burro!". O copeiro abriu a porta e o tira saiu. Voltara a suar muito. Desceu a Lopes Quintas apressadamente, pegou um ônibus na rua Jardim Botânico e saltou na Afrânio de Melo Franco. O dia estava terminado. Era sexta-feira e o posto de gasolina que ficava na esquina da Ataulfo de Paiva estava cheio de carros sendo abastecidos.

"Onde você andou? O Ferreira procurou por você o dia inteiro", disse o delegado de plantão.

"Estava fazendo uma diligência."

O doutor Ferreira saíra, deixando recado para que Guedes lhe telefonasse à noite. Alguns jornalistas haviam estado na delegacia fazendo perguntas sobre o "suicídio" de Delfina Delamare, mas nenhuma informação lhes havia sido dada.

"Vai querer um cafezinho?"

Era a negra Marlene, com a sua garrafa térmica e a cesta de bolinhos de milho. Ela sempre aparecia na delegacia àquela hora. Guedes tomou um cafezinho e comprou dois bolinhos de milho, que colocou num grande envelope pardo usado. Guedes, de tanto comer em botequins ordinários, perdera o prazer de comer.

Ele raramente usava a pequena cozinha do seu apartamento, para evitar que aparecessem baratas. Detestava baratas e o velho prédio em que vivia, apesar de periodicamente dedetizado, estava sempre cheio desses insetos.

Eram nove horas da noite quando apanhou o envelope pardo com os bolinhos de milho e foi de ônibus para casa. Antes ele havia ligado para o delegado Ferreira e para o diretor do Instituto de Criminalística, que era seu amigo.

"Guedes, não me crie problemas, por favor. O chefe ligou e disse que o secretário está muito aborrecido. Parece que você anda exorbitando de suas funções. O chefe chegou a dizer que vai enquadrá-lo por violência arbitrária. Eu não quero ser transferido para deus me livre, você quer?", disse o delegado.

Guedes contou o encontro que tivera com Eugênio Delamare.

"Você acha que foi ele quem matou a mulher?"

"Ele não estava aqui no dia em que ela foi assassinada, chegou da Europa no dia seguinte. Chequei na Federal."

"Então não chateie o homem, está bem?"

O diretor do Instituto de Criminalística era inimigo do secretário de Segurança, que queria substituí-lo no cargo para nomear um parente.

"Aquele covarde corrupto mandou o chefe ligar para mim para que eu mudasse o laudo, colocando vestígios de pólvora na mão da mulher. Filho da puta. Eu disse que já havia mandado o laudo para a delegacia, mas ainda não mandei. Um portador vai te entregar o laudo em mãos, amanhã bem cedinho. Faça um adendo rápido ao registro, quero ver eles sumirem com o Registro de Ocorrências."

A conversa com o diretor do Instituto deixou Guedes preocupado. Ao chegar em casa o tira tomou um banho e depois comeu os bolinhos de milho, tomando cuidado para não deixar nenhuma migalha para as baratas. Depois deitou-se na cama, de cueca e paletó de pijama e pegou *Os amantes*. Mas depois de ler algumas páginas apenas, o tira dormiu. Meu livro funcionava como um soporífero para ele. Guedes não era o meu leitor ideal. Meus livros devem ser lidos com sofreguidão, sem interrupção, principalmente *Os amantes*.

4

Eugênio Delamare havia dito que não se incomodava se o crime tivesse sido cometido por um assaltante ou por um psicopata, afinal a mulher dele já estava morta. A proposta que lhe fizera, de armar as coisas de maneira que a morte da mulher fosse oficialmente atribuída a um assalto, podia ser imoral e ilegal mas não significava necessariamente que Delamare estivesse envolvido na morte da mulher. Qualquer burguês, que não precisava ser um milionário famoso, cuja mulher tivesse sido encontrada morta dentro do automóvel, preferiria a versão do assalto, em primeiro lugar, e a do suicídio, em segundo. Havendo um assassino era aconselhável que o seu motivo fosse o roubo, ou então uma ação randômica de um psicopata desconhecido.

Guedes pensava no assunto dessa forma, enquanto fazia a barba. Ele não encarava o homicídio como uma reversão atávica, uma característica remota do ser humano, que reaparecia episodicamente não se sabia por quê. Ele via homicídios quase que diariamente, cometidos por pessoas de todos os tipos, pobres e ricos, fortes e fracos, analfabetos e doutores, e acreditava que o homem sempre fora e continuava sendo um animal violento, matador, por prazer, do seu semelhante e de outras criaturas vivas. Qualquer pessoa poderia ter matado Delfina, mas não fora um ladrão nem um psicopata, essa certeza ele tinha. Quem então a assassinara? Uma mulher jovem, rica e bonita pode ser morta por ciúmes, por inveja, por despeito, por rancor, por interesses pecuniários. Seu assassino pode ser o marido, o amante, um parente, o corretor financeiro, um amigo ou amiga, e, é claro, o mordomo. Guedes não brincava quando incluía o mordomo, ele aliás não possuía muito senso de humor; por mordomo ele queria dizer qualquer empregado ou empregada.

Naquele dia o delegado Ferreira chegou mais cedo à 14ª. Pediu para ver o Registro de Ocorrências e verificou que havia um adendo ao primeiro registro da morte de Delfina Delamare com os resultados dos exames do IML e do Instituto de Criminalística. O homicídio estava caracterizado.

Ferreira mandou chamar Guedes.

"Que bode a morte dessa mulher", disse Ferreira. "Como foi mesmo a sua conversa com o marido?"

Guedes contou novamente o diálogo que tivera com Eugênio Delamare.

"Não entendo esse comportamento dele", disse Ferreira.

Guedes passou a tarde na Biblioteca Nacional lendo edições de *O Globo* e do *Jornal do Brasil*.

Mais tarde estava novamente batendo à minha porta, vestido com o seu blusão ensebado.

Fui logo dizendo, "seu Guedes, estou muito ocupado escrevendo um livro, *Bufo & Spallanzani*, acho que lhe falei sobre isso, e vou viajar, tenho que tomar algumas providências antes...".

"É coisa muito rápida", disse o tira, "é sobre dona Delfina, aquela senhora da sociedade que apareceu morta dentro do carro."

Abri novamente a porta para ele entrar. Fomos para a biblioteca.

"Ela foi assassinada", disse Guedes.

"Assassinada? Mas ainda ontem o senhor me disse que ela havia se matado."

"Engano nosso. Foi assassinada."

"Já prenderam o criminoso?"

"Ainda não."

"Sabem quem foi?"

Guedes ficou calado. Passou o dedo na testa, de ponta a ponta, e limpou no blusão.

“Afinal o que o senhor quer de mim? Já lhe disse que estou muito ocupado.”

“Não creio que a curiosidade seja uma coisa maligna num policial. É o nosso trabalho.” Estava se referindo à nossa conversa do dia anterior.

“Talvez o trabalho policial seja maligno”, eu disse.

“É possível”, disse o tira, “mas alguém tem que fazê-lo.”

“E afinal?”

“Bem”, ele disse, limpando a testa novamente, “suspeito que dona Delfina tinha um amante. Como o senhor anda nesse meio talvez tivesse ouvido alguma coisa.”

“Um amante? Absurdo. Dona Delfina era uma senhora de moral inatacável.”

“O senhor disse num dos seus livros que a fidelidade é um conceito burguês e que a honra de uma mulher nada tem a ver com o seu comportamento sexual.”

“Em que livro eu disse isso?”

“Em *Os amantes*.”

“O senhor leu *Os amantes*?”

“Estou lendo.”

“Vou lhe dizer uma coisa: o ponto de vista, a opinião, as crenças, as presunções, os valores, as inclinações, as obsessões, as concepções et cetera dos personagens, mesmo os principais, mesmo na primeira pessoa, como é o caso de *Os amantes*, não são necessariamente os mesmos do autor. Muitas vezes o autor pensa exatamente o oposto do seu personagem.”

“Gustavo Flávio é o seu verdadeiro nome?”

O que saberia ele do meu passado? O meu trabalho na Panamericana de Seguros? O meu internamento e fuga do Manicômio Judiciário? Olhei bem o seu rosto magro, os olhos amarelos; o que saberia ele?

“Nós, os escritores, gostamos de usar pseudônimos. Stendhal chamava-se Marie-Henri Beyle; o nome verdadeiro de Mark Twain era Samuel Langhorne Clemens; Molière era o criptônimo de Jean-Baptiste Poquelin. George Eliot não era George nem Eliot nem homem, era uma mulher de nome Mary Ann Evans. Sabe qual era o nome do

Voltaire? François-Marie Arouet. William Sydney Porter se escondia sob o nome falso de O. Henry." (Por motivos parecidos com os meus, mas isso eu não disse ao tira.) "Isso é um segredo literário, ha, ha!"

Guedes não insistiu, mas o meu nervosismo aumentou. Enfiei as mãos nos bolsos. O tira passou novamente a mão na testa.

"Vou ligar o ar-refrigerado", eu disse.

"Não precisa."

"Eu também estou sentindo calor. Tenho um aparelho que refrigera o apartamento inteiro", eu disse, indo em direção à copa, onde ficava o closet com o aparelho. O tira veio atrás de mim.

"Quem era a melhor amiga dela?"

"A melhor amiga de quem?"

"Dona Delfina."

"Não tenho a menor ideia. Nem sei se ela tinha uma melhor amiga."

"Toda mulher tem uma melhor amiga. A dela era Denise Albuquerque", disse o tira.

"O senhor sabe mais do que eu. Que diabo, este aparelho parece estar com defeito. Como é que o senhor sabe quem era a melhor amiga de dona Delfina?"

"A vida dos grã-finos está toda nas colunas sociais; quer dizer, toda menos o lado podre. Essa senhora está viajando, mas soube que deve chegar por estes dias. Eu pretendo conversar com ela."

Voltamos para a minha biblioteca. Guedes ficou olhando para os livros, como se tentasse ler os títulos nas lombadas.

"O senhor não tem mais nada a me dizer?"

"O quê, por exemplo?"

"O senhor conhece o marido dela?"

"Não conheço. O que mais? Eu estou muito ocupado, já lhe disse que estou ocupado, eu não sou funcionário público como o senhor, só ganho se trabalhar, meu livro novo, *Bufo & Spallanzani*, está muito atrasado, enfim, sinto muito mas sou obrigado a pedir que seja breve e objetivo."

Guedes enfiou a mão no bolso e tirou um papel. "Leia isso", disse ele.

Era uma carta. Escrita à mão.

Querida Delfina. Depois que você foi embora fiquei pensando na conversa que tivemos aqui em Paris. Acho uma loucura o que você pretende fazer. Não existe ninguém que tenha se separado do marido nessas condições. Todas elas, e não preciso dizer os nomes, você sabe quem são, ao se separarem levaram uma boa parte do bolo, ficaram milionárias e muitas não passavam de putinhas ordinárias corneando os maridos com Deus e todo mundo. Elas aprenderam com Jacqueline Onassis a lidar com os homens, você deve fazer o mesmo. Abrir mão de tudo é uma burrice, uma insensatez, e nem o Eugênio merece essa consideração, tendo tratado você como sempre tratou. Aliás ele tem tanto dinheiro que por mais que você tire dele não lhe fará falta. E esse homem, esse escritor, merece esse sacrifício? Não faça nada precipitado. Achei você muito nervosa, muito tensa, você não estava bem, desculpe a franqueza. Estou mandando esta revista sobre porcelana de Sèvres, estive na fábrica uma manhã inteira, vendo como se faz a porcelana, uma coisa sensacional. Por hoje é só. Estou embarcando de volta no dia 15, não faça nada antes da minha chegada. Muitos beijinhos, Denise.

Sentei-me no sofá do escritório. Guedes continuou de pé.

"O envelope, com a revista e a carta, estava registrado e por qualquer motivo não foi entregue pelo correio, que apenas enviou um aviso, que estava na bolsa de dona Delfina. Fui ao correio e apanhei o envelope", explicou Guedes.

Reli a carta. O tira já devia saber do meu envolvimento com Delfina quando veio me ver pela primeira vez. Ficou me vendo mentir; além de sagaz era malicioso. E eu pensando que a minha relação com Delfina era um segredo. Não existem segredos, alguém sempre conta para o melhor amigo e por aí afora. No fim um tira de merda acaba sabendo também.

Devolvi a carta para Guedes que a colocou cuidadosamente no bolso do blusão.

"O senhor já conhecia o conteúdo da carta quando veio me ver pela primeira vez?"

“Não. Apanhei a carta hoje. Eu havia esquecido o aviso do correio dentro do meu bolso. Acho que estou ficando velho. Então?”

“Sim, eu e dona Delfina tínhamos uma relação íntima. Não lhe disse isso antes por motivos óbvios, para proteger a reputação de uma senhora. Além do mais não ajudaria na elucidação do suicídio ou homicídio, qualquer que fosse o caso.”

“Qual foi a última vez em que esteve com ela?”

“Na véspera da sua morte. Conversamos sobre o que o médico lhe dissera sobre a gravidade da sua doença. Por isso a notícia do suicídio não me surpreendeu. Ela estava muito deprimida.”

“Onde foi essa conversa?”

“Na casa dela. Ela acabara de retornar de uma viagem à Europa.”

“Há quanto tempo vocês mantinham esse caso?”

“Eu a amava.”

“Sim; há quanto tempo?”

“Uns seis meses, mais ou menos.”

“Ela queria abandonar o marido para casar com o senhor?”

“Isto foi aventado.”

“Há a possibilidade de ela ter tido, na mesma ocasião, outro envolvimento sentimental, além do que teve com o senhor?”

“Não. Impossível.”

“O senhor já havia visto, ou viu naquele dia, um revólver niquelado com dona Delfina?”

“Ela não tinha revólver. Talvez o marido tivesse, não sei. Nunca a vi com arma alguma. Ela morria de medo de armas.”

“Sabe qual é o nosso problema?”, perguntou Guedes. Fez uma pausa. “O nosso problema é que dona Delfina não foi assassinada por um assaltante. Um assaltante teria levado o automóvel, que vale uma fortuna; teria levado o revólver, o relógio de ouro, os anéis, os cartões de crédito; um assaltante teria agido de modo totalmente diferente. Não foi um assaltante.”

Fiquei calado.

“Duas pessoas se enquadram, tendo em vista as circunstâncias, como possíveis autores do crime.” Guedes falava com uma voz neutra, como se estivesse discutindo o enredo de um romance. “Uma delas é o marido. Mas o marido não estava no Brasil no dia em que ela foi morta."

"Ele podia ter mandado matá-la", eu disse. "Ele sabia do meu envolvimento com ela."

"Ah, sabia? Interessante... Eu já havia pensado nisso, na possibilidade de ele ser o mandante, mas nesse caso o assassino teria feito tudo para parecer que o crime fora um assalto, levando os objetos de valor da morta. E um assassino profissional não usa um 22 e se usasse não o deixaria no local. Não, não foi o marido, nem ninguém a mando do marido."

Então ficamos um longo tempo em silêncio.

"Não quer saber quem é a outra pessoa?"

"Quem é?"

"O senhor."

"Eu!?" Levantei-me furioso. "Agora chega, vá-se embora", gritei, "o senhor não tem direito de invadir minha casa para me caluniar."

5

"Desculpe tirar você da sua meditação, meu bem, mas eu precisava falar com alguém, depois que aquele tira saiu. Quando gritei mandando-o sair da minha casa ele ficou me olhando calmamente, me analisando, depois caminhou pensativo até a porta, nem atemorizado nem triunfante, e me aconselhou a procurar um advogado.

"Você sabia que madame X era Delfina? Então por que me deixou fazer aquele ridículo mistério? Não; nós combinamos que eu contaria minha vida sexual com as mulheres que tive ou tenho, mas que a identidade delas não seria revelada. Satisfaríamos assim a sua curiosidade libidinosa e a minha lascívia verbal. Aliás posso até estar inventando essas histórias todas para dar vazão à nossa lubricidade. Contar detalhes do meu amor com Delfina é uma forma de não esquecê-la. Não vou esquecê-la nunca, como também não vou esquecer você. Mas entre nós as coisas são diferentes, quando nos conhecemos você tinha dezesseis anos, se não fosse você, Gustavo Flávio não existiria.

"Defoe, Swift, Balzac — posso ficar falando um tempo enorme de escritores que se deram mal investindo o seu dinheiro, ou especulando de uma maneira ou de outra, erradamente. Posso ser colocado nessa companhia. Quando conheci Delfina minha situação financeira degringolara. O banco onde havia aplicado o meu dinheiro quebrara, e o seu presidente, um patife que chegou a ser cogitado para ministro da Fazenda, fugira do Brasil, tendo antes subtraído do banco 250 milhões de dólares que depositou numa conta secreta na

Suíça. Até hoje está desaparecido e já nem se fala mais nele. Fiquei sem um tostão, mas, como Balzac, não mudei o meu padrão de vida. Passei a pedir advances cada vez mais altos aos meus editores aqui e no exterior. Não lhe contei isso antes para não preocupar você. Meu último livro, *Os amantes*, conquanto tenha tido uma excelente repercussão crítica, foi um fracasso de vendas comparado aos meus outros romances. Parece que o público não estava preparado para uma história de amor entre uma cega e um surdo-mudo. 'Aleijões, estropiados, incapacitados em geral não funcionam bem numa história de amor', disse minha agente literária, 'o último que deu certo foi o Corcunda de Notre-Dame.' Meu novo romance não saía da elucubração. Normalmente, como você sabe melhor do que ninguém, construo o livro na minha mente, enquanto vou tomando nota de detalhes, vinhetas, cenas, situações. Mas *Bufo & Spallanzani* estava e está atolado. Eu comecei a escrevê-lo quando conheci Delfina. Pela primeira vez na minha vida uma relação amorosa interferiu no meu trabalho. Estar apaixonado, ou até mesmo apenas interessado numa mulher sempre me estimulou muito a escrever, você sabe disso. Mas eu passei a ficar desligado do meu trabalho, dando razão a Flaubert. O pior é que eu já recebera vários advances pelo *Bufo & Spallanzani* e devia uma alta soma à minha agência em Barcelona.

"Um dia Delfina chegou para mim e disse que não queria continuar se encontrando comigo às escondidas. Eu sabia que um dia ela ia dizer aquilo, mesmo assim fiquei apavorado. 'Vou deixar o meu marido', ela disse, 'quero viver abertamente com você. Não tenho filhos, não faremos ninguém sofrer, não creio que Eugênio se importe muito.' Estávamos na cama. Delfina, que estava nua, colocou as duas mãos sob a nuca, espreguiçou seu corpo maravilhoso, e começou a falar dos seus planos. Enquanto isso eu constatava, mais uma vez, a razão pela qual as mulheres, por mais deslumbrantes que sejam, acabam sempre se tornando maçantes para aqueles que as amam. Você, não, você é uma mulher muito especial, diferente de todas as que conheci. As outras, devido a uma espécie de decência burguesa, aliada a um convencionalismo hipócrita, acabam sempre subordinando a paixão à etiqueta. Eu representava para Delfina, ou havia representado, uma fantasia que brotara do fastio do seu casamento de seis anos. Agora ela queria me tornar real, queria fazer de mim um marido. 'Vamos fazer uma longa viagem, nós dois, para onde você quiser', ela disse. Eu respondi que não queria sair do Brasil, que precisava escrever *Bufo & Spallanzani*, nada havia de pior para um livro do que uma viagem. Ela disse que o livro nem havia sido iniciado, que eu poderia escrever na viagem, que iríamos de navio, que ela faria a ponta nos meus lápis. Você já viu lápis no meu apartamento, um único, você não sabe que eu escrevo num computador?, perguntei. Na verdade ela não podia saber, desde que a conhecera eu nunca mais escrevera coisa alguma. Enquanto conversávamos, naquele dia, me dei conta disso, que pela primeira vez na minha vida eu parara um longo tempo de escrever e tudo por causa de uma mulher. Delfina queria abandonar Eugênio imediatamente, antes de irem para Paris, como faziam a cada dois anos, e onde ficariam seis meses.

"Ela disse que não aguentava ficar seis meses mais com o marido, mesmo que fosse em Paris, principalmente em Paris, não aguentaria viver longe de mim tanto tempo, não queria mais viver furtivamente et cetera. Devíamos pensar um pouco mais, eu disse. 'Pensar, pensar, você não faz outra coisa', disse ela, o que a rigor não era verdade. O que um escritor menos faz é pensar, brinquei. Ela disse que eu a estava deixando nervosa, que não dormia à noite, que perdera o apetite e aquilo era devido à duplicidade, à mentira, a ter de ir para a cama com o marido que não amava, o que podia ser raro mas era horrível do mesmo jeito. 'Isso vai acabar me matando', disse ela. Confesso duas coisas. Primeiro, eu não queria casar com Delfina Delamare, apesar de amá-la muito. Segundo, eu nem mesmo queria que ela abandonasse o marido. Delfina acostumara-se a ser uma mulher rica e certamente a separação de Eugênio seria um intempestivo gesto romântico, que a deixaria sem um tostão. Devíamos pensar um pouco mais, eu disse, pela segunda ou terceira vez. Ela saiu da cama e sentou-se nua, em frente ao espelho, e cuidadosamente, meticulosamente, pintou o rosto, como uma atriz que estivesse se maquiando para entrar em cena. Tentei, novamente atraído pela beleza do seu corpo, agora que ela estava em silêncio, levá-la outra vez para a cama, mas Delfina me repeliu. 'Vou contar tudo ao Eugênio', ela disse. Respondi que era uma loucura, um gesto insensato e bruto, pois iria ferir o marido inutilmente. 'Enganá-lo é feri-lo ainda mais', disse ela. Você já viu coisa mais exasperante e burra do que uma mulher romântica? Vamos pensar um pouco mais, repeti. Ela me disse que eu parecia um papagaio e foi-se embora, com uma estranha expressão no rosto. Ela não vai cometer essa imprudência, pensei. Realmente, no dia seguinte, à hora de costume, Delfina voltou ao meu apartamento. Estava muito pálida e parecia ter emagrecido de um dia para o outro, como se isso fosse possível, emagrecido muito, quero dizer. Fomos para a cama e no momento do orgasmo o rosto dela se molhou de lágrimas. 'Falei com Eugênio. Jurei a ele que não ia mais me encontrar com você. Eugênio me perdoou', disse ela. 'Eugênio pediu-me que fosse viajar com ele. Adeus.'

"Em seguida ela foi viajar com o marido. Ela não sabia que estava com uma doença incurável, nenhum de nós sabia, eu, ela e o marido. Depois que ela saiu sentei-me à frente do computador para escrever, mas logo desisti. Não sou de ficar transpirando. Sei que a inspiração existe, qualquer puta velha como eu que já escreveu mais de vinte livros, em pouco mais de dez anos, sabe que o nosso trabalho é braçal, exige força física, viço. Comecei a achar que eu havia secado, Hemingway deu um tiro de 12 na abóbada palatina por isso. Naquele dia, depois que Delfina saiu, fui a um restaurante e me empanturrei de comida e depois telefonei para uma conhecida e meti-me entre as pernas dela. Mas não deixei de pensar em Delfina um mísero segundo.

"No dia seguinte eu estava em casa pensando simultaneamente em Delfina e no *Bufo & Spallanzani* quando a campainha tocou. Aquela era a hora em que Delfina costumava chegar, uma hora da tarde. Senti o meu coração bater alegremente. Sabia que ela não faria a loucura de romper comigo e contar tudo ao marido. Corri para a porta e lá estava ele, reconheci-o imediatamente pelos retratos dos jornais e revistas, o rosto bonito queimado de sol, o nariz reto, o queixo forte. Apenas era mais baixo do que eu supunha, mas também eu sempre o via, nas fotos, montado num cavalo. E os seus olhos eram azuis.

"'Gustavo Flávio?', ele perguntou. Aquiesci. Ele botou a mão no meu peito e me empurrou. Não sou nenhum peso-pena, peso mais de cem quilos, mas ele tinha muita força no braço, além da força moral do corno bravo, e o seu empuxo me tirou do caminho quase me jogando no chão. Entrou na sala e disse, de dedo em riste, 'se você procurar minha mulher novamente eu vou matá-lo, mas não vou sujar minhas mãos em você, seu porco nojento, vou mandar cortar os seus colhões e deixar você sangrar até morrer'. Eu não disse nada. À minha frente estava um marido enganado, usando o seu direito de espernear. Mas depois que foi embora senti que aquilo não era uma ameaça vã, um desabafo de chifrudo. Havia uma veracidade sinistra na advertência. Aquele era um homem perigoso. Tinha dinheiro e disposição para contratar um monte de assassinos profissionais.

"Passei dois dias preocupado, até que li nas colunas dos jornais que o casal Delamare embarcara para Paris. O resto você já sabe. Delfina voltou antes, apareceu morta et cetera. O marido por enquanto não me preocupa tanto quanto esse javert pé de chinelo, o tira Guedes.

"O caso de Delfina é um dos mais interessantes, e provavelmente o mais instigante e intrigante assassinato que ocorreu nos últimos tempos aqui no Brasil. Existem nele aspectos que o fazem charmoso e agradável à leitura, pois é um crime misterioso que ocorre numa classe social onde ações violentas raramente acontecem, e depois porque os personagens coadjuvantes e outras mortes violentas ajudam a torná-lo ainda mais palatável. Mas eu estou muito envolvido para poder escrever sobre isso, principalmente porque eu amava Delfina, e as grandes histórias de amor vividas por nós, escritores, raramente são escritas. As histórias de amor que podem ser contadas são as medíocres."

6

Dois dias depois que Guedes saiu da minha casa recebi uma intimação da 14ª Delegacia de Polícia para ir depor. O dia marcado para o meu depoimento era a véspera da minha ida para o Refúgio do Pico do Gavião, um lugar de difícil acesso na serra da Bocaina. Para chegar lá eu teria que ir até a um lugar chamado Pereiras, um vilarejo no sopé da montanha e, depois de percorrer certa distância, creio que de ônibus, eu pegaria um trator para o Refúgio, pois o caminho era tão íngreme e acidentado que nenhuma outra viatura poderia percorrê-lo. Conversei com Minolta e ela achou uma boa ideia. Ela ia voltar para Iguaba depois de passar dez dias comigo no Rio (mas não no meu apartamento, conforme o nosso arranjo) e acreditava que *Bufo & Spallanzani* talvez precisasse de um tratamento heroico, uma rotina inteiramente nova: eu me afastaria de todas as mulheres, abandonaria o TRS-80, recolher-me-ia a uma fazenda isolada, com uma máquina de escrever. A notificação da polícia, porém, talvez atrapalhasse tudo.

Telefonei para o meu advogado, o doutor Martins.

"Gustavo", ele disse, "eu posso ir com você, mas sou especialista em direito autoral. Nada entendo de direito criminal, se eu achar que a coisa é complicada vamos ter que chamar outro advogado."

Eu disse a ele que não queria outro advogado.

Na hora marcada chegamos à delegacia, um prédio de um pavimento, pequeno e sujo. Martins entregou a intimação a um sujeito em mangas de camisa atrás de uma mesa, que ficava num cercado de madeira, numa sala espaçosa. O sujeito mandou que esperássemos. Uns quinze minutos depois uma porta, onde estava escrito Cartório, se abriu, e um sujeito gordo, de óculos, segurando na mão um papel, que logo vi ser a minha intimação, veio em nossa direção e perguntou:

"Gustavo Flávio?"

"Sou eu."

"O senhor está dispensado", ele disse.

"Como que eu estou dispensado? Recebi uma intimação —"

"Vamos embora", cortou Martins, me puxando pelo braço. "O cara não disse que você está dispensado?"

"Quero saber se tenho de voltar outro dia, afinal, qual a razão de me chamarem aqui —"

"Vamos embora", Martins me cortou novamente. Ele não se sentia muito bem naquele ambiente. Acho que era a primeira vez que entrava numa delegacia.

"Não precisa voltar mais aqui não", disse o escrivão que ficara ao lado, ouvindo minha conversa com o advogado.

"Por que não preciso voltar mais aqui?"

"É melhor perguntar ao inspetor Guedes. Foi ele que mandou intimar e depois disse para dispensar."

"Gostaria de falar com ele", eu disse. Martins, que até então mantinha-se agarrado ao meu braço, largou-me com um suspiro de irritação resignada.

"Vou ver se ele pode vir falar com o senhor", disse o escrivão.

Foram mais quinze ou vinte minutos. Enquanto Guedes não vinha, eu disse ao Martins: "Se você quiser pode ir embora."

"Não vou deixar você sozinho aqui", disse ele.

"Eles disseram que não querem mais nada comigo. Não há perigo."

"É melhor eu ficar", ele disse, olhando em torno com desgosto. "Sabe de uma coisa? Eu não seria advogado criminal nem que fosse para não morrer de fome."

"Estou vendo", eu disse.

Guedes estava com o seu uniforme, o blusão seboso e a camisa encardida de colarinho aberto.

“Eu tenho que lhe dar uma explicação”, disse ele. “O senhor pode esperar mais cinco minutos? Estou terminando um trabalho.”

“Cinco minutos mesmo? Sou advogado dele, eu —”

“O senhor não precisa ficar”, disse Guedes, afastando-se. “Deve estar no meio de uma tortura, foi dar mais uns choques elétricos em algum pobre-diabo”, disse Martins.

“Se você quer ir embora”, insisti, “pode ir.”

“Claro que não”, disse ele indignado.

Um mulato com um revólver na cintura, menos de cinco minutos depois, apareceu na sala e perguntou: “Quem é Gustavo Flávio aí?”

Fomos levados à sala do inspetor Guedes. Uma mesa de madeira, cheia de marcas de café derramado, alguns papéis e um dicionário Aurélio médio. Guedes estava sentado e fez um sinal para ocuparmos as duas cadeiras à frente da mesa.

“Ontem”, disse Guedes quando nos sentamos e o mulato armado se retirara, “uma ronda da Vigilância prendeu, assaltando uma padaria, um indivíduo chamado Agenor da Silva, fugitivo da Ilha Grande. Ao chegar à delegacia ele confessou que assassinara uma mulher num Mercedes há uns dez dias numa rua do Jardim Botânico. Eu o trouxe aqui para o nosso xadrez. A princípio não acreditei na sua história. Sua confissão fora espontânea e isso é muito raro.”

O advogado deu um olhar significativo para mim, como quem diz, confissão só vale, na polícia, quando é obtida mediante tortura.

“Ele também não sabia explicar muito bem por que levara o carro para a rua Diamantina. Disse que não conhecia aquela parte da cidade e pensou que poderia ir por aquele caminho até à Floresta da Tijuca, onde pretendia violentar a mulher, depois de roubá-la. Ao ver que a rua Diamantina não tinha saída ele ficou nervoso e nesse instante a mulher começou a gritar. Para fazê-la calar-se, atirou nela. Por que estava com um 22? É mais fácil de esconder, respondeu ele. Por que não roubou mais nada? Ficou com medo que alguém tivesse ouvido o tiro e teve tempo apenas de pegar a cigarreira de ouro da mulher. Ele ainda estava com a cigarreira quando foi preso e não soube explicar por que ainda não a vendera para um intrujão. O marido de dona Delfina confirma que a cigarreira era dela. Somos obrigados a indiciar esse indivíduo, apesar de alguns pontos obscuros precisarem ser elucidados. O seu depoimento", o tira olhou para mim, "não é mais necessário. Obrigado por sua colaboração."

"Vamos embora, Gustavo", disse Martins.

Guedes nos levou até à porta. Ali me segurou pelo braço.

"Eu sei", ele começou e calou-se. Ele ia dizer uma coisa, porém mudou de ideia. Disse "boa tarde". Mas pelo seu olhar eu tive a impressão que ele ia dizer: eu sei o seu nome verdadeiro, conheço o seu passado negro.

II
MEU PASSADO NEGRO

Aos vinte anos de idade eu não era esse sátiro e esse glutão que sou hoje. Era um homem magro, frugal e virgem. E também não pensava em tornar-me um escritor. Gostava muito de ler, mas não de escrever. Era um modesto e medíocre professor primário. Então conheci Zilda, que me levou para a cama e ficou morando no meu apartamento. Foi minha primeira experiência sexual, uma coisa muito sem graça. Nem sei como fui morar com Zilda. A visão do corpo feminino não me atraía, a proximidade do sexo feminino me assustava, quando eu ia para cama com a Zilda eu evitava olhar para a sua vagina, cujo odor, mesmo se ela tivesse acabado de tomar banho, me repugnava.

Zilda era uma mulher ambiciosa e me convenceu a deixar o meu emprego de professor primário e a ir ganhar mais numa companhia de seguros, onde ela conhecia um sujeito chamado Gomes. Foi assim que fui trabalhar na Panamericana de Seguros, onde me envolvi numa aventura que acabou mudando inteiramente a minha vida.

Eu trabalhava havia pouco na Panamericana quando, numa tarde de verão, um homem de trinta e quatro anos entrou na sede da companhia, na avenida Graça Aranha, e disse ao corretor que o atendeu que queria fazer um seguro de vida. Como era um seguro muito alto, o maior até então feito pela Panamericana, o senhor Estrucho foi submetido a um cuidadoso exame médico que constatou a sua ótima saúde. Sua proposta foi aceita. Durante meses o senhor Estrucho pagou pontualmente suas mensalidades, até que veio a falecer. Um advogado, que representava os interesses da viúva, dona

Clara Estrucho, compareceu à Panamericana e disse que desejava que os médicos da companhia fizessem um exame post mortem no falecido, a fim de estabelecer de maneira irrefutável sua morte por causas naturais, pois não desejava delongas no pagamento do seguro.

O chefe do Departamento Jurídico da Panamericana chamava-se Carlos Ribeiroles. Um sujeito cauteloso, como todos os advogados. Ele se reuniu com os seus principais auxiliares para examinar o assunto. Ao receber o telefonema, depois a visita do advogado de dona Clara Estrucho, a primeira reação do doutor Ribeiroles fora não realizar o exame post mortem. Ribeiroles não gostava de fazer coisas pressionado, como todos os advogados; a atividade jurídica tinha como fundamentos primeiro a Razão e depois a Moral, e a Razão era o mesmo que o Bom Senso, assim como a Moral era o mesmo que a Justiça. Nem uma nem outra justificava aquele insólito exame. A morte, fosse ou não suspeita, devia obedecer aos procedimentos legais.

"Acho que devíamos tentar obter uma autorização judicial para fazer uma autópsia e não um exame superficial como deseja o representante do segurado", disse um jovem advogado.

Ribeiroles encarou-o como se ele tivesse dito uma heresia. Pegou uma ficha à sua frente e leu: "Maurício Estrucho, capitalista, fazendeiro, trinta e quatro anos, filho de Curzio Estrucho e Camila Estrucho, casado com Clara Estrucho, nascida Espinhal. As famílias Estrucho e Espinhal, além de possuírem grandes fazendas em São Paulo, Mato Grosso e Goiás, onde produzem café, soja, milho e açúcar, possuem usinas de álcool e outras indústrias e interesses comerciais no Brasil e no exterior, controlados pela holding Estrucho & Espinhal. Essas informações são do nosso Departamento de Investigações Sigilosas. O senhor acha, doutor (os advogados, como os médicos, são formais uns com os outros quando se hostilizam), que temos base para desconfiar de fraude, ou de crime ainda pior, neste caso?"

"Todo mundo sabe aqui no Rio que o senhor Maurício Estrucho era um estroina", disse o jovem advogado.

"Estroina? Esse não é um termo jurídico...", escarneceu Ribeiroles.

"Um pródigo, conhecido pela maneira extravagante com que gastava dinheiro", insistiu o jovem.

"O senhor acha que isto justifica não apenas a nossa suspeita, porém, mais do que isto, o ajuizamento temerário da mesma? Uma autópsia só pode ser realizada em caso de acidente ou morte criminosa, ou suspeita de sê-lo. Existe o atestado de óbito passado por um médico dos mais eminentes e respeitados, o doutor Albuquerque Gomes, que afirma que o senhor Maurício Estrucho morreu de morte natural, enfarto do miocárdio. Isso não pode ser descartado, levianamente."

Os dois advogados discutiram algum tempo. A petição do advogado de dona Clara Estrucho pedia que o exame fosse feito sem que se vilipendiasse o cadáver, tendo em vista a religião do casal, o que fortalecia a posição do advogado-chefe: "Um milhão de dólares não vale o risco da Panamericana se cobrir de ridículo e de opróbrio", disse ele. Os outros advogados que participavam da reunião tomaram o partido do chefe, justificando seu apoio com a retórica ambígua que os jurisconsultos costumam usar.

Foi decidido afinal que a Panamericana faria o exame. Ribeiroles estava tranquilo quanto à decisão tomada, devido a uma conversa que tivera com o doutor Gervásio Pums, chefe do Serviço Médico da Panamericana, inventor de uma técnica conhecida como MOSSB, Mensuração Orgânica de Sistemas Semióticos Biológicos, usada para medir a rigidez física e mental dos indivíduos. A MOSSB analisava os ritmos alfa e beta das ondas cerebrais, as funções involuntárias do corpo (como batimentos cardíacos, pressão sanguínea, contrações do aparelho digestivo) e finalmente a rigidez e consistência da musculatura fibrosa, da pele e dos ossos. A MOSSB usava basicamente cinco aparelhos inventados pelo doutor Pums para fazer essas mensurações. O ETG, eletrotranscardiógrafo, que avaliava os batimentos cardíacos e a velocidade da passagem do sangue pelo coração; o EMAD, eletromiógrafo de ação dupla, que determinava a atividade elétrica e a tensão dos músculos; o DG, dermogalvanômetro, para calcular a resistência da pele; o EOG, eletrosteógrafo, para ponderar a resistência e a dureza dos ossos; finalmente o EPROG, eletroprosencefalógrafo, capaz de medir correntes elétricas do complexo R (reptiliano), do sistema límbico e do neocórtex. A MOSSB, sendo capaz de registrar e analisar, como nenhuma outra técnica pesquisatória, os sinais vitais do organismo, podia também, da mesma forma, pesquisar os sinais de morte.*

Enquanto a Panamericana se preparava, Clara Estrucho, uma mulher de trinta anos, alta, magra, permanecia sentada numa cadeira da capela nº 5 do cemitério São João Batista, seu belo rosto impassível, enquanto velava o corpo do marido. Não havia mais ninguém na capela. Tanto Clara quanto Maurício eram brigados com as respectivas famílias e Clara fizera chegar ao conhecimento dos parentes que não queria a presença de nenhum deles no enterro. A capela nº 5 estava vazia, mas da capela ao lado, onde era velado o corpo de uma jovem que morrera num desastre de motocicleta, vinha o barulho de vozes, às vezes de risos, ou então de gritos de lamentação.

Às sete horas da noite a equipe médica da Panamericana chegou à capela. Junto com os médicos, estavam o advogado de dona Clara, o doutor Ribeiroles, e o doutor Zumbano, chefe do Departamento de Investigações Sigilosas (DIS) da Panamericana. Os principais membros da equipe foram apresentados a dona Clara, que, as mãos apertadas ao longo do corpo, cumprimentou silenciosamente, com a cabeça, cada um deles. Quando os aparelhos do doutor Pums foram ligados a uma tomada na parede, dona Clara disse: "Não quero que vilipendiem o corpo do meu marido." O seu próprio advogado recordou-lhe de que fora ela quem solicitara o exame, e que o uso daqueles aparelhos não seria ultrajante para o de cujus. Eletrodos foram colocados na cabeça, no peito, nos braços e nas pernas do morto. Durante meia hora os médicos, dirigidos pelo doutor Pums, estudaram os gráficos feitos pelos vários aparelhos. Enquanto o exame se realizava, um jovem, manifestamente embriagado, entrou na capela e pediu que fizessem também o exame na sua noiva, a motoqueira morta. Após alguma confusão o rapaz foi retirado da capela e os exames prosseguiram.

---

* *Esses aparelhos são descritos com maiores detalhes no meu conto "O morto-vivo", publicado no livro Dédalo.*

Eram quase onze horas quando terminaram. Para desconsolo de alguns examinadores o defunto estava realmente morto, segundo a MOSSB. O doutor Ribeiroles comunicou ao advogado de dona Clara que lhe forneceria uma cópia do exame realizado.

Saíram todos. Dona Clara ficou só. Havia um clima de paz e tranquilidade dentro da capela nº 5. Na capela ao lado, o velório continuava ruidoso, ainda mais depois que alguém chegou com algumas garrafas de bebida. Eram três horas da manhã, quando o noivo da moça morta no acidente disse para os outros, com voz pastosa: "A sebosa aí do lado está dando comida para o defunto com um funil, venham ver", mas evidentemente ninguém acreditou e dona Clara foi deixada em paz.

Às sete e trinta da manhã chegou à capela nº 5 um padre para fazer a encomendação do corpo, que consistiu numa rápida oração, pois o enterro estava marcado para as sete horas e o padre se atrasara. O corpo foi colocado numa carreta que um coveiro empurrou até ao local da sepultura. Ninguém seguiu o féretro, apenas Clara Estrucho. Para falar a verdade, outra pessoa seguiu o caixão, um homem jovem, de paletó e gravata, que se escondia atrás das criptas para não ser visto. Este homem ficou observando dissimuladamente o enterro até que os coveiros terminaram de cimentar a laje que fechou a cova. Este homem era um investigador da Panamericana. Este homem chamava-se Ivan Canabrava. Este homem era eu.

Como disse, eu era professor primário antes de entrar para a Panamericana. Também disse que deixei de ser professor por influência de Zilda, o que não é verdade absoluta. Eu ganhava uma miséria como professor, e odiava crianças (ainda odeio até hoje). No tempo em que era professor, não existia, para mim, nada tão repugnante, tão irritante, tão chato, repulsivo, abominável quanto um aluno de tenra idade. Tive vontade de matar vários, antes de abandonar aquela nefária profissão.

Segui Clara Estrucho enquanto ela caminhava, sem perder a pose, pelas alamedas do cemitério. Peguei um táxi e segui-a até onde morava, na rua Redentor, como eu já sabia. Observei-a entrando no prédio. A maneira de ela andar, como se tentasse dissimular a beleza do corpo, me perturbava. Eu ainda não despertara para o sexo, não passara sequer pelo estágio de apreciar as mulheres ostensivamente voluptuosas, mas inconscientemente já sabia que as melhores mulheres são essas que não requebram os quadris.

Voltei para a Panamericana. Gomes, o meu colega do setor de Investigações Sigilosas, estava, como sempre, a fazer palavras cruzadas.

"Gomes", comecei a dizer. Ia contar para ele que estava desconfiado de que havia alguma coisa de errado naquele seguro de um milhão de dólares. Ninguém faz um seguro desses e morre meses depois. Preferi calar a boca. Ainda não havia chegado o momento de abrir o jogo. Disse apenas que teria de fazer um serviço externo naquela tarde. Havia decidido fazer uma visitinha a dona Clara Estrucho.

Voltei ao apartamento da rua Redentor. O porteiro perguntou aonde eu ia.

"Ao apartamento da dona Clara Estrucho."

"Não tem ninguém", disse o porteiro.

"Como não tem ninguém?"

Eram três horas da tarde. Algumas horas antes eu a vira entrar naquele apartamento.

"Está vazio. Mudaram."

"Mas eu vi dona Clara entrando aqui hoje."

"Mudaram", repetiu o porteiro.

"Mas eu estou alugando o apartamento. Dona Clara me disse que ia me esperar. Ela me deu a chave e disse que ia me esperar até as três horas."

Olhei o relógio, tirei o meu molho de chaves do bolso.

"Ora, já passam de três horas, acho que me atrasei", eu disse.

"Se o senhor tem as chaves, pode subir para ver o apartamento. Eu não posso acompanhar o senhor, não posso deixar a portaria."

O apartamento era no quinto andar. Quinhentos e dois, fundos. Peguei o meu estojo de ferramentas e abri a porta. Abrir portas foi a única coisa útil que jamais aprendi com o Gomes.

Entrei. O apartamento era enorme. Estava totalmente vazio. Não exatamente. Havia uma estante na sala, sem livros, e uma lata de lixo cheia, na área de serviço. Peguei a lata de lixo e esvaziei o seu conteúdo no chão. Havia uma garrafa com um pouco de vinho francês Saint-Émilion, safra 1961, restos de queijo, uma caixa vazia do tranquilizante Corax, uma caixa vazia do moderador de apetite Moderex (ela devia tomar o Moderex para perder a fome, ficava nervosa e tomava o Corax para se acalmar), um invólucro plástico de pão de centeio, com algumas fatias dentro, uma plantinha com florezinhas redondas e um sapo, morto.

Tirei de dentro do bolso o saco preto de plástico que sempre carregava comigo e coloquei dentro tudo que encontrara na lata de lixo.

Ao sair, o porteiro olhou desconfiado para o saco preto que eu carregava, mas não me interpelou.

"Oi, Zilda", eu disse.

Zilda estava vendo a novela das sete e não respondeu.

Fui para o banheiro reexaminar o lixo de dona Clara Estrucho. O vinho fora bebido naquele dia, ainda não adquirira aquele gosto avinagrado de resto deixado dentro da garrafa. A plantinha parecia ter sido espremida como se lhe tivessem tirado o caldo para fazer um refresco. Provei o queijo. Parecia de cabra.

"Que é isso? Comendo lixo?"

Era Zilda, que me olhava da porta do banheiro.

"Não propriamente. Estou investigando."

"As coisas estavam melhores quando você era professor primário", ela disse.

"Sabe", eu disse, ainda com o pedacinho de queijo na mão, "que um cliente deu um golpe de um milhão de dólares na Panamericana? Quer dizer, deu mas não vai levar."

"Quem devia dar um golpe de um milhão era você. O fusca enguiçou outra vez comigo no meio da rua. Por que você não compra a merda de um carro decente?"

Quando Zilda começava a dizer nome feio eu sabia que ia enfrentar maus momentos.

"Quando eu solucionar este caso a companhia —"

"A companhia, a companhia, sempre essa maldita companhia de merda. Foda-se a companhia."

"Meu bem", eu disse estendendo a mão.

"Não me toque. Quando estou aborrecida não gosto que me toquem. Ou larga o queijo ou come ele de uma vez."

Zilda deu um grito. Ela havia visto o sapo na borda da banheira. "Que é isso em cima da minha banheira?"

"É um sapo." Tentei ser natural, como se dissesse, é uma caixa de fósforos.

"Um sapo! Meu Deus, um sapo! Zilda, o desgraçado trouxe um sapo para casa!" Ela tinha o hábito de falar com ela mesma, como se fosse com outra pessoa.

"Ele está morto", eu disse.

"O infeliz trouxe um sapo para casa!", gritou ela a plenos pulmões.

"Olha os vizinhos", pedi.

"Fodam-se os vizinhos", disse Zilda, em voz mais baixa. "Tira essa merda daqui."

Zilda fez uma careta nauseabunda e correu para a sala.

Coloquei o lixo de Clara Estrucho dentro do saco preto de plástico, inclusive o sapo, e joguei tudo na lixeira. A plantinha eu escondi numa gaveta da minha cômoda.

Zilda continuava vendo a novela.

"Pronto, meu bem, joguei tudo fora."

"Vai lavar as mãos, depois limpa com álcool", ordenou ela. Fiz como Zilda mandou.

"Um sapo, trazer um sapo morto para casa, você já viu coisa parecida, Zilda?" Ela ficou resmungando enquanto eu, no quarto, pensava na mudança apressada de Clara Estrucho. Aquela casa toda limpa de móveis e objetos me parecia muito suspeita. E o sapo?

O que significava aquele sapo?

Como sempre fazia no intervalo das novelas — eram várias novelas e Zilda via uma depois da outra —, ela veio ao quarto, dessa vez não para dizer que Patrícia era uma mulher mentirosa e mesquinha, ou outra informação ligada à novela, mas para dizer:

"Hoje vamos ao teatro."

"Vamos ver o quê?"

"*Macbeth*, de Shakespeare. Estamos atrasados. Muda a camisa e põe o terno escuro." Novela na televisão podia ser vista de qualquer maneira, mas teatro era outra coisa.

Lá fomos nós todos enfarpelados, mas, para irritação e constrangimento meu e de Zilda, a maioria das pessoas estava de jeans. A peça, que eu via pela primeira vez, não era muito chata. Quer dizer, o pedaço que eu vi, pois nós saímos antes do fim. A peça, como todos sabem, tem reis e feiticeiras e lá para as tantas as feiticeiras estavam reunidas em volta de um caldeirão e uma delas jogou um sapo dentro dele falando em veneno e em sono, coisas que me fizeram tremer.

"O sapo", gritei para Zilda, "os Estrucho fizeram uma feitiçaria!"

"Cala a boca", disse Zilda.

"O sapo é a pista", eu disse excitado.

"Psiu!", soprou um sujeito atrás.

"O sapo vai me levar lá", eu disse.

Zilda levantou-se e foi saindo com uma careta feia que ela andava fazendo ultimamente.

"O que foi, meu bem?", perguntei na porta do teatro.

"'O que foi, meu bem'? Seu débil mental. Você fez aquele escândalo dentro do teatro e pergunta o que foi? E sabe quem estava atrás de nós? O doutor Paulo Marcílio. O médico do sexto andar. Zilda, o que você está fazendo aqui, vivendo com um maluco, pobre e que, além disso, nem casar com você casou? Zilda, está na hora de você fazer alguma coisa."

Ao chegarmos em casa, ela disse:

"Acabou, viu?"

Até que ela falou macio. "Você é bonzinho, mas é meio abobalhado, não leve a mal, abobalhado não, Zilda, isso é muito forte. Você vive no mundo da lua, sonhando. Não devia ter deixado de ser professor primário da Prefeitura, há certas pessoas que precisam de um empreguinho garantido no governo e você é uma delas; você nunca vai subir na vida."

Fiquei olhando ela fazer as malas e praguejar.

Antes de ela ir embora perguntei: "Você quer ficar? Eu me mudo e você fica, se for melhor para você."

Mas ela não respondeu, saiu com as malas e pegou um táxi que havia chamado pelo telefone. Eu a segui até à porta do prédio e acenei, mas Zilda não respondeu. Voltara a ficar bonita e isso aumentou a minha tristeza.

No dia seguinte, liguei da Panamericana para uma casa chamada A Fauna Brasileira e perguntei se eles tinham sapos. Não, não tinham. Me deram o telefone de outra casa e depois de vários telefonemas acabei conseguindo o telefone de uma Associação Brasileira de Proteção ao Anfíbio. O sujeito que atendeu o telefone, nesse lugar, tinha voz cavernosa. Pelo telefone, disse ele, não dava informações. "Passe aqui", disse. O nome dele era Cerezo.

"Igual ao jogador de futebol?", perguntei. A sede da Associação Brasileira de Proteção ao Anfíbio ficava no Edifício Marquês do Herval, na avenida Rio Branco, esquina da Almirante Barroso. Uma sala pequena, cheia de gravuras velhas na parede e uma estante de livros.

"Como se escreve o nome do jogador de futebol?", o velho perguntou. Tinha o rosto todo enrugado, como se fosse a casca de uma árvore velha, e uma imensa cabeleira branca de fios crespos. "Não,

não, meu nome é com ss, Ceresso", ele disse e ficou me olhando. Depois perguntou: "O senhor sabe o que é um anfíbio?"

"Mais ou menos", eu disse.

"Diga um aí."

"Um o quê?"

"Um anfíbio."

"Sapo", eu disse.

"Outro."

"Jacaré."

"Outro."

"Tartaruga."

"Outro."

"Lagarto."

"Outro."

"Lagartixa."

"Outro."

"Foca."

"Outro."

"Leão-marinho."

"Outro."

"Hipopótamo."

"Outro."

"Cobra."

"O senhor não sabe coisa alguma sobre anfíbios", disse o velho, com desgosto na voz.

"Submarino", gracejei.

"Jacarés, tartarugas, lagartos e cobras são répteis, respectivamente da ordem dos crocodilianos, dos quelônios e dos sáurios, os sáurios englobando os lacertílios, isto é, lagartos e lagartixas, entre outros, e os ofídios, ou serpentes. Todos respiram pelos pulmões desde que nascem, ao contrário dos anfíbios."

"Foca?"

"Foca é mamífero, meu senhor. Hipopótamo é mamífero. E também o leão-marinho. Os anfíbios são de três ordens: os gimnofionos, conhecidos como cecílias ou minhocões, entre outros nomes;

os urodelos, conhecidos como tritões e salamandras; e os anuros ou batráquios, conhecidos como rãs, sapos e pererecas. Apenas estes são animais anfíbios, animais que na primeira fase da vida respiram o oxigênio dissolvido na água, através de brânquias, e na idade adulta respiram o ar atmosférico através de pulmões."

Deixei o velho falar. Velhos não gostam de ser interrompidos. Os moços também não gostam, mas os moços são mais pacientes. Afinal ele disse:

"O senhor me disse ao telefone que queria me falar de sapos e de seu uso por feiticeiros."

Meu coração bateu rápido ao ouvir falar em feiticeiros. "É uma longa história", eu disse.

"Então comece logo a contá-la, para não perdermos mais tempo."

Contei a Ceresso, resumidamente, a morte de Maurício Estrucho, as minhas suspeitas, o encontro do sapo morto e da plantinha espremida na lata de lixo.

Ceresso ouviu em silêncio a minha história. Não totalmente em silêncio, vez por outra ele grunhia um resmungo que ora parecia de incredulidade e ora parecia de desdém.

"Venha aqui." Ceresso levou-me até a uma das paredes da sala onde havia quadros cobertos de figuras de sapos, rãs e pererecas. "Com qual destes aqui o indivíduo que encontrou se parecia? Aqui, aí não, isso aí são rãs, arre!" Creio que ele disse arre! ou então foi apenas um rosnado de cólera. Voltei minha atenção para o quadro que me apontava. "Vamos, com qual destes o seu sapo se parecia?"

"Era igual a esses dois aqui", eu disse, depois de algum tempo, indicando dois sapos entre os muitos representados no quadro. "Esses dois aqui? Como ele pode ser igual a esses dois aqui se esses dois aqui são sapos diferentes? É a mesma coisa que dizer que a Clara Bow se parece com a Jean Harlow. Este aqui é um *Bufo marinus*, mais conhecido por cururu, que na língua nheengatu significa sapo grande. Por influência de Stradelli — isto, porém, é discutível —, outros naturalistas, como Spix, d'Abbeville, Rohan, Von Ihering, passaram a adotar como nome vulgar, para essa espécie de batráquio grande existente no Brasil, a denominação cururu. Este outro é o *Bufo parac-*

nemis, vulgarmente conhecido como sapo-boi ou sapo-gigante. Mas eles são muito diferentes. O *paracnemis* tem estas verrugas glandulares sobre a face interna da coxa, as quais, pressionadas, soltam uma secreção leitosa. As paratoides são menores e mais extensas. E ele chega a 22 centímetros de comprimento, enquanto que o *marinus* não ultrapassa dezoito. Mas eles são rigorosamente iguais na sua grande utilidade para o homem."

Eu olhava perplexo para um e para outro sapo. Para mim, eram iguais.

"Então?", disse o velho.

"Então o quê?"

"Seu sapo era o *Bufo paracnemis* ou o *Bufo marinus*?"

"Não sei", eu disse desconsolado.

"O senhor é demasiado ignorante."

"Não é vergonhoso deixar de saber alguma coisa."

"Arre! O maldito salvo-conduto de Cícero, tábua de salvação de todos os cretinos — nec me pudet ut istos fateri nescire quid nesciam. Pois fique sabendo que o único verdadeiro pecado do homem é a ignorância."

O velho estava tão furioso que balançava a cabeça de um lado para o outro, como se um enxame de abelhas africanas tivesse entrado nos seus cabelos.

"Ponha-se daqui para fora", disse o velho depois de dar um soco na parede.

"É este!" A Providência Divina me iluminara e de repente eu sabia, sem dúvidas, qual era o meu sapo. "É este aqui", eu disse, tocando com o dedo na gravura de um dos sapos.

"O *Bufo marinus*?"

"O *Bufo marinus*."

"Hm, grr, rr", grunhiu o velho, "só podia ser esse. É o que os feiticeiros gostam de usar."

Quando Ceresso disse isso o meu coração novamente bateu apressado e tive vontade de me ajoelhar no chão e beijar seus pés calçados de botinas cambaias de elástico. Feiticeiros! A palavra soava como se fosse uma música acompanhada de tambores.

"Feiticeiros, fale sobre os feiticeiros!", pedi.

"Onde estará o meu Marcgrave?" O velho fuçou durante algum tempo os livros que estavam na estante. Enquanto isso ia falando: "Na *Historia naturalis brasiliae*, que escreveu em 1648, Marcgrave já falava no uso do veneno do *Bufo marinus* pelos feiticeiros brasileiros. Mas isso é pré-história naturalista. Sobre esse assunto leia Lamarque Douyon, um pesquisador de Port-au-Prince que estudou os zumbis haitianos, leia os artigos de Wade Davis, no *Journal of Ethnopharmacology* e o seu livro *A serpente e o arco-íris*, leia o livro de E. Nobre Soares, *Os bocors*, e o livro de Akira Kobayashi, *A datura e seus efeitos zumbificantes*. Como você vê, eu fiz algumas pesquisas depois do seu telefonema."

"Onde posso encontrar esses livros?"

"Só tenho o Marcgrave, mas não sei onde está. O livro de Davis é encontrável. Creio que será difícil achar o material do Douyon. De qualquer maneira, tente na Biblioteca Nacional. Quem sabe?"

"E a plantinha?"

"Que plantinha?"

Tirei do bolso o plástico com os restos vegetais que encontrara no lixo de dona Clara Estrucho.

"Será que é comida de sapo?", perguntei.

"Sapo não é vegetariano", disse Ceresso. "Deixa isso aqui. Vou ver o que é. Escreva o seu telefone neste papel."

Saí da Associação Brasileira de Proteção ao Anfíbio ligeiramente desapontado e apreensivo. Em um certo momento eu tivera certeza de que Ceresso me daria a pista para revelar todo o mistério da falsa morte de Maurício Estrucho, naquele instante em que eu tivera ímpetos de beijar-lhe as botinas. Mas o velho me mandara pesquisar na Biblioteca Nacional e agora estava eu ali, nas escadarias do prédio da avenida Rio Branco, lembrando-me do tempo em que saía do Colégio Pedro II, na esquina da rua Marechal Floriano com Camerino, e caminhava a pé por toda a avenida até chegar à Biblioteca. Não era fácil, naquele tempo, encontrar os livros que eu queria, nunca estavam no lugar, ou estavam sendo encadernados, ou simplesmente não existiam.

Depois de uma hora de pesquisas inúteis tive de parar, pois a Biblioteca ia fechar.

"Amanhã, quando chegar aqui, me procura que eu o ajudo a procurar os livros", disse uma moça da Biblioteca. Era pálida, de cabelos castanhos, finos e lisos.

Quando ia saindo, lendo o papel com as anotações que fizera na Associação Brasileira de Proteção ao Anfíbio, tropecei numa moça que estava sentada na escadaria. Se ela não me segurasse eu teria rolado os degraus até a rua.

"Hei, zumbi, olha por onde você anda", disse ela.

"Você falou zumbi?", perguntei excitado.

"Falei, zumbi", ela disse.

"Incrível, eu estava pensando nisso."

"Nisso o quê?"

"Zumbis."

"Pensou e virou um", disse ela.

Estava vestida como uma riponga de antigamente, saia comprida, cabelo eriçado, sandálias, bolsa de pano a tiracolo e tinha um cheiro gostoso de sovaco.

"Meu nome é Minolta."

"Tem um figurão da alta burguesia internacional que deu ao filho o nome de Gramofone RCA Victor."

"Um belo nome", disse ela.

"Meu nome é Ivan Canabrava."

"Canabrava. Melhor que Gramofone."

"Você é estudante?", perguntei.

"Estudante? Já estudei tudo que tinha de estudar. Agora invento. Sou poeta. E você? Estava fazendo o que aqui na Biblioteca?"

"Pesquisando sobre feitiçaria."

"Me amarro em feitiçaria", disse Minolta.

Os funcionários da Biblioteca estavam saindo e a bibliotecária que dissera que ia me ajudar ficou olhando para mim e para Minolta. Ri para ela, mas ela não respondeu.

"Que tal a gente tomar um chopinho enquanto fala de feitiçaria?", disse Minolta. "Mas você tem de pagar porque eu estou zerada."

Por sugestão dela tomamos o ônibus na Cinelândia e saltamos na Glória. "Esta taberna tem um chope finíssimo", disse Minolta.

Afinal acabamos não falando de feiticeiros. Minolta havia sido despejada naquele dia. Estava pensando em ficar dormindo nas escadas da Biblioteca, na proximidade daquele montão de livros que lhe dava uma sensação de segurança. "Livro é um alto-astral."

"Não quer dormir lá em casa, até encontrar um lugar?"

"Depende. Não sei. Você está tentando desenvolver o seu lado feminino?"

"O quê?"

"Cansei desses homens que estão tentando desenvolver o seu lado feminino. Olhe bem para mim."

Olhei para ela. Tinha uma mancha na esclerótica, resultado de uma manhã inteira de leitura na praia sob sol forte.

"Seu lado feminino é inexpressivo, sem substância, desenraizado. Desista. Desenvolva o seu lado masculino, que talvez dê alguma coisa", sentenciou Minolta.

"Você não respondeu. Minha casa está às ordens."

"Você tem máquina de escrever? Só sei escrever a máquina."

"Tenho", eu disse.

"Então está bem."

"E as tuas coisas?", perguntei.

"Minhas coisas estão aqui", disse ela tocando com o dedo indicador no peito, do lado esquerdo, "e aqui." Uma bolsa de tecido, parecendo artesanato índio, a tiracolo.

Logo que pusemos o pé em casa o telefone tocou. Eu estava no banheiro e Minolta atendeu.

Era Zilda.

"Quem foi essa mulher que atendeu?", perguntou Zilda. "Foi Minolta."

"Minolta? Isso é nome de bicicleta", disse Zilda.

"Ela disse que o nome dela é esse", eu disse.

"O que ela está fazendo aí?"

"Ela foi despejada e vai ficar aqui até encontrar um lugar."

"Viro as costas e você põe dentro de casa a primeira cadela vira-lata que encontra na rua", disse Zilda. Acho que ela esquecera que me havia abandonado.

"Ela é uma boa menina", eu disse.

"Boa menina! Boa pra quê? Seu idiota, você pensa que é muito esperto mas qualquer vigarista ordinária enrola você. Põe essa vaca na rua, do contrário você nunca mais me vê."

"Meu bem, não posso. Ela não tem para onde ir. Além disso, eu já a convidei para ficar aqui, não posso voltar atrás."

"Pode sim."

"Não, não posso."

"Então adeus. Adeus! Mas agora é para valer, seu cretino, debiloide, babaca."

"Meu bem, não fala assim."

"Vai para o inferno. Eu quero que você morra!", disse Zilda, desligando.

Zilda era muito nervosa, mas não era má pessoa. Ela não queria dizer nada daquilo, mas perdia a cabeça facilmente e dizia coisas que não devia.

"Quem era?", perguntou Minolta.

"A Zilda. Nós morávamos juntos e ela brigou comigo e foi embora e agora está zangada porque você está aqui. Mas amanhã a raiva dela acaba."

"Você gosta dela?"

"Gosto. Ela é muito bonita. Vou te mostrar um retrato dela."

Mostrei-lhe o retrato de Zilda.

"Razoável", disse Minolta.

"Em pessoa ela é mais bonita."

"Pode ser", disse Minolta.

Minolta queria dormir na sala, mas eu insisti para que ela dormisse no quarto. "Adoro dormir no sofá", eu disse.

Acordei muito cedo, com dores nas costas. Tomei banho, fiz a barba. Fiz café, esquentei o leite, preparei a mesa do café. Bati na porta do quarto.

Minolta abriu a porta. Estava inteiramente nua. Com a bolsa a tiracolo.

"O café está na mesa", eu disse.

"Já vou", ela disse.

"Põe uma roupa", eu disse, voltando para a sala. Tomamos café sem falar muito.

"Vou trabalhar e estou aqui por volta de sete horas", eu disse. "Fique à vontade. Tem café em pó, leite e frutas na geladeira. Deve ter mais coisas."

"Onde está a máquina?"

Mostrei a ela o lugar onde estava a máquina e um bloco grande de papel. Mostrei a ela, também, onde estavam as toalhas limpas de banho.

Cheguei na Panamericana depois do Gomes.

"Tudo bem?", ele perguntou, me olhando como se eu tivesse a cabeça enfaixada por uma gaze manchada de sangue. "Tudo bem", eu disse.

"Tudo bem mesmo?"

Ajeitei o laço da gravata. "Tudo."

Não havia nenhuma ordem de serviço sobre a mesa. Fui até a sala da secretária do doutor Zumbano, para dar bom-dia à dona Duda. Ela sempre me punha a par das coisas que estavam acontecendo. Quando mudou o chefe do Jurídico e o doutor Ribeiroles foi nomeado, ela me deu a notícia antes de o Aviso Geral circular pela Panamericana. Ela era muito boazinha e sempre me dava um bombom que tirava de uma caixa de dentro da gaveta na mesa.

"Quem me dera ser igual a você", disse dona Duda.

"Igual a mim?"

"Você come tudo, come balas, bombons, e está sempre magro e elegante."

Botei o bombom no bolso.

"Coma o seu bombom", ela disse, tirando um para ela e devorando-o imediatamente. "Tudo bem com você?", perguntou, engolindo outro bombom.

"Tudo bem", eu disse.

"Você viu a novela ontem?"

Eu odiava novelas. Odiava televisão. Odiava crianças. (Isso eu já falei.) Mas não ia dizer isso para dona Duda.

Ela via três novelas, tal como a Zilda, a partir do momento em que chegava em casa às sete da noite. Seu sonho era, quando se aposentasse, ver também as várias novelas que passavam no horário diurno. Também gostava de ver filmes dublados. As vozes dos dubladores eram sempre as mesmas e ela gostava disso. Quando surgia uma voz nova — e isso era raro — ela reclamava. Chegou a escrever uma carta para a Rede Globo: "Não gostei da voz que colocaram no Burt Reynolds no filme de quinta-feira. O que aconteceu com a voz antiga? Quem dublava o Burt dublava o Lee Majors, o Humphrey Bogart, o Clark Gable, o Telly Savalas, o Laurence Olivier e o xerife Lobo. Vê lá se vão substituí-lo também nesses personagens. Duília Teixeira, secretária executiva." Ela gostava de ouvir vozes familiares. Uma vez brigou comigo porque eu disse a ela que o Humphrey Bogart, para possuir aquela voz rascante, fizera o sacrifício mortal de desenvolver um câncer na laringe e quem fosse dublá-lo corretamente devia, pelo menos, sofrer do mesmo mal. Então, naquele dia, comendo meu bombom, eu perguntei a que novela dona Duda se referia, à das seis, das sete, das oito ou das dez.

"A das seis eu nunca vejo", disse ela com um suspiro. "À das oito."

"A das oito eu não vi", safei-me.

"Sabe quem matou o diretor da companhia, o doutor Max?"

"Não."

"Gerard Vamprey. Mas eu já sabia, havia lido na revista *Amiga*. O Gerard Vamprey, com aquela carinha de santo, foi quem matou o doutor Max." E dona Duda me contou o capítulo inteiro.

Ou seja, não havia novidades no gabinete do doutor Zumbano.

Voltei para a minha sala, minha e do Gomes, e notei que ele continuava me olhando de maneira esquisita.

"Você pode confiar em mim", disse ele depois de algum tempo. "Sou seu amigo."

"Eu sei, eu sei", eu disse, supondo que ele, de alguma forma, devia ter sabido das minhas investigações sobre a falsa morte de Maurício Estrucho. Mas não era isso. Apenas uma intriga de Zilda.

"A Zilda me telefonou e disse que você teve um acesso de stress."

Respirei aliviado.

"Um acesso de stress? Ela disse isso?"

"Não com essas palavras. Ela disse que você havia despirocado, estava doido, vendo sapos nas paredes, que comia o resto dos vizinhos e que a expulsara de casa para receber uma vagabunda da zona."

"Não é nada disso", eu disse indignado.

"Você quer dizer que está tudo bem entre vocês?"

"Não está não. Ela saiu de casa, sim, mas por vontade própria."

"Você quer dizer que não há nenhuma moça em sua casa?" Gomes aprendera a fazer interrogatórios no manual americano *A inquirição: sondagem e avaliação*.

"Há sim. Mas, Gomes, você está por fora. Zilda brigou comigo — para falar a verdade por causa de um sapo, mas eu não estou vendo nenhum sapo pelas paredes, não se preocupe — e saiu de casa. No dia seguinte, ontem" — era incrível, mas aquilo tudo havia acontecido na véspera — "eu encontrei essa moça, ela estava sentada nas escadas da Biblioteca Nacional, o nome dela é Minolta, isso mesmo, a máquina fotográfica, e ela não tinha para onde ir e eu ofereci a minha casa para ela passar a noite e ela dormiu no quarto e eu no sofá da sala e possivelmente ela nem está mais lá em casa neste momento. Satisfeito? Se alguém está maluco neste episódio todo é a Zilda."

Gomes mordeu os lábios e olhou para o chão.

"Está satisfeito?", repeti.

Ele continuou mordendo os lábios e coçou a ponta do nariz. Não sei se ficou ou não convencido. De qualquer forma estava na hora de eu ir à Biblioteca Nacional, continuar as minhas pesquisas.

"Se perguntarem por mim diz que fui fazer um trabalho externo."

Gomes mexeu a cabeça, sem olhar para mim.

Na Biblioteca Nacional procurei a bibliotecária que se dispusera a me ajudar. Chamava-se Carminha. Seus olhos eram tristes e cortaram o meu coração. Ela conhecia o Ceresso, da Associação Brasileira de Proteção ao Anfíbio, um frequentador assíduo da Biblioteca Nacional.

"Qual é o seu interesse?"

"Experiências com venenos de sapos."

"Ahn", disse ela, e seus olhos pareceram ficar ainda mais tristes. "Pensei que o seu interesse fosse a música. Bobagem minha. Sapos... Vejamos. Há alguma coisa especial que você queira, algum livro?"

"Quero ver tudo o que existir. Mas desde logo gostaria de ler estes aqui." Dei a ela a lista com os nomes que o diretor da Associação Brasileira de Proteção ao Anfíbio me havia dado.

Carminha me conseguiu o *Journal of Ethnopharmacology*, com o artigo de Wade Davis, o livro do Kobayashi e o de Nobre Soares.

Mergulhei na leitura daqueles fascinantes livros. "O sapo", dizia Davis, "é um laboratório e uma usina química, contendo, além de alucinógenos, poderosos anestésicos não identificados, que afetam o coração e o sistema nervoso." As descobertas de Davis confirmavam as de Kobayashi. O sapo teria uma substância igual à tetrodoxina encontrada por Kobayashi no baiacu ou sapo-do-mar.

As pessoas sob a ação dessa substância ficariam como mortas do ponto de vista fisiológico, retendo apenas certas faculdades mentais, como a memória. A esse estado chamavam de zumbinismo. Enterrado ou fora da sepultura, o zumbi permanecia como morto, dez horas, a menos que continuasse sendo alimentado com uma mistura de veneno de sapo e determinadas substâncias químicas encontradas em algumas plantas, como *Pyrethrum parthenium*, numa proporção de 1 mg por 50 mg. Então o estado cataléptico poderia ser prorrogado algumas vezes. Os pesquisadores não sabiam quantas.

Fiquei tão excitado, depois de ler e anotar tudo isto, que disse para Carminha:

"Eu tinha ou não tinha razão?"

"Se você me disser do que se trata poderei responder."

"Um sujeito pode parecer que está morto e no entanto estar vivo."

"E pode parecer que está vivo e no entanto estar morto", disse ela. Ela devia ter um problema, pensei, coitadinha, tão moça e tão branquinha e tão magrinha e tão bonita.

"Você está triste?", perguntei.

"Eu?", disse ela, surpreendida. "Não havia pensado nisso."

"Houve uma época na minha vida em que eu vivia triste", eu disse.
"Eu não vivo triste", ela disse. "Apenas..."
"Apenas..."
"Eu não estou alegre. Há uma diferença."
"Eu sei."
"Tenho o meu trabalho", ela disse. "Gosto do meu trabalho."
"Eu sei."
"Está na hora de fecharmos", ela disse.

Eu ficara o dia inteiro na Biblioteca, nem pensara em almoçar. Fui correndo até a Panamericana, mas não havia mais ninguém lá, apenas o pessoal da limpeza. Decidi ligar para a casa do meu chefe, o doutor Zumbano. Atendeu uma mulher dizendo para eu esperar um momento.

"Doutor Zumbano", eu disse, "é o Canabrava."

"Quem?"

"O Canabrava, do escritório."

"Sim, claro, Canabrava."

"Descobri uma coisa importante ligada ao seguro do senhor Maurício Estrucho."

Zumbano ficou um momento em silêncio.

"E você não pode esperar até amanhã, para me falar sobre isto no escritório?"

"Amanhã é sábado, não tem expediente."

"Ah, sim, é mesmo, claro. Por que não segunda-feira?"

"Doutor Zumbano, é muito importante."

"Não podemos fazer nada no sábado e no domingo, podemos? Além do mais estou indo agora para a minha casa em Petrópolis. Segunda-feira, está bem? Logo cedinho, de manhã."

Minolta estava na cozinha do apartamento. Havia mudado de roupa.

"Vigia o arroz. É integral. Você gosta de arroz integral? Estou escrevendo um poema sobre o mico-leão-dourado, esse que foi repatriado dos Estados Unidos." Meteu a mão na bolsa, que sempre mantinha a tiracolo, e tirou um retrato. "Você já viu pessoinha mais bonita?" Era um mico agarrado num galho de árvore. "Você conhece a história?"

"Arroz integral é aquele escuro?"

"É o único bom para a saúde. O outro só tem amido, não vale nada. Mas esse mico estava desaparecendo no Brasil, vivia aqui perto, em Silva Jardim, no estado do Rio, mas o desmatamento estava acabando com ele. Então levaram alguns casais para os Estados Unidos e lá eles procriaram em cativeiro. Agora eles estão voltando e o problema é saber se eles saberão viver em liberdade."

"É difícil viver em liberdade", eu disse.

"O que você quer dizer com isso?" Minolta me olhou desconfiada.

"Quero dizer que é difícil, apenas isso."

"Você gosta de viver cerceado em sua liberdade, porque é mais fácil, é isso?"

"Não. Eu gosto de viver em liberdade. Apenas é difícil, só isso."

Ela ficou me olhando algum tempo.

"Se é difícil para você, imagina para um mico que cresceu numa jaula. Alimentado como um prisioneiro, ele não aprendeu a procurar os alimentos, a se defender. Existem coisas venenosas na natureza, ainda que isso pareça absurdo. Os ambientalistas sugeriram então que as fêmeas e os filhotes repatriados fossem colocados em liberdade juntos com um macho que tivesse crescido livre aqui, onde eles vão ser soltos, em Silva Jardim. Esse macho — ou machão? — ensinaria a família a sobreviver. O que você acha?"

"Acho bom", eu disse. Minha cabeça estava longe. O único animal que me interessava era o sapo — além, é claro, de alguns racionais, como dona Clara Estrucho.

"Me parece uma solução típica do pensamento machista. Por que não colocar os machos repatriados e os filhotes com uma fêmea selvagem daqui? A fêmea também sabe ensinar, ou não sabe?", disse Minolta.

"Deve ser para não separar a fêmea dos filhotes", eu disse.

"A fêmea é sempre prisioneira das convenções."

"Eu entendo pouco de micos. Mas por que não colocar a família repatriada, inteira, pais e filhos, com um macho, ou uma fêmea local?", eu disse.

"Os micos são monógamos, dizem os ambientalistas. Entendeu o problema?"

"Talvez os machos adotem os filhos dos outros e as fêmeas não. De qualquer forma, pelo que você me diz, um casal emigrante terá que ser separado, nesse esquema, e também um casal local", eu disse.

"Vê como a monogamia é uma coisa complicada", disse Minolta. "Acho que vou escrever um poema sobre a monogamia. Não encontrei o açúcar mascavo. Você vigia o arroz, que eu vou dar um pulinho no Paraíso da Saúde, na Dias Ferreira."

Minolta fez um jantar que constava de arroz integral, bife de soja e chuchu cozido. Não sei onde foi que entrou o açúcar mascavo.

"Está bom?", perguntou Minolta, comendo vigorosa e vagarosamente.

Estava horrível. "Está bom", eu disse. Para que chatear a moça?

Felizmente, quando fomos viver escondidos em Iguaba, Minolta abandonou essa mania de macrobiótica e descobrimos os prazeres da mesa e da cama — mas isso fica para depois.

O telefone tocou. Era Ceresso, da Associação Brasileira de Proteção ao Anfíbio.

"Aquele vegetal que o senhor me trouxe..."

"Sim?"

"Um amigo botânico examinou-o para mim. Disse que aquelas folhas recortadas, as flores ovoide dispostas em espiguetas paniculadas, o fruto aquênio, indicam, sem dúvida, tratar-se de *Pyrethrum parthenium*, uma planta da família das compostas."

"Doutor Ceresso, é uma substância tirada desse vegetal que, misturada com o veneno do sapo, pode causar —", gaguejei.

"Eu sei", ele me cortou, "está no livro do Nobre Soares. Pode causar um estado de catalepsia profunda. Boa noite." Desligou.

Minolta disse: "Vou dar uma volta. Me empresta a chave para eu não te acordar. Vou chegar tarde." Eu mal ouvi o que ela disse, de tão nervoso e excitado. Estava quente, com febre.

Dormi de maneira intermitente. Creio que tive vários pesadelos — eu não lembrava deles quando acordava, mas sei que eram pesadelos, pelo suor na minha fronte e pelo coração batendo. Felizmente o dia raiou e eu saí da cama, ou melhor, do sofá, sentindo as mesmas dores nas costas.

Encostei o ouvido na porta do quarto. Eu vira Minolta chegar, bem tarde, mas fingira que estava dormindo.

Fiz o café, torrei o pão, passei manteiga no pão, cortei mamão à francesa e bati na porta.

"O quê?", ouvi. "Entra."

Minolta acordava com a mesma cara de quando ia para cama. Zilda era muito bonita mas de manhã os olhos dela ficavam inchados. O rosto de Minolta estava limpo e loução, como o de uma criança saudável.

"Põe uma roupa", eu disse fechando a porta. Se dormisse nu eu pegava um resfriado. Nem precisava ser todo nu, bastava não usar uma das peças, de cima ou de baixo, para me resfriar terrivelmente, ainda que me cobrisse com o lençol.

"Chega de me dominar", disse Minolta saindo do quarto. "Tive que me vestir toda" — pusera um short curtinho e uma blusa sobre a pele — "neste dia de calor, apenas porque você quer ditar as regras."

"Fiz o café", eu disse.

"Só porque fez o café não pode mandar em mim."

"Não quero mandar em você."

"Todo homem quer mandar na mulher."

"Eu não quero."

"Mentira. Qual foi a razão que levou a mulher que morava com você a dar no pé?"

"Zilda?"

"Zilda. Já teve outras?"

"Não. Zilda é uma mulher nervosa."

"Diga: Zilda é uma mulher doente. É assim que os homens destroem as mulheres."

"Não, Zilda não é uma mulher doente."

"Olha, essa Zilda não me interessa."

"Isso. Vamos falar dos micos."

"Também não quero falar dos micos." Quem vê rosto não vê pesadelo. A noite dela não devia ter sido muito boa, também.

"Então toma o café."

"Não tem pão preto?"

"Infelizmente não."

Minolta pegou a torrada e deu uma dentadinha. Depois outra. E outra.

"Gostosa, esta torrada. Como foi que você fez?"

"No forno. Usei um pão de dois dias, que cortei em fatiinhas fininhas transparentes."

"Delícia. Mas pão branco faz mal, você sabe. Uma vez na vida, outra na morte, no máximo."

Chegando ao escritório na segunda-feira, coloquei as notas que fizera na Biblioteca Nacional sobre a mesa e comecei a bater um relatório para o doutor Zumbano, chefe do Departamento de Investigações Sigilosas da Panamericana. Falei do sapo que encontrara na casa de dona Clara Estrucho, do *Pyrethrum parthenium*, das pesquisas de Davis, Kobayashi e Nobre Soares. Apesar de interrompido várias vezes — uma delas por Zilda, que disse ao telefone: "Aquela vagabunda não vai embora?" (ela havia ligado para o apartamento e Minolta atendera). "Bota aquela cadela imunda para fora, do contrário você nunca mais me vê" — consegui escrever um relatório claro, conciso e fundamentado sobre o caso Maurício Estrucho, provando o meu ponto de vista de que a Panamericana havia sido vítima de uma fraude. "A mais maquiavélica e ardilosa da história dos seguros, no Brasil", terminava o meu relatório.

O doutor Zumbano não me recebeu.

"Ele está muito ocupado", disse dona Duda.

"Ele me disse para procurá-lo hoje de manhã. Liguei para a casa dele na sexta-feira. É um assunto urgente."

"Mas ele está muito ocupado. Um assunto da diretoria." Pela primeira vez dona Duda não me dava um bombom do inesgotável estoque da sua gaveta. A minha insistência a estaria incomodando?

"Então a senhora me faz um favor. Entrega este relatório a ele. Não deixa ninguém ver não, por favor. Entrega na mão dele."

"Pode deixar."

"É muito importante."

"Pode deixar."

"É muito, muito importante."

"Eu sei."

"Entrega só a ele."

"Já disse que não se preocupe."

Entreguei a ela o relatório, esperei que o colocasse dentro da gaveta e saí, depois de sorrir para ela, o meu sorriso mais simpático, com todos os dentes aparecendo. Ela não respondeu.

"Zilda acabou de ligar", disse Gomes, quando voltei para a sala.

"Entreguei um relatório ao doutor Zumbano sobre o caso Estrucho."

"Ela disse que vai lá no apartamento expulsar aquela moça."

"O quê?"

"Ela não falou assim. Ela disse 'vou botar aquela vigarista nojenta, piranha, pra fora a pontapés'."

Peguei o telefone e disquei para casa. O telefone tocou muito até que Minolta atendesse.

"Você interrompeu a minha meditação transcendental", ela disse.

"Passa a tranca na porta e não deixa ninguém entrar. Principalmente se for a Zilda."

"Deixa comigo", disse Minolta, desligando o telefone.

"Problemas, não é?", disse Gomes, me olhando enviesado.

"Não. Não. Tudo bem."

"Penteie o cabelo", disse Gomes.

"Preciso falar com o doutor Zumbano."

"Mais uma razão para pentear o cabelo."

"Não tenho pente."

"Eu te empresto o meu." Gomes me estendeu um pente preto, com dentes cinzentos de caspa. O paletó do Gomes estava sempre cheio de caspa.

"Não, muito obrigado."

O doutor Zumbano estava saindo quando tentei falar com ele.

"Sobre o quê? Estou com pressa", disse ele quando lhe perguntei se podia lhe dizer uma palavrinha. Dona Duda parecia apreensiva.

"O caso Estrucho. O senhor leu o meu relatório?"

"Li. Li. Acabei de ler."

"Acho que não podemos perder mais tempo, aposto que se abrirmos aquela sepultura não encontraremos ninguém lá dentro", eu disse.

"As coisas não são tão simples assim, Canabrava", disse Zumbano, mantendo uma certa distância de mim. "Preciso falar com o Ribeiroles. O assunto é delicado."

"Doutor Zumbano, aquela sepultura está vazia. Não tem ninguém lá dentro. Eu não tenho dúvidas quanto a isso."

"Não ter dúvidas é sempre muito perigoso", disse Zumbano. "E além do mais, que provas nós temos? Não se esqueceu do exame feito pelos nossos médicos? O homem está morto."

"Ele estava num estado de catalepsia profunda."

"Catalepsia profunda?"

"O senhor não leu o meu relatório?"

"Li. Li o seu relatório. Sabe o que ele me pareceu? Um desses relatos que querem provar a existência de discos voadores, ou a existência de extraterrestres."

"Eu não acredito em disco voador."

"Não parece."

"E se os acionistas souberem que nada fizemos para defender os seus interesses, deixando que a companhia seja lesada em um milhão de dólares?"

O doutor Zumbano me interrompeu:

"O senhor está me ameaçando?"

É verdade. Eu estava ameaçando o doutor Zumbano. Quando percebi isso senti-me envergonhado. Eu não queria ameaçá-lo. Eu queria convencê-lo, talvez persuadi-lo a fazer o que eu achava mais favorável aos interesses da companhia. Mas não ameaçá-lo.

"Não, não estou ameaçando o senhor."

"Não seja tão convicto. Não existem verdades absolutas."

"Eu sei. Mas existe a verdade simples, não existe?"

Zumbano fez uma cara pensativa.

"Se a verdade é relativa, a mentira é relativa... Veja como pensar é uma coisa instigante", disse o doutor Zumbano. Tirou um caderninho do bolso. "Eu sempre anoto as ideias que acredito serem importantes, ideias que possam enriquecer meu patrimônio intelectual." Anotou, repetindo em voz alta: "Se a verdade é relativa, a mentira é relativa."

Esse aforismo é de Nietzsche, está em *Assim falava Zaratustra*, um dos livros mais chatos que havia lido em minha curta e magra vida. Pensei em dizer isso ao doutor Zumbano, mas achei melhor ficar calado.*

"Então?"

"Então o quê?"

"O meu relatório?"

"Aguarde, seu Canabrava. Enviei-o para o doutor Ribeiroles, preciso de uma opinião do Jurídico."

Dito isto me virou as costas, com uma expressão ostensiva de impaciência e irritação no rosto. E nos braços. Parecia, enquanto andava, afastar um mendigo que o tivesse agarrado pela manga do paletó.

Cheguei em casa e encontrei Minolta à mesa da sala com telas, pincéis e tubos de tinta.

"Encontrei uma grana na gaveta e aproveitei para comprar estes bagulhos para pintura. Depois te pago. Estou pintando um quadro, *Pesadelo numa manhã de sol*, mas não olha, eu não gosto que olhem os meus quadros quando estou pintando. Ah, esteve aqui aquela cidadã."

"Quem?"

"A sua ex. Mulherzinha empombada. Mas tudo bem." Minolta voltou a pintar.

---

* Eu me enganei. A frase de Nietzsche é: "Quem não sabe mentir não sabe o que é a verdade."

O telefone tocou.

Era Zilda.

"Seu verme! Essa megera do mangue quase me matou. Estou cheia de manchas roxas dos golpes que ela me deu. Quero te avisar, carbúnculo fedorento, que estou indo dar queixa à polícia. O lugar dessa puta assassina é numa jaula."

"Mas o que foi, Zilda?"

"O que foi, Zilda? Essa vadia psicopata faixa preta me encheu de porrada. Ela me disse que é campeã de caratê, isso torna a agressão dela mais grave. Vai apodrecer na prisão ou então vou lhe dar um tiro nos cornos."

"Calma, Zilda."

"Ou você põe ela pra fora ou então eu vou aí com a polícia. Vou a exame de corpo de delito. Ela vai ver com quem foi que se meteu. Você vai ver com quem foi que se meteu."

Ela fez mais algumas ameaças e bateu o telefone na minha cara.

Minolta, enquanto isso, pintava calmamente a sua tela.

"Algum bode?", perguntou Minolta.

"Ela disse que você bateu nela."

"Ela é que queria bater em mim. Dei-lhe um chega pra lá."

"Você é campeã de caratê?"

Minolta riu.

"Eu disse isso para assustar aquela dona. Estava gritando muito e eu disse pra calar a boca. Perguntou: 'É você que vai me fazer calar a boca, verme?'. Eu botei as mãos daquele jeito que a gente vê no cinema e disse "sou campeã de caratê" e parti pra cima dela gritando sayonara, a única coisa que sei em japonês. Quando notei o que aconteceu, ela estava caída no chão, creio que escorregou, pois o golpe que dei nela, se é que se pode chamar isso de golpe, não era muito forte. Quer que eu mostre para você?"

"O quê?"

"O golpe?"

"Não, muito obrigado. A Zilda diz que vem aqui com a polícia."

"Bafo."

"Ela é uma mulher encarniçada."

"O que ela tem muito é gogó. Manjo essas fricoteiras. Não vem que não tem. Comigo o buraco é mais embaixo."

"Esse pessoal da sua, quer dizer, os seus amigos, quer dizer — que idade você tem?", perguntei.

"Quantos anos você me dá?"

"Entre dezesseis e trinta", eu disse.

"Acertou."

"Esse pessoal da sua idade todo fala assim?"

"Assim como?"

"Essa mistura de gírias velhas e novas."

"Às vezes, gosto de dizer coisas que a minha avó dizia, como isso do buraco, às vezes participo da invenção, outras curto uma frase do ministro da Fazenda. Meu negócio é a polissemia."

"Você me ajudaria a fazer uma pesquisa?"

"Depende", disse ela.

"Depende de quê?"

"Primeiro quero saber o que é. Não ponho minha mão em cumbuca."

"Eu vou tomar uma substância para ver se entro em catalepsia." Não falei dos motivos que me levaram a fazer aquilo, nem ela me perguntou.

Telefonei para Ceresso, da Associação Brasileira de Proteção ao Anfíbio.

"Doutor Ceresso, quem fala aqui é o Ivan Canabrava. Lembra-se de mim?"

Ele lembrava. Perguntei se podia lhe pedir um favor. Ele ficou calado, pensei até que havia largado o telefone. "Pode", disse ele afinal.

"Eu queria que o senhor me arranjasse um sapo e uma quantidade de *Pyrethrum parthenium*."

"O que está pensando que eu sou? Um armazém de pronta-entrega de indivíduos da fauna e de componentes da flora universais? Tenho mais o que fazer, rapaz." Sua voz era áspera e irritada, mas ele não desligou.

"Doutor Ceresso, o senhor é a única pessoa no mundo que pode me ajudar", supliquei. "Por favor."

"Estou muito ocupado", disse ele, agora apenas rabugento.

“Eu sei que o senhor está muito ocupado, o senhor é um cientista importante, dedicado a uma causa nobre que é a proteção dos anfíbios”, eu disse.

“Que sapo o senhor quer? O *Bufo marinus*?”

Confirmei que era o *Bufo marinus*; o sapo que eu identificara na parede do seu escritório.

“Olha, rapaz, você está me dando um trabalho muito difícil, a família das compostas é muito grande. O *Pyrethrum parthenium* pode estar na artemísia, na losna, na arnica, na catinga-de-mulata, na calêndula...”

Notei que Minolta arrancava a roupa e ficava só de calcinha. “Está um calor dos diabos”, disse ela.

“...no cardo, na escarola, no carrapicho, na edelvais, evidentemente no piretro...”

“Põe essa roupa”, disse eu fechando o bocal do telefone enquanto Ceresso recitava nomes de plantas da família das compostas.

“Por quê? Você acha meu corpo repugnante? Pelada eu enlouqueço você? Você fica chocado com a minha nudez? Me dá uma razão para eu não ficar nua?”

“Bem... Você pode pegar um resfriado.”

“Meu último resfriado foi há dez anos.”

“...áster, perpétua, dália...”

O corpo de Minolta até que não era repugnante. Os ossos talvez aparecessem mais do que deviam, nas costelas e logo acima do peito, o que era de se esperar considerando a dieta macrobiótica. Seu traseiro era pequeno, redondo e musculoso; as pernas também eram musculosas, com quadríceps surpreendentemente volumosos e desenvolvidos. Senti um calor no corpo seguido por um calafrio.

“...tanaceto, camomila, chicória e muitos outros”, disse Ceresso.

Os peitos de Minolta eram também inesperados; daquela caixa de ossos projetavam-se dois globos sólidos e empinados, como se estivessem estofados de silicone.

Perdi um pouco do que Ceresso dizia.

“Quando então o senhor pode me dar isso?”

“Eu não disse que dentro de dois dias lhe arranjo tudo? Você é surdo, menino?”

“É que o meu telefone está com defeito”, eu disse.

Despedi-me de Ceresso com agradecimentos pusilânimes e subservientes.

Vendo Minolta nua, pintando, lembrei-me, não sei por quê, de Zilda. E se ela aparecesse de repente e visse Minolta nua andando pela casa? Impossível imaginar o que poderia acontecer.

“Se tocarem a campainha não abre a porta”, eu disse, “deixa que eu abro.”

“Fiz uma salada de broto de bambu para a gente comer no jantar”, disse Minolta.

Quando ela acabou de dizer isso a campainha da porta tocou.

“Deixa que eu vejo.” Alarmado, fui até a porta na ponta dos pés e olhei pelo olho mágico. Um homem e uma mulher, com os rostos desfigurados pela lente do visor, sondavam ameaçadoramente com seus narizes deformados enfiados na porta.

“Quem é?”, perguntou Minolta.

Voltei na ponta dos pés até onde ela estava, o coração batendo assustado.

“É uma gente sinistra”, murmurei. “Devem ser da polícia.”

“E daí?”, disse Minolta.

“E daí?”, sempre sussurrando, “deve ser coisa da Zilda. Não sei o que ela inventou. Você tem alguma coisa com você?”

“Alguma coisa comigo? Que coisa?”

A campainha tocou de novo.

“Tóxico, bolinhas”, falei no ouvido dela.

“Tóxico? Isso já era, ô cara, quem tá nessa agora é bancário, professor, homem de açougue, burguês da zona sul. Deixa a polícia entrar.”

“E você pelada assim? Pelo menos põe uma roupa.”

Conduzi-a pelo braço até ao quarto. “Põe esse vestido”, eu disse dando a ela um vestido largão e comprido, aliás o único que ela possuía. Impaciente, Minolta enfiou o vestido pela cabeça enquanto caminhava de volta para a sala.

A campainha tocou novamente.

Pelo visor contemplei novamente as duas figuras sinistras. A mulher pareceu dizer qualquer coisa como "vamos arrombar a porta". Eles iam arrombar a porta!

"Eles vão arrombar a porta", eu disse para Minolta.

"Merda", disse Minolta, largando o pincel. "Deixa que eu resolvo."

Sem olhar pelo visor Minolta abriu a porta.

"Polícia, não é?", disse ela, abraçando os dois recém-chegados. "Esse aqui é o Siri e essa é a Mariazinha. Eles fazem bijuterias e vendem na feira hippie."

"Vendíamos. Fomos expulsos pela fiscalização. Agora vendemos na porta dos Correios, em Copacabana", disse Mariazinha. "Mas tudo bem."

"Eu não te falei que eles vinham jantar com a gente?"

"Não falou", eu disse.

"Falei sim."

"Então esqueci."

"Esse é que é o —", começou Mariazinha e parou.

"O o quê?", perguntei.

"Pode dizer", disse Minolta.

"O caretão?", terminou Mariazinha.

"É", disse Minolta.

"Simpático", disse Mariazinha.

"Não dá bola pra essas mulheres não", disse Siri.

"Ele disse que vocês iam arrombar a porta", disse Minolta.

"Nós?", disseram os visitantes ao mesmo tempo, surpresos.

"Você não disse: 'vamos arrombar a porta'?"

"Eu? Eu disse: 'vamos embora, ninguém abre a porta'."

"Quem tem medo não vê nem ouve direito", disse Siri.

"Vou te dar um presente", disse Mariazinha. "Eu mesma fiz."

Me deu um cordão dourado com um berloque.

"Que bichinho é este?"

"É um tatu", disse Siri.

"Põe", disse Mariazinha.

Coloquei o cordão.

"Fiz uma salada de broto de bambu pra gente", disse Minolta.
"Nós trouxemos um requeijão cearense que compramos em São Cristóvão", disse Siri.

Siri não era apelido, como soube depois. Era o nome dele mesmo. Apesar de tudo simpatizei logo com o casal. Depois do jantar ficamos conversando, até tarde. Àquela hora a condução rareava e eles moravam em Santa Teresa, onde o transporte era difícil. Minolta convidou-os para dormir. "Vocês dormem no quarto. Eu e o Ivan dormimos na sala." Eles não quiseram, mas insistimos, eram visita.

"Você dorme no sofá, eu durmo no chão", disse Minolta, depois que os visitantes haviam se instalado no quarto.

"Você dorme no sofá, eu durmo no chão. Afinal sou o dono da casa", eu disse.

Fizemos uma espécie de colchão com os cobertores. Na verdade, dormir no chão era melhor do que dormir no sofá, como comprovei na manhã seguinte ao acordar.*

Os dois dias seguintes foram de penosa expectativa. Eu aguardava ansioso que Ceresso, da Associação Brasileira de Proteção ao Anfíbio, desse notícias.

Enquanto isso, eu trabalhava normalmente na Panamericana. Sabia que Zumbano não me chamaria para conversar. Precisava colocá-lo frente a evidências irrefutáveis.

Mariazinha e Siri passaram a morar no meu apartamento. Estavam provisoriamente na casa de amigos em Santa Teresa e aconteceu um problema qualquer e tiveram que se mudar no dia seguinte ao que dormiram na minha casa. Candidamente ocuparam meu quarto, que afinal já não

---

* Neste fim de século, o sexo deixou de ser fruição para ser comunicação (ver Moravia), e como tal não pode ser ignorado pelos escritores. Nos meus livros, se um homem e uma mulher estão a sós e ela tira a roupa, alguma coisa acontece. Uma situação de indiferença como a que ocorreu entre mim e Minolta seria impossível. Mas o fato é que aconteceu. Já disse que minha satiríase demorou a se manifestar. Minolta fez de mim o que sou. Devo tudo a ela, acho que já disse isso.

era meu e sim de Minolta. O arranjo daquele primeiro dia foi mantido, Minolta dormindo no sofá e eu no chão. Mas isso tudo não me incomodava, eu só pensava na experiência que iria fazer tão logo recebesse o *Bufo marinus* e o *Pyrethrum parthenium*. Além do mais, Mariazinha e Siri eram pessoas simpáticas, cuja presença não me incomodava. Na noite do dia em que se mudaram contei, para eles e para Minolta, o experimento que pretendia realizar. Ficaram interessadíssimos no que lhes contei. Perguntei se não queriam me ajudar e, mais do que isso, acompanhar o teste que eu faria e depois assinar, como testemunhas, o relatório que eu pretendia preparar para Zumbano caso o resultado fosse positivo, como eu esperava. Concordaram entusiasmados. Mariazinha fez uma ressalva. "Eu só não quero pegar no sapo, tenho nojo."

"Eu pego. Só tenho nojo de barata", disse Minolta.

"Eu ajudo", disse Siri.

Expliquei que ninguém precisava pegar no sapo. Eu mesmo tiraria o veneno das glândulas do animal. Bastava fazer uma pequena pressão sobre as paratoides. O problema era a quantidade de veneno que eu teria de usar. Como me dissera Ceresso, da Associação Brasileira de Proteção ao Anfíbio, o veneno do *Bufo marinus* era poderosíssimo e qualquer animal inoculado com ele sofreria terríveis convulsões tônicas seguidas de morte. O próprio sapo era sensível à ação do seu veneno, perecendo como os outros animais.

"Li, não sei onde, que se quiser impedir que o seu namorado chifre ou abandone você basta apenas manter um sapo debaixo da cama", disse Minolta.

"Prefiro perder o namorado", disse Mariazinha.

Na Panamericana eu evitava conversar com o Gomes. Não confiava nele, não apenas quanto aos assuntos da companhia mas também porque tinha certeza de que ele me espionava para Zilda. Ela não cumprira a ameaça de ir com a polícia à minha casa, talvez estivesse tramando alguma coisa ainda pior.

Afinal, Ceresso, da Associação Brasileira de Proteção ao Anfíbio, me telefonou.

"Tenho tudo o que você quer. Passe aqui na Associação."

"Agora? Neste instante?" Tentei falar baixo para que o Gomes, na mesa ao lado, não ouvisse o que eu dizia. Mesmo assim ele me olhou com orelhas aguçadas.

"Agora", respondeu Ceresso.

"Já vou", eu disse.

Vesti o paletó e já ia saindo quando Gomes postou-se à minha frente.

"Eu sou seu amigo", disse Gomes.

"Estou com pressa, tenho um assunto urgente para ver."

"Você tem agido de maneira muito estranha nos últimos dias. É alguma coisa? Pode confiar em mim."

"Estou atrasado", eu disse, rodeando Gomes e saindo da sala.

Peguei um táxi que me levou até ao escritório da Associação Brasileira de Proteção ao Anfíbio.

Ceresso me esperava.

"Veja o belo macho que arranjei para você", disse Ceresso. Era um sapo imenso, amarelo-esverdeado, o ventre cheio de manchas pardas. Seu corpo inteiro estava coberto por glândulas papulosas, algumas encimadas por pontas córneas. Notei que o sapo, à medida que eu o olhava, ia aumentando de tamanho, seu ventre inchando de maneira assustadora.

"Essa espécie é muito vaidosa", disse Ceresso, "e este indivíduo, particularmente, parece ainda mais jactancioso do que a média. Veja como ele se enfuna de soberbia."

"Não brinca! Esse bicho se considera bonito?", perguntei.

"Na verdade ele pensa que você é uma cobra e está inchando para que você não possa engoli-lo facilmente." Havia um sorriso zombeteiro nos lábios (não eram exatamente lábios, era apenas um risco fino entre o nariz e o queixo) de Ceresso.

Ceresso pegou um recipiente de vidro e começou a tirar o veneno das glândulas do sapo. "É preciso espremer as glândulas com cuidado, do contrário a secreção pode ser expelida a mais de cinquenta centímetros de distância", disse Ceresso. Ele apalpava o sapo, que se mantinha imóvel, com extremo cuidado. Uma substância repugnante, com um odor forte que eu nunca sentira antes, se desprendeu do tegumento do animal. Com um pequeno bastonete de vidro, Ceresso colheu a secreção colocando-a no recipiente.

"Pronto", disse Ceresso, "aqui está. Mas lembre-se, cuidado com o que você vai fazer com isso."

"Doutor Ceresso, eu já lhe disse, quero desmascarar um criminoso, um estelionatário, um espertalhão. Estou a serviço do Bem."

"É o que tem mais no Brasil, espertalhões, principalmente no mundo científico", disse Ceresso. "Mediocridades audaciosas que adquirem prestígio mediante a apropriação dissimulada e hábil da criatividade alheia. Ladrões! Pulhas! Calhordas!"

Ouvi pacientemente as diatribes vociferadas por Ceresso. Ele estava certo, havia que pôr um termo a essa situação.

De posse do veneno do sapo e do *Pyrethrum parthenium* corri para casa, para os meus amigos, que iam me ajudar, Minolta, Mariazinha e Siri.

"Meus amigos", eu disse, "meus irmãos, agora chegou o momento. Uma proporção de 1 mg por 50 mg, conforme os autores consagrados." Na hora não me lembrei se seria o português, o japonês, o americano ou lá quem fosse que determinara esta proporção. Eu estava possuído por uma ideia fixa, disposto a morrer por ela.

O método seria este: eu tomaria a primeira dose da beberagem e deitaria na cama. Depois ficaria dez horas deitado e eles enfiariam por um funil outra dose pela minha boca, tal como Clara Estrucho fizera com o marido. Então chamariam um médico. Depois me fechariam, ou melhor, envolveriam minha cabeça num saco plástico, para impedir minha respiração (era impossível arranjar uma sepultura no cemitério) durante mais vinte e quatro horas. "Você pode morrer, ô cara", disse Minolta, "mas se for para uma boa causa tudo bem." Era uma boa causa desmascarar dois mentirosos.

Antes de beber o líquido, Mariazinha me fez tomar um banho de descarrego. Colocou sal grosso num balde cheio de água quente, me botou nu no boxe do banheiro e antes de jogar a água salgada sobre mim proferiu a seguinte reza, que eu repeti: "Anjo da guarda, guias e protetores, derramai vossas influências sobre mim, fazendo-me possuidor de energia, fé e firmeza de pensamento, que ao tomar este banho eu sinta as vossas vibrações e as vossas bênçãos. Assim seja."

Eu não acreditava em mandingas, mas aquele banho deu-me, não sei por quê, mais confiança.

Deitei no chão. Não queria impedir que Siri e Mariazinha fruíssem do conforto da cama. Para o resultado da experiência tanto fazia que eu deitasse na cama ou no chão. "Me dá isso para beber", eu disse.

"Você tem mãe?", perguntou Mariazinha.

"Não seja idiota", eu disse.

"Seja o que Deus quiser", disse Siri.

"Merda", disse Mariazinha, "você agora acredita em Deus?"

"Virou um negócio de bruxa", disse Siri, "Deus está metido em todas as bruxarias."

"Você tem mãe?", repetiu Mariazinha.

"Por quê?"

"Se acontecer alguma coisa ruim sua mãe gostaria de saber."

"As mães querem saber de tudo menos das coisas ruins", disse Siri. "Não chateia. Vamos lá, rapaz."

Tomei a beberagem.

"Está sentindo alguma coisa?", perguntou Minolta.

"Por enquanto não."

Eu não sentia coisa alguma. Talvez demore para fazer efeito, pensei. E apaguei.

Fui acordando aos poucos. Primeiro voltou o olfato, um odor que eu conhecia mas não identifiquei logo. (Era incenso indiano que Mariazinha havia queimado.) Depois comecei a ouvir ruídos, vozes abafadas, bulício de louça, uma buzina na rua. A visão ficou para o fim, mesmo porque eu mantive os olhos fechados enquanto voltava a sentir o mundo.

Os três, Minolta, Mariazinha e Siri estavam debruçados sobre mim, ansiosos.

“Você nos deu um susto dos diabos”, disse Siri.

“Você disse que ia parecer um morto, nós estávamos preparados, mas mesmo assim ficamos preocupados.”

“Nunca vi um morto mais morto do que você. Dava até vontade de enterrar”, disse Minolta.

“Chamaram o médico?”, foi a primeira coisa que eu disse.

“Chamamos. Está aqui o atestado de óbito. Ele examinou você e deu o atestado.”

“Vocês fizeram como eu mandei?”

“Seguimos tudo direitinho. Quando ele afirmou que você tivera um enfarto fulminante, eu disse, me descabelando, que isso não era possível, que ele examinasse novamente, que você tinha uma saúde de ferro, que havia um caso na família, de um tio que fora dado como morto e que no velório pulara do caixão assustando todo mundo.”

“Ele não acreditou na história do tio, vi pela cara dele, deve ter achado uma invenção da pobre viúva desesperada”, disse Mariazinha.

“Mas ele examinou de novo.”

“Você gritava tanto.”

“Depois ele disse: ‘Lamento muito, minha senhora, mas não há dúvida de que o seu marido morreu.’ Aí me deu uma vontade de rir e eu caí na gargalhada.”

“Ele desconfiou, nessa hora?”, perguntei.

“Nada. Me deu umas pílulas para tomar. Deve ter achado que eu pirei. Joguei tudo na latrina. Vê só se eu vou tomar pílulas.”

Peguei o meu próprio atestado de óbito, que li com a agitação possível no estado sonolento em que me encontrava. Eu tinha as provas que precisava para convencer Zumbano e os diretores da Panamericana a abrirem a sepultura, onde se dizia que Maurício Estrucho estava enterrado, e constatarem que a mesma estava vazia. Depois era só encontrar os coveiros envolvidos na trama criminosa e desmascarar o casal trapaceiro.

Uma coisa engraçada: durante os dois dias em que eu estivera sob a ação da droga a minha barba não crescera. Eu faço a barba todos os dias, de manhã e à noite, fios duros eriçados escurecem e cobrem todo o meu rosto. Muitas vezes, Zilda mandou-me sair da cama e fazer a barba, alegando que eu a estava arranhando. Mas naqueles dias — que estive sob o estado cataléptico — nem um único fio da minha barba crescera.

Com o atestado de óbito no bolso fui para a Panamericana.

"Que foi que aconteceu?", perguntou Gomes. "Liguei todos estes dias para a sua casa e disseram que você estava viajando."

"De certa maneira é verdade", eu disse.

"Não estou entendendo."

"Preciso falar com o Zumbano", eu disse.

"Calma. Não faça bobagens. Eles acabam mandando você embora."

"Que mandem."

Dona Duda não me deu um bombom. Recebeu-me com frieza, dizendo: "O doutor Zumbano está ocupado", antes que eu abrisse a boca.

"Mas eu preciso muito falar com ele."

"Impossível. Ele está ocupado, já lhe disse."

"Sinto muito, dona Duda", eu disse. Meti a mão na porta da sala do doutor Zumbano e entrei.

O doutor Zumbano estava lendo o jornal. Levantou-se surpreso, dobrando o jornal.

"Eu disse que o senhor estava ocupado mas ele entrou assim mesmo", disse dona Duda às minhas costas.

"Saia", disse Zumbano.

"Só saio depois do senhor me ouvir", eu disse.

"Então sairá à força. Chame a segurança, dona Duda, para expulsar este demente da minha sala." Ele estava furioso, sua voz tremia.

"Eu tenho aqui todas as provas da tramoia dos Estrucho." Tirei o atestado de óbito do bolso e sacudi-o na cara de Zumbano. A atitude de Zumbano mudou subitamente.

"Pode deixar, dona Duda. Vou conversar com o seu Canabrava."

"O senhor não quer que eu chame —"

"Não. Pode sair." Noutro tom, para mim: "Sente-se, por favor, seu Canabrava, e conte tudo. Talvez o senhor tenha razão."

Contei tudo para Zumbano. As minhas suspeitas iniciais, as pesquisas que fizera na Biblioteca Nacional ("isso está no relatório que lhe entreguei"), a ajuda de Ceresso e finalmente a experiência que fizera, provocando em mim mesmo o estado cataléptico que levara o médico a supor que eu morrera.

"Está aqui o atestado de óbito."

"Hum...", disse ele lendo o atestado. "Muito interessante. Olha, Canabrava, não fale a ninguém sobre isso, pode atrapalhar as investigações. Deixe o atestado comigo. Fez um belo trabalho. É de gente com a sua inteligência e dedicação que a Panamericana precisa. Vou propor uma promoção para o senhor."

"Muito obrigado."

"Volte para a sua sala e não se esqueça: silêncio. Precisamos tomar cuidado para que os estelionatários não sejam alertados. Eles podem ter um cúmplice aqui dentro."

Eu não havia pensado nisso. Não era uma possibilidade absurda. Afinal era muito dinheiro envolvido. Quando cheguei à minha sala, Gomes me perguntou qual o assunto que eu fora conversar com o Zumbano. Desconversei dizendo que era coisa particular, sem importância. Subitamente passei a suspeitar de Gomes. Lembrei-me de que ele, ultimamente, andava muito curioso, me vigiando e fazendo perguntas estranhas.

"Não quer contar não conta", disse Gomes, "eu sei que você está escondendo alguma coisa de mim, alguma coisa séria."

Passei o dia sem fazer coisa alguma. Gomes foi chamado à sala de Zumbano e depois saiu numa diligência. No fim do dia fui para casa. Contei para Minolta, Mariazinha e Siri o que acontecera. Depois liguei para o Ceresso, da Associação Brasileira de Proteção ao Anfíbio, para lhe dizer que a sua ajuda fora valiosíssima. Perguntei se ele não queria jantar na minha casa, no sábado seguinte.

"Sou vegetariano", ele disse.

"Nós também. Quero que o senhor conheça meus amigos Minolta, Mariazinha e Siri."

Ceresso aceitou, dizendo que compareceria.

"Hoje esteve aqui um homem fazendo perguntas. De onde ele era mesmo, Siri?", disse Mariazinha.

"Do BNH."

"Do BNH? Do Banco Nacional de Habitação?"

"Isso. Queria saber quantas pessoas moravam na casa, nossa profissão, se temos filhos. É para um levantamento que eles estão fazendo sobre não sei o quê."

"Um cara enrolado, confuso, verdadeiro bolha", disse Minolta.

No dia seguinte cheguei à Panamericana no horário de sempre. Um pouco antes da hora de entrar, como sempre. A manhã já estava adiantada, Gomes ainda não aparecera, quando fui chamado ao Departamento de Pessoal.

Ao chegar lá tive um choque. Eu havia sido demitido.

"Não é possível. Deve haver um engano."

"Ordens da diretoria", disse o funcionário do Departamento de Pessoal. "Mandaram que eu fizesse as suas contas. Está tudo pronto."

Não assinei os papéis. Corri até à sala de Zumbano. Havia um homem da segurança na sala de dona Duda, lendo um jornal. A secretária fez um sinal para ele quando entrei na sala.

"Quero falar com o doutor Zumbano. Houve um engano e eu fui demitido", eu disse.

"O doutor Zumbano não está", disse dona Duda.

"Ele não está", disse o segurança, colocando-se na frente da porta.

De repente, veio à minha mente uma descoberta!

Zumbano devia fazer parte da quadrilha! Que idiota eu fora em não ter percebido isso desde o início. E dera a ele o atestado de óbito! Precisava ficar calmo, não adiantava fazer o jogo deles. Certamente o doutor Ribeiroles, chefe do Jurídico, não estava envolvido na falcatrua. Eu precisava arranjar outro atestado.

O médico que dera o atestado chamava-se Pedro M. Silva. O consultório dele ficava na avenida Nossa Senhora de Copacabana, perto do cinema Art Palácio. Ele havia sido escolhido na lista telefônica, por ter o consultório a pouca distância do meu apartamento, na rua

Figueiredo de Magalhães, quase esquina da Domingos Ferreira (não se negaria a atender um doente tão perto) e também por ser cardiologista. O médico chegava às duas horas. Telefonei para Minolta e pedi-lhe que fosse ao consultório e conseguisse uma cópia do atestado, alegando que havia perdido o primeiro. Marquei com ela um encontro às duas e trinta na porta do cinema.

Eram onze horas da manhã. Eu tinha que gastar o tempo até a hora do encontro com Minolta. Resolvi visitar Ceresso, na Associação Brasileira de Proteção ao Anfíbio, no Edifício Marquês do Herval, na avenida Rio Branco, esquina da Almirante Barroso.

Fui atendido por uma mulher.

"O senhor não soube?"

"O quê?"

"O doutor Ceresso se matou esta noite. Coitadinho."

"Se matou? O doutor Ceresso? Não é possível. Eu falei com ele ontem à noite, pelo telefone. Deve haver algum engano." Eu não podia acreditar no que a mulher me havia dito.

"Ele pulou da janela do apartamento dele. De madrugada. Ele não andava bem, coitadinho, estava muito doente, o senhor sabia?"

Desci no elevador apinhado de gente, horrorizado, com vontade de gritar. Os bandidos haviam matado o velhinho. Eu fora estúpido ao contar a Zumbano que Ceresso me havia ajudado nas investigações. Possivelmente me matariam também. Eu tinha que fazer alguma coisa, rapidamente. Ir à polícia? Falar com Ribeiroles? Primeiro ir a Ribeiroles ou à polícia? Eu estava confuso. Primeiro, o atestado de óbito, decidi. A essa altura Zumbano devia ter espalhado pela companhia que eu era louco. Dona Duda e Gomes corroborariam qualquer afirmativa nesse sentido. Minha situação não era nada boa. Provavelmente o sujeito que fora ao meu apartamento, dizendo que era do BNH, devia ser membro da gang.

Telefonei para casa mas ninguém atendia. Era uma hora e quinze minutos.

Como o tempo demorava a passar! Meu encontro com Minolta, para apanhar a cópia do atestado, seria às duas e trinta. Notei que estava falando sozinho dentro do ônibus que me levava para Copacabana. Eu falava, entredentes: "Como provar que Ceresso foi morto?" Primeiro era preciso desmascarar os criminosos existentes dentro da própria Panamericana, então eu teria credibilidade para exigir uma investigação da morte do presidente da Associação Brasileira de Proteção ao Anfíbio.

Às duas e quarenta e cinco, Minolta apareceu na porta do Art Palácio. Já de longe, ao me ver, ela começou a gesticular com exasperação, fazendo caretas.

"Conseguiu o atestado?", perguntei, o coração apertado, sentindo que alguma coisa ruim havia acontecido.

"Não, o cara disse que não deu atestado nenhum em nome de Ivan Canabrava, que não sabia quem era e quando engrossei chamando ele de mentiroso mandou a enfermeira chamar o Pinel. Eu continuei chiando e a mulher ligou para o Pinel dizendo que uma doente estava tendo um surto psicótico no consultório. Dei o fora, o que podia fazer?"

Então tive uma ideia luminosa.

"Só nos resta uma coisa a fazer", eu disse.

"O quê?"

Contei para Minolta o meu plano.

"Que loucura", disse Minolta.

"Você me ajuda?"

"Ajudo, pode contar comigo. Onde a gente pode comprar essas coisas?"

"É só ver na lista telefônica."

"Precisamos também de uma saca grande."

"Então vamos embora que não temos muito tempo."

Eram quatro e quinze quando chegamos ao cemitério São João Batista, carregando numa saca grande uma picareta de cabo curto, uma marreta, um formão e uma pá, também de cabo curto.

"Você sabe onde o cara está enterrado?", perguntou Minolta.

"Sei onde ele *não* está enterrado. Assisti ao falso enterro; a sepultura fica perto de um mausoléu grande todo rococó, é fácil de achar."

Meu plano era o seguinte. Eu arrombaria a sepultura e chamaria o administrador do cemitério, os coveiros, chamaria a imprensa, polícia, o diabo, para que todos vissem a sepultura vazia. Criaria um escândalo de tais proporções que não poderia ser abafado, sairia até na TV e os criminosos seriam afinal punidos.

Sobre o falso jazigo haviam colocado uma lousa de mármore negro onde estava escrito apenas Maurício Estrucho e as datas do seu nascimento e da sua (fictícia) morte.

"Você pega o formão e a marreta. Eu usarei a picareta."

Aquele maldito mármore! Estava tão cimentado que para sair teria que ser espedaçado. Evidentemente aquela sepultura era para não ser aberta nunca mais. Comecei a bater furiosamente com a picareta no mármore. Com o formão e a marreta Minolta fazia furos na superfície lisa da lápide. Aos poucos o mármore foi sendo estilhaçado e afinal conseguimos arrancá-lo, deixando aparecer a laje de cimento que cobria a tumba.

"Parem! Parem!", gritou uma voz.

A pouca distância estava um coveiro, que olhava para nós espantado. Corri para ele. Agarrei-o pelo braço. "Cala a boca", eu disse, "fica quieto senão te meto essa picareta na cabeça." Eu precisava terminar de arrombar aquele túmulo.

"Socorro!", gritou o coveiro, "socorro!" Devia ser um dos cúmplices da tramoia.

Com o grito do coveiro Minolta parou de trabalhar, sem saber o que fazer.

"Cala a boca", eu disse, sacudindo o coveiro, um velho de cabelos grisalhos.

"Socorro", gritou novamente o coveiro, com voz débil. Estávamos no meio do cemitério, longe da rua, e ninguém parecia ter ouvido seus gritos.

"Cala a boca, por favor", supliquei.

"Socorro, ladrões", gritou o coveiro, com voz esganiçada. Bati com a picareta, com toda a força, na cabeça do coveiro. Ele caiu no chão com o rosto cheio de sangue.

"Ele está morto?", perguntou Minolta.

Ouvi um apito. Ao longe, do lado das capelas, alguns vultos corriam em nossa direção.

"Vamos embora", eu disse. Mas Minolta não se mexeu. "Ele está morto?", perguntou ela, ainda segurando na mão a marreta e o formão. Agarrei-a pelo braço, puxei-a violentamente e ela pareceu despertar de um transe e saiu correndo comigo em disparada pela porta principal. Fomos largando as ferramentas pela rua, formão, picareta, tudo. Afinal conseguimos pegar um táxi. Fizemos nossa mala, e, enquanto Minolta dizia "vamos embora, não há tempo a perder", eu resolvi deixar um bilhete para Mariazinha e Siri. O tempo que perdi nisso acabou causando minha prisão. No momento em que estávamos saindo do edifício um carro da polícia chegou. Gomes estava lá dentro. O que aconteceu depois eu tentei esquecer, mas às vezes volta em forma de pesadelo. Fui levado para uma delegacia, e depois para outra e finalmente para ser examinado no Manicômio Judiciário. No Manicômio Judiciário ficou claro que achavam, ou haviam sido pagos para achar, que eu estava louco. Isso me deixou tão irritado que passei a me comportar como se fosse louco mesmo. Tive uma crise de paranoia, certo como estava de que os médicos faziam parte da conspiração. Passei a chamar os médicos de mafiosos sinistros, agredi um deles, tentei fugir da enfermaria. Cada vez me afundava mais. Percebi que eu ia passar o resto da minha vida ali, indo de um médico para o outro, até que finalmente eu ficaria maluco mesmo, ou mataria alguém e aí justificaria a minha reclusão. Enchi-me de horror ao pensar nisso. Eu tento, hoje, tirar da cabeça o que aconteceu e faço, sempre, exercícios mnemônicos especiais, não para lembrar, mas para esquecer tudo aquilo. Falarei pouco sobre os dias em que estive preso naquele inferno horrendo, o Manicômio Judiciário. Os hospícios comuns, onde os regulamentos são menos rígidos, devem estar cheios de pessoas nessas condições. Um Manicômio Judiciário é muito pior. Quantos inocentes, como eu, que matei o coveiro sem querer, estariam apodrecendo ali? Senti que eu ia ficar doido mesmo, depois de passar noites inteiras, não sei quantas, tremendo de febre, ouvindo vozes e com as esperanças perdidas. Eu estava como o poeta do *Paradise Lost*: So farewell Hope, and with Hope farewell Fear,/ Farewell Remorse: all Good to me is lost;/ Evil be thou my Good.

Na manhã desse dia, em que o meu desespero chegara ao máximo, um guarda veio me dizer que minha irmã e um padre haviam obtido licença para me visitar. Eu estava deitado no estreito catre imundo do cubículo. Levantei-me, surpreso.

"Ivan, meu Ivan", disse minha irmã me abraçando. "Trouxe o padre João para você se confessar."

"Deixe-nos a sós", disse o padre, um homem de barbas negras, para o guarda.

Quando o guarda saiu, Minolta disse: "Você vai embora comigo."

"Eu fico no teu lugar", disse Siri tirando as barbas postiças e a batina de padre.

"Eles matam você aqui neste inferno, não vou deixar você fazer isso por mim", eu disse.

Minolta me explicou que Siri não era, como eu, um louco violador de sepulturas. Eles haviam consultado um advogado e o crime pelo qual Siri poderia vir a ser acusado era uma bobagem. Os dois acabaram me convencendo.

Passei por todas as portas com o meu disfarce de padre consolando uma pobre jovem infeliz que chorava tanto que ninguém olhava para mim. Foi um alívio para os guardas livrarem-se dos gritos de Minolta. Um deles chegou a me segurar pelo braço (o que quase me matou de susto) dizendo: "Leve logo essa moça daqui, seu padre."

Do manicômio fomos direto para a rodoviária. No banheiro da rodoviária vesti as roupas que Minolta carregava numa maleta, tirei as barbas e botei-as junto com a batina na maleta. Pegamos um ônibus e fomos para um lugar na Região dos Lagos chamado Iguaba.

Nesse lugar fiquei dez anos. Minolta sugeriu que eu me tornasse um escritor e me deu a ideia do meu primeiro livro. Minolta levou o livro para o editor e conseguiu a publicação desse livro. Meu pseudônimo, Gustavo Flávio, foi escolhido numa homenagem a Flaubert;

naquela época, como Flaubert, eu odiava as mulheres. Hoje eu teria homenageado outro escritor. Minolta me ensinou a amar. Me ensinou a gostar de comer. Fazíamos amor várias vezes, todos os dias. Engordei trinta quilos. Fiquei famoso.

Um dia Minolta chegou para mim e disse: "Acho que você pode voltar para o Rio. Ninguém mais se lembra de Ivan Canabrava."

"Você vai comigo?"

"Não. Mas eu te amo e quero te ver sempre. De seis em seis meses vou te ver. Quero ficar aqui, nestas praias desertas, escrevendo meus poemas. Seja bom com as mulheres." Ela sabia que me havia feito descobrir o prazer de amar as mulheres.

E de seis em seis meses Minolta vem me ver, nesses dez anos, desde que voltei para o Rio. Eu lhe conto minhas aventuras. A última foi o meu romance com Delfina Delamare.

Voltando ao romance com Delfina, que deixei de contar para relembrar o meu passado negro.

Depois da ameaça de Eugênio Delamare, passei dois dias preocupado até que li nas colunas dos jornais que o casal Delamare embarcara para Paris.

"O resto você já sabe, Delfina voltou antes, apareceu morta et cetera. O marido não me preocupa tanto quanto esse Javert pé de chinelo, o tira Guedes."

Isso eu disse a Minolta antes de ir à delegacia onde Guedes me disse que um assaltante confessara ter assassinado Delfina.

Voltei da delegacia preocupado, com medo que o tira Guedes descobrisse o meu passado negro. Minolta me tranquilizou dizendo que isso seria impossível. Havia transcorrido muito tempo etc.

"Estou mais preocupada com essa coisa de você não conseguir escrever o *Bufo & Spallanzani*", disse ela.

Foi então que surgiu a ideia de eu ir passar uns dias num lugar chamado Refúgio do Pico do Gavião, na serra da Bocaina. Não me lembro exatamente quando.

"Talvez seja bom você deixar um pouco o TRS-80. Você está viciado e isso não é bom. Um autor deve escrever em qualquer condição", disse Minolta.

III
O REFÚGIO DO PICO DO GAVIÃO

Na verdade não posso ser acusado de ter subestimado o tira Guedes. Como todas as pessoas, respeitáveis ou delinquentes, eu tinha, evidentemente, aversão pela polícia. Como já disse, eu havia sofrido muito nas garras dos guardiães da lei e da ordem, fossem tiras, juízes, promotores, fossem médicos ou enfermeiros, durante minha internação no Manicômio Judiciário. Alguém pode subestimar o tétano, por exemplo? Mas estou me adiantando e colocando as coisas fora do lugar, e os escritores detestam a confusão e a desordem. Isso faz parte da nossa incoerência esquizoide intrínseca (ver Whitman). Rejeitamos o caos mas repudiamos ainda mais a ordem. O escritor deve ser essencialmente um subversivo e a sua linguagem não pode ser nem a mistificatória, do político (e do educador), nem a repressiva, do governante. A nossa linguagem deve ser a do não conformismo, da não falsidade, da não opressão. Não queremos dar ordem ao caos, como supõem alguns teóricos. E nem mesmo tornar o caos compreensível. Duvidamos de tudo sempre, inclusive da lógica. Escritor tem que ser cético. Tem que ser contra a moral e os bons costumes. Propércio pode ter tido o pudor de contar certas coisas que seus olhos viram, mas sabia que a poesia busca a sua melhor matéria nos "maus costumes" (ver Veyne). A poesia, a arte enfim, transcende os critérios de utilidade e nocividade, até mesmo o da compreensibilidade. Toda linguagem muito inteligível é mentirosa.

Estou dizendo isto hoje, mas não garanto que daqui a um mês ainda acredite nesta ou em qualquer outra afirmação, pois tenho a boa qualidade da incoerência. Quanto ao que as outras pessoas dizem ou pensam — Guedes, Orion, Suzy, Delfina, a própria Minolta etc. — eu nada tenho a ver com isto. Não são minhas essas opiniões.

Voltemos aos trilhos. Fui o primeiro a chegar à praça de Pereiras, a pequena vila que fica no sopé da montanha. Fiquei sentado num banco do jardim ainda envolto em neblina. Apesar de ser, hoje, um homem preguiçoso, sou também nervoso e não gosto de esperar. Podia ler, mas os livros que trouxera estavam dentro da mala. Assim, apanhei uma caderneta do bolso e tentei vencer minha incompetência caligráfica, agravada nos últimos anos pelo vício do TRS-80, e fazer anotações sobre *Bufo & Spallanzani*. Nesse instante uma enorme limusine chegou à praça e dela saltou uma mulher (eu sempre via as mulheres primeiro) e um homem. A mulher, com ar enfadado, correu um olhar desinteressado pela praça, passando por cima da minha cabeça, o que deve ter sido uma atitude deliberada pois sou muito grande e atraente para ser ignorado por qualquer mulher numa praça vazia. O homem observou o motorista retirar do carro três malas grandes de couro delicado, após o que dispensou o empregado com um sutil aceno de cabeça.

Como definir essas pessoas? Memoráveis? Extraordinárias? Como estava com a caderneta na mão (e como é diferente o que você pensa do que você escreve!), escrevi: *Inesquecíveis e raros — invulgares, miríficos, insólitos? Ou apenas extravagantes — insanus, stultus?* Eram principalmente esbeltos (mais do que garbosos e airosos) com toda a carga sensual que a esbelteza sugere a um gordo monumental como eu. A mulher usava calças compridas, largas, que todavia não escondiam a grossura (grossura não, a solidez roliça) das coxas longas; o bico dos seios redondos e firmes pareciam querer furar a malha da blusa. Certas palavras que somente associo às mulheres vieram à minha mente: magnificência, opulência. O rosto dela, porém, me parecia despiciendo, pelo menos naquele momento de ódio. Odeio todas as mulheres enquanto inatingidas. Creio que todos os sátiros são assim.

Quanto ao homem, apesar do queixo forte e dos ombros largos, havia qualquer coisa nele de criança mimada, um jeito fricoteiro de apor um lábio sobre o outro, de virar a cabeça, de colocar e tirar as mãos dos bolsos. Os dois, devo acrescentar, me pareciam vagamente familiares.

De um dos táxis saltou um outro casal. A mulher era jovem, de rosto redondo e pontilhado de covinhas; seus cabelos platinum blonde brilhavam sob o efeito do sol, que começava a surgir muito branco por trás das montanhas azuis distantes. Os seios eram grandes e acolhedores. Era meio pesadona, como uma pessoa que caminhasse com lama pelos tornozelos. O homem que estava com ela também era corpulento, de cabelos longos e nariz adunco; carregava uma caixa preta de violino, que colocou cuidadosamente sobre as duas malas que retiraram do táxi.

Do segundo táxi saltou um rapaz pálido de cabelos louros muito curtos. Usava um paletó de veludo azul, largo e comprido, que o fazia ainda parecer mais magro. Tinha uma aparência triste e insegura, ligeiramente suspicaz, não tanto quanto o outro que se escondera atrás das árvores.

Notei então que já eram seis as pessoas, contando comigo, que esperavam condução para o Refúgio do Pico do Gavião. Isso me deixou muito irritado. Estava enfrentando aquela viagem até o fim do mundo, que sem dúvida seria desagradável e cansativa, para ficar isolado, a fim de poder escrever *Bufo & Spallanzani*. Tive vontade de ir embora. Então lembrei-me de que o homem do Refúgio dissera que eu podia tomar as refeições no bangalô e que nem notaria os outros hóspedes, se quisesse me isolar.

Voltando ao que interessa. Ainda chegaram mais duas pessoas, duas mulheres, que fingiram ignorar os olhares que lançaram sobre elas. Ambas eram bonitas, uma bem mais velha do que a outra, e vestiam-se com apuro discreto. Logo chegou um micro-ônibus, pintado de amarelo. Dele saltou um homem muito gordo e vermelho, barrigudo, grande, de cabelos brancos abundantes e revoltos. Disse que era o senhor Trindade, do Refúgio do Pico do Gavião, e que fora com ele que havíamos tratado ao telefone. Também saltou do ônibus o motorista, chamado Sebastião, um homem tão preto que parecia azul-marinho. Sebastião recolheu a bagagem de todos e colocou-a num compartimento do ônibus. O homem de cabelos longos manteve a caixa de violino nas mãos. O rapaz pálido do casaco de veludo sentou-se no banco dos fundos.

Logo estávamos todos novamente acomodados e partimos.

Durante a viagem ficamos sabendo que demoraríamos duas horas até onde estava o trator e depois mais duas horas viajando na carreta do trator. Alguém perguntou se havia cobras no Refúgio, e Trindade respondeu que havia cavalos, veados, pacas, lontras, milhares de pássaros e de estrelas e, evidentemente, gaviões. As noites eram frias. Nesse instante ouvi a mulher elegante dizer ao seu acompanhante que devia ter trazido o seu casaco de vison.

Então ela tem um casaco de vison, pensei, essa torpe predadora, essa exibicionista ridícula. Fiquei olhando o seu belo, mas frio, perfil. Nos momentos em que o ônibus caía num dos muitos buracos da estrada quase todos batiam com a cabeça no teto; ela era a única pessoa cujos movimentos não se tornavam grotescos, conseguia ser jogada para cima e para baixo com a graça de uma bailarina. Sim, claro, se algum coreógrafo inventasse um balé para ser dançado sentado. O homem de ombros largos ao seu lado também dominava as sacudidelas. A loura platinada se agarrava ao marido e dava pequenos gritinhos alegres. O rapaz magro parecia não sentir os efeitos daquele desagradável balanço, talvez devido a sua magreza.

À medida que penetrávamos na floresta o ar ia ficando mais fresco, o sol penetrava pelas espessas copas das árvores em finos raios de luz. Até que chegamos a uma clareira onde estava acachapado, como um zooide gigante adormecido, o nosso trator.

Depois que passamos para a carreta do trator, a estrada foi ficando cada vez mais íngreme e houve momentos em que os passageiros pareceram temer que o trator despencasse para trás, numa espécie de salto mortal. Pela conversa que ocorreu no ônibus, e depois na carreta, pude fazer um levantamento dos personagens que viajavam comigo. As duas mulheres, Suzy e Eurídice, eram primas, duas mulheres bonitas, mas que não me atraíam tanto quanto aquela do casaco de vison, cujo nome descobri ser Roma. Roma e o marido eram bailarinos do Colón de Buenos Aires, conquanto fossem brasileiros. (Devo confessar que se há uma manifestação artística que não me interessa é o balé.) O homem do violino era um maestro de certa fama, Orion Pacheco, e a sua mulher, a conhecida prima-dona Juliana Pacheco. O magrela de casaco azul chamava-se Carlos e praticamente nada falou sobre si; provavelmente cometia poemas secretamente.

"Morro de medo de cobras", disse Juliana. Vista de perto, com medo de cobras, a cantora não tinha a imponência que aparentava no palco. O maestro parecia preocupado com os abismos que ladeavam o caminho.

"Os senhores verão no Refúgio animais que provavelmente nunca viram em suas vidas: veados, pacas, tatus, lontras..."

"Lontras?", perguntou Roma.

"Acho que vou sair daqui com um casaco de peles", disse Suzy. Suzy era dona de uma butique no Rio de Janeiro.

"É também conhecida como cachorro-d'água", disse Trindade.

"Vamos chamá-la de lontra mesmo, que é mais bonito", disse Roma.

"Além da natureza os senhores ficarão maravilhados com as estrelas no céu. É um espetáculo tão fantástico que eu até me tornei uma espécie de astrônomo amador depois que vim morar aqui. Um autodidata, entenderam? Porém li bastantes livros."

"A gente vê o Cruzeiro do Sul?"

"Claro. Estamos a 24° de latitude e nesta época do ano ele só deixa de ser visto em toda a sua inteireza lá pelas quatro horas da madrugada."

Afinal pudemos ver a casa principal do Refúgio, que Trindade chamou de "o Casarão". Ficava num largo, imenso platô, cercado de árvores. O trator parou numa espaçosa porteira pintada de azul. Dos dois lados da porteira estendia-se, até desaparecer entre as árvores da floresta, uma espessa cerca-viva de hibiscos, alamandas e bicos-de-papagaio. Orion quis saber qual era a área da propriedade. Trindade explicou que eram seiscentos alqueires mineiros e que um alqueire mineiro tinha quarenta e oito mil e quatrocentos metros quadrados. "Temos bastante lugar", ele disse. O trator parou ao lado do Casarão. Ali ficavam as instalações comuns — salão de refeições, cozinha, vários outros salões e também os cômodos em que residiam Trindade, sua mulher Rizoleta, que dirigia a cozinha, e os demais empregados do Refúgio. Não se viam os bangalôs dos hóspedes. Havia um jipe Toyota parado na porta do Casarão. Sebastião saltou e retirou as malas da carreta.

"Sebastião vai levar cada um ao seu bangalô, no jipe. Só podem ir dois de cada vez", disse Trindade.

Calmamente, como se tivessem o direito à precedência, Orion e Juliana Pacheco se instalaram na viatura, que logo partiu.

Os outros foram para a varanda do Casarão, com exceção de Carlos. Havia alguns cavalos pastando à distância e Carlos caminhou em direção a eles. Os cavalos viram-no se aproximar e levantaram a cabeça e aspiraram o ar, como se estivessem captando o cheiro que se desprendia de Carlos.

"Eles são mansinhos, não são?", disse Roma ao ver Carlos afagando o pescoço de um dos animais.

"Não, aquele é um cavalo muito arisco e bravo, tanto que não deixo os hóspedes montarem nele. Já tivemos aqui, certa ocasião, um acidente grave com esse cavalo. Rizoleta! Vem ver uma coisa."

Rizoleta apareceu na varanda.

"Olha lá o Berzabum", disse Trindade.

Nesse instante Carlos abraçou o cavalo pelo pescoço.

"Mas que coisa, parece mentira", disse Rizoleta com seu sotaque carregado de mulher do interior.

"Sabe o que quer dizer Berzabum?", perguntei.

"Sei, eu quis mudar o nome, mas o bicho é tão bravo que deixei ficar", disse Trindade.

"O que quer dizer Berzabum?", perguntou Roma.

"É uma corruptela de Belzebu. O Demônio", eu disse.

"O Príncipe das Trevas", disse Trindade.

"Ele merece esse nome — é negro como a noite."

"Há alguma coisa nesse rapaz", disse Roma, referindo-se a Carlos, "uma coisa diferente."

"A palidez", disse Suzy, com ironia. "Tem cor de crupiê."

O jipe com Sebastião voltou.

“Podemos ir nós duas agora?”, perguntou Suzy. Ela estava irritada. As duas se instalaram no jipe. Notei que Suzy deu um pequeno empurrão, ou beliscão, não vi bem, em Eurídice.

Afinal ficamos apenas eu e Carlos esperando a condução. Não falamos um com o outro. Eu, que durante tantos anos fora um inapetente crônico, estava faminto, só pensava no que iria ser servido no almoço. Como éramos apenas dois, seguimos, eu e Carlos, na mesma viagem, para nossos respectivos bangalôs. O jipe percorreu uma estrada de terra que circundava o Casarão e em seguida embrenhou-se por um caminho estreito envolto por cerrada floresta. Havia uma infinita variedade de tons de verde. Por insistência de Carlos o jipe deixou-me primeiro no bangalô.

Os bangalôs estavam situados a uma distância que os tornava invisíveis, e inaudíveis, uns dos outros. Feitos de madeira, bastante amplos, consistiam num quarto, sala com lareira e banheiro. As madeiras, tanto interiores quanto exteriores, eram envernizadas. O telhado, feito de telha de coxa, não era, provavelmente, tão velho quanto parecia. Não havia luz elétrica. Isso me deixou preocupado quanto à comida. Teriam eles frigoríficos para guardar os ingredientes perecíveis?

Num pequeno folheto que estava sobre a mesa da sala, li:

> Bem-vindo ao Refúgio do Pico do Gavião. Para aqueles que querem fugir das tensões das grandes cidades o Refúgio oferece tranquilidade, silêncio, ar puro, ambiente de paz e comunhão com a natureza, no seio de uma floresta virgem onde a fauna, a flora, a água e o ar não foram corrompidos, poluídos ou destruídos pela ação predatória do homem. Apesar de sabermos ser esta advertência desnecessária, queremos lembrar aos nossos hóspedes que é proibido caçar, mutilar os vegetais, poluir a água dos rios e córregos. Pedimos encarecidamente que não sejam feitas fogueiras durante as excursões, a menos que sob rigorosa supervisão de um guia do Refúgio.

Segundo o folheto, existiam milhares de espécies vegetais e animais na região, e muitas eram relacionadas. No item fauna falava-se em lagartos (calangos, iguanas, teiús), aves (saíras, rendeiras, tangarás, arapongas, juritis, gaviões evidentemente, urus, jacupembas, beija-flores, marias-pretas, bem-te-vis), mamíferos (veados, saguis, gatos-do-mato, lontras, pacas, tatus, tapitis, tamanduás, gambás, quatis, ariranhas, jaguatiricas, macacos) etc. Não havia a menor menção a cobras, aranhas e ratos. No caminho para o bangalô eu vira enormes teias brilhantes que pareciam gigantescos véus de noiva. E agora vinha-me à mente o tom dissimulado da voz de Trindade perguntando: "Já viu alguma cobra perto do Refúgio?", e Sebastião respondendo sem muita convicção, "Eu não, senhor". Conheço o tom de voz dos mentirosos. Provavelmente, eles não queriam assustar as mulheres, que, como os macacos, têm um pavor incontrolável das cobras.

Uma confissão: tenho atração pelos ofídios em geral, talvez por ser tão pouco feminino. Minolta me disse certa ocasião que eu fingia gostar de cobras para justificar minha satiríase, mas nunca entendi bem o que ela queria dizer com isso. É certo que gosto de cobras e de mulheres. E em gostando dessas duas espécies de animais acabei sabendo uma ou duas coisas a respeito delas. Por exemplo: as cobras existem em todas as regiões do Brasil, principalmente onde a natureza ainda não foi totalmente corrompida. E ali, no paraíso do Refúgio do Pico do Gavião, existiriam pelo menos as jararacuçus, urutus e as chocalhantes cascavéis, cujo ignominioso nome científico era *Crotalus terrificus*. *Terrificus* para macacos e mulheres. Os macacos, sabemos todos, têm três pavores — o medo de cair, o medo do escuro e, principalmente, o medo de cobras. Esse medo dos macacos e das mulheres poderia ser uma reminiscência primeva do nosso cérebro reptiliano. Somos, homens e mulheres, répteis que viraram primatas e passaram a rejeitar suas priscas origens. Talvez escreva sobre isso um dia, sempre me intrigou saber que existe uma parte arcaica no nosso cérebro denominada complexo reptiliano, responsável, para alguns, pelo lado mais "humano" do nosso comportamento e, para outros, pelo mais "animal".

O folheto ensinava ainda como acender os lampiões a gás, os horários das refeições e os passeios programados.

Tomei banho. O aquecedor a gás não funcionou muito bem, a água não chegou à tepidez necessária, mas o banho me deu mais fome ainda. Vesti-me e decidi ir ao Casarão ver como andavam os preparativos do almoço. Eu estava preocupado com esse problema da comida. Sendo um glutão, eu tanto apreciava o caviar ikra quanto um prato de feijão uberabinha. Mas era preciso que a comida fosse saborosa, a coisa que mais me irritava eram pratos (fossem quais fossem, finos ou grossos) malpreparados.

Um pequeno caminho levava do bangalô até a estrada de terra por onde eu viera no jipe. Ali, uma placa com um desenho indicava o caminho para chegar ao Casarão. Não havia uma nuvem no céu. Caminhei ao sol respirando o ar puro, com uma sensação agradável de sensualidade e energia.

O Casarão parecia vazio. Não havia ninguém na sua grande varanda, nem no salão de refeições já com as mesas postas. Dona Rizoleta e uma outra mulher gorda de rosto corado labutavam em frente a um enorme fogão de lenha, um engenho de ferro, negro, de muita formosura. Das panelas saía uma fragrância deliciosa de comida. Os desejos físicos são muito interligados. O odor e a visão daquelas panelas fumegantes deram-me saudade da presença feminina. Seria tão bom se Roma, por exemplo, chegasse naquele momento.

Fui até a varanda, que continuava vazia. Sentei-me numa das espreguiçadeiras de lona, enfileiradas como no deque de um navio, desapontado por não ter encontrado Roma. Tentei pensar em *Bufo & Spallanzani*, afinal eu viera para o Refúgio para escrever e, secundariamente, fazer um exercício de ascetismo, renunciando provisoriamente a um dos prazeres do corpo (e da alma também, por que não?), que era o sexo. Mas aqueles aromas na cozinha haviam quebrado minha força de vontade. A musculatura lisa dos meus órgãos internos, minhas glândulas endócrinas crispavam-se numa fulgurância antecipatória das delícias do repasto. Nesse momento dona Rizoleta apareceu na varanda e disse que o almoço estava pronto. Corri para a mesa. O salão ainda estava vazio. Não tinha importância. Quando devoro iguarias não penso nas mulheres e vice-versa. Comecei com a sopa de nabos! Depois trutas grelhadas e finalmente cabrito assado com brócolis! À medida que comia, o estômago cada vez mais cheio me dava uma sensação venturosa de serenidade, de felicidade, de alegria. Ao comer os brócolis, que depois soube terem sido colhidos naquela manhã, antes de o sol nascer, ainda cobertos de orvalho, tive vontade de chorar. Tenros, de um verde sem jaça, seu paladar delicado estava em harmonia perfeita com o cabrito assado, encantadoramente dourado. Mais tarde Trindade me explicou que como eles não tinham geladeira (podiam ter uma a gás, mas não queriam) os gêneros quc consumiam estavam sempre frescos. Os animais — cabritos, coelhos, frangos — eram devorados no próprio dia do abate; os peixes — trutas, tilápias e carpas — eram apanhados nos respectivos tanques e lagos, onde eram criados, no dia em que iam para a panela. "O senhor precisa ver nossa criação de trutas", disse Trindade. Eu também tinha que ver a horta onde legumes e verduras viçosas cresciam sem agrotóxico. E também as vacas de raça que davam o leite para fazer os queijos que comíamos.

Quando acabara de conversar com Trindade, chegou Roma com o marido. Ela mudara de roupa e vestira-se elegantemente como alguém que estivesse num country club e não numa montanha deserta. Seu marido também mudara de roupa e seu traje combinava com o de Roma, como se eles estivessem participando de um desfile de modas do mesmo costureiro. Quase ao mesmo tempo chegaram as duas primas, o casal de músicos e Carlos. Todos, com exceção deste último, que continuava com as roupas da viagem, exibiam novos trajes, que pareciam, aliás, estar estreando naquele dia.

Depois do almoço, já na varanda, lembrei-me de fazer uma anotação sobre a roupa que Spallanzani vestia no dia do seu encontro com Bufo. Tirei a caderneta do bolso e escrevi: "Uma calça escura de veludo e blusa de seda branca de mangas bufantes, frouxa no corpo."

"Um escritor está sempre trabalhando, não é?", disse Orion, o maestro, sentando-se ao meu lado. Na viagem de carreta Orion me havia perguntado, depois de se apresentar, qual era a minha profissão. Quis inventar uma profissão, mas nenhuma veio à minha cabeça naquela hora, e acabei dizendo que era escritor.

"Vendo o mundo à sua volta, metendo o nariz nas coisas (sem querer ofender), apropriando-se da alma das pessoas como uma ave de rapina metafísica (sem querer ofender), escrevendo livros que ninguém lê" — ele falava movimentando as mãos no ar, como um maestro sem batuta, e tentava disfarçar com um sorriso as coisas desagradáveis que dizia.

"Words are, of course, the most powerful drug used by mankind", eu disse.

"De quem é isso?", perguntou o maestro.

Neste instante entravam na varanda Roma e Vaslav e as duas primas, Eurídice e Suzy. Ajeitaram-se nas espreguiçadeiras tirando-as da posição em que estavam, fazendo um semicírculo.

"Kipling", eu disse.

"Então o escritor é uma espécie de traficante de drogas."

"Quem que é traficante de drogas?", perguntou Suzy.

"O escritor. Foi o que o nosso escritor aqui disse. Em tese, é claro", disse Orion.

"A coisa que eu mais gostaria no mundo era ser escritora", disse Eurídice.

"Não é uma coisa muito difícil", disse Orion.

"É um ofício como qualquer outro", eu disse.

Enquanto isso chegavam à varanda Juliana (que se demorara repetindo as compotas da sobremesa) e Carlos.

"Fazer música é mais difícil do que fazer literatura", disse o maestro. "Empregadas domésticas escrevem livros, militares reformados escrevem livros, todo mundo escreve livro, mendigos, políticos, atletas, adolescentes perturbados, comerciantes."

"Ladrões e funcionários alfandegários", eu disse, pensando em Genet e Kafka.

"Isso mesmo. O Biggs", disse o maestro, "publicou um livro."

Lembrei-me de uma frase de Maugham — it requires intelligence to write a good novel, but not of a very high order. Realmente, não eram poucos os meus colegas de profissão cujo nível intelectual era muito baixo, mas não ia dar essa munição ao maestro. Maestros cretinos também deviam existir.

"*...E o vento levou* foi escrito por uma dona de casa velhota, que nunca mais fez nada", disse Orion, sem disfarçar a agressividade. O que teria causado aquela hostilidade? O meu tamanho? Isso acontece muito, os sujeitos baixinhos ficam ressentidos porque sou grande e as mulheres me acham bonito.

"O Orion disse, na hora do almoço, que o senhor está escrevendo uma história passada aqui no Refúgio, em que nós somos os personagens", disse Juliana amavelmente, tentando talvez mudar o tom da conversa.

"Eu o vi olhando para nós e tomando notas", disse Orion.

"Garanto que não é sobre vocês", eu disse. Se Roma não estivesse ali, fitando-me com um olhar enigmático que inflamava o meu coração, eu já teria ido para o meu bangalô há muito tempo.

"Você mostra para a gente?", perguntou Eurídice.

"Não gosto de mostrar o livro antes de terminar."

"Então daqui a uns três dias ele mostra", disse Orion. "Você escreve um livro em três dias?", perguntou Suzy.

"Em três dias não."

"Quantos dias se demora para escrever um livro?", perguntou Carlos, que até então estava em silêncio.

"Depende. Flaubert demorou cinco anos para escrever *Madame Bovary*. Trabalhando muitas horas, todos os dias, sem parar um dia."

"Aquele livrinho?", perguntou o maestro.

Pensei em contra-atacar falando mal de Mozart, mas seria ridículo demais.

"Por outro lado, Dostoiévski escreveu *O jogador* em trinta dias", eu disse.

"Antigamente nos saraus dava-se um mote e o poeta compunha na hora um poema rimado e metrificado. Imaginem se música pode ser composta assim, à minuta, como batatas fritas", disse Orion.

"Se eu der um mote, você escreve um poema?", perguntei.

"Um poema não digo. A mim, particularmente, a poesia não agrada. Mas um texto de prosa, não só eu, mas qualquer um aqui escreve sem dificuldade."

"Concordo com o maestro", disse Roma, em tom de brincadeira, "dançar também é mais difícil do que escrever. Me dá o mote que eu faço o texto." Olhou para mim como quem diz, gostaria de vê-lo fazer um entrechat ou mesmo um simples tour en l'air. Depois olhou para Vaslav e os dois riram, divertidos.

"Quem mais se habilita?", perguntei.

"Não sei ortografia", disse Eurídice.

"Isso nenhum sabe, não é? Os revisores corrigem os erros ortográficos dos escritores", disse Orion.

"Fica combinado que erros de português não serão levados em consideração", eu disse.

"Não vou entrar nisso não", disse Eurídice.

"Eu entro", disse Suzy.

"Juliana?", perguntei.

"Meu negócio é cantar."

"Que também é mais difícil do que escrever", eu disse, antes que alguém o fizesse.

"Vaslav?"

"Nunca concorro com a minha mulher."

"Carlos?"

"Não, obrigado. Ao contrário de todos, eu acho escrever muito difícil."

"Muito bem", eu disse, "quero a promessa solene de que não revelarão a ninguém o tema que receberem."

Apesar do azedume do maestro criara-se um clima alegre. "Eu juro", disse Roma, "que nem o Vaslav saberá o meu mote."

"O Vaslav pode", eu disse, "e mais ninguém."

Cortei uma folha da caderneta em três tiras e escrevi os motes. Dobrei os papéis e baralhei-os nas mãos fechadas em concha. Entreguei a cada um a tira de papel dobrada. Todos leram os papéis imediatamente. Orion e Roma pareceram ficar extremamente perturbados na hora em que leram o mote que eu lhes havia dado, principalmente Roma, que empalideceu e começou a tremer. A razão disso eu só iria saber muito mais tarde. Ela pareceu se controlar e olhou para Vaslav, em dúvida se devia lhe mostrar ou não o papel que mantinha na mão trêmula. Afinal, deu-lhe o papel, observando Vaslav ansiosamente. A reação do marido, serena, pareceu tranquilizá-la.

"Ah, posso trocar o meu?", perguntou Suzy.

"Não. Os papéis não podem ser trocados nem os motes substituídos. Era assim nos saraus, não era, maestro?"

"Sim", disse Orion.

Roma falou qualquer coisa ao ouvido do marido, pegou-o pelo braço e ambos se retiraram falando em voz baixa.

Não sei o que os demais hóspedes fizeram durante a tarde. Eu vesti o meu pijama de seda e estendi-me na cama, que se fosse um pouco mais comprida seria ainda mais confortável. Como era bom dormir! Dormir, comer e amar, as delícias da vida.

Estava me espreguiçando quando bateram na porta. Há pessoas que não podem ouvir um telefone tocar pois se sentem obrigadas a atendê-lo imediatamente, mesmo não sendo o seu. Outras correm para abrir a porta tão logo ouvem uma campainha. Eu era imune a esse tipo de urgência. Sabia que a pressa dos outros nunca era a minha.

A pessoa que batia não era muito insistente. Demorou algum tempo até que eu ouvisse novamente as batidas delicadas na madeira da porta. Fui até ao banheiro e examinei meu rosto no espelho. Eu sempre acordava, depois da sesta, saudável e revitalizado, e isso se refletia no meu rosto. Penteei os cabelos. Eram cinco horas da tarde, vi pelo meu relógio de pulso. Havia dormido três horas, mais ou menos.

A pessoa não batera novamente na porta, mas eu sabia que ela ainda estava lá.

Abri a porta.

"Eu o acordei?", perguntou Carlos.

"Não. Estava penteando os cabelos. Entre."

Carlos continuava com a mesma roupa com que chegara ao Refúgio. Sentou-se na única poltrona da pequena sala. Acomodei-me no sofá.

"Li todos os seus livros", disse Carlos. "Ou quase todos."

Nunca soube o que responder a uma declaração destas. Muito obrigado?

"Os poemas, os contos, os romances. Vi as peças."

Muito obrigado?

"Gostei muito também de *Trápola*, uma história policial alucinante. Por que você não escreveu outros livros policiais?"

"Não sei."

"*Os amantes* é totalmente diferente. Uma história de amor entre uma cega e um surdo-mudo."

"O amor baseado em outros insumos sensoriais que não o visual e o auditivo" (ver Hall), eu disse.

"Para mim é a história de duas pessoas que superam suas limitações e encontram a felicidade", disse Carlos. A voz dele era esquisita, ele tinha qualquer coisa de inquietantemente feminino.

"O amor é sempre resultado de percepções que temos do outro. A arte em geral sempre exaltou a visão (forma e movimento) e a audição (som, música) como elementos cognitivos do amor. O amor entre os meus personagens, ao contrário, surge das percepções cinestésica, olfativa e térmica. A percepção vem através dos sentidos, Kant et cetera, não precisamos entrar nisso, o que quero dizer é que o amor é uma forma de percepção e, no caso de *Os amantes*, uma forma também de transcendência."

Carlos balançou a cabeça. Pareceu ficar mais triste ao ouvir isso. Levantou-se da poltrona. "Quando for jantar não se esqueça de levar sua lanterna", ele disse.

"Não havia pensado nisso."

"A lanterna está dentro da gaveta da mesa de cabeceira, no quarto."

"Obrigado por lembrar-me."

"Você sabe o caminho?"

"Sei. Não é difícil."

Ele parecia querer me dizer alguma coisa, indeciso. Afinal despediu-se, esticando e recolhendo a mão. Levei-o até à porta do bangalô. O ar estava fresco e limpo, os pássaros cantavam nas árvores, como fazem quando a noite se aproxima. Carlos ficou ouvindo os pássaros e disse qualquer coisa que não entendi. Ele sempre falava muito baixo, meio afônico, como uma pessoa que empostasse mal a voz.

Voltei para o quarto e tentei escrever *Bufo & Spallanzani*. Meu editor queria que eu escrevesse outro policial como *Trápola*. "Não inventa, por favor. Você tem leitores fiéis, dê a eles o que eles querem", dizia o meu editor. A coisa mais difícil para o escritor é dar o que o leitor quer, pela razão muito simples de que o leitor não sabe o que quer, sabe o que não quer, como todo mundo; e o que ele não quer, de fato, são coisas muito novas, diferentes do que está acostumado a consumir. Poder-se-ia dizer que, se o leitor sabe que não quer o novo, sabe, contrario sensu, que quer, sim, o velho, o conhecido, que lhe permite fruir, menos ansiosamente, o texto.

OUVERTURE DE BUFO & SPALLANZANI

O sábio Spallanzani contemplou, da janela de onde estava, a catedral de San Gimignano no momento em que o sino da torre em estilo românico, conhecida pelo nome poético de La Ghirlandina, badalava duas vezes. Então o cientista voltou sua atenção para o casal que estava com ele no grande salão iluminado por uma alta claraboia de vidro fosco. Ambos, Bufo e Marina, mostravam-se muito calmos; Spallanzani, todavia, não conseguia controlar o seu nervosismo e caminhava de um lado para outro dentro do salão, com as mãos às costas e a cabeça curvada para a frente, como costumava fazer.

A vida do sábio sempre fora muito agitada. Aos quinze anos ingressara no colégio dos jesuítas em Reggio, tendo recebido as ordens sacerdotais muito cedo. Em vez de se dedicar à vida religiosa, Spallanzani se matriculara na Universidade de Bolonha, para estudar direito. Na universidade conhecera Laura Bassi, como ele nascida em Scandiano. Consta que foi Laura, que ensinava física na universidade, quem fez com que Spallanzani abandonasse o direito para estudar biologia. Spallanzani continuou sendo padre, todavia, pois na época em que ocorreu esta história ninguém abandonava a Igreja, ainda mais por uma razão tão irrelevante quanto a falta de vocação religiosa.

Naquele dia, Spallanzani estava sem a batina negra que habitualmente trajava. Vestia uma calça escura de veludo e blusa de seda branca frouxa no corpo, pois o sábio gostava de ter os movimentos livres. Sobre uma ampla mesa de madeira polida havia resmas de papel, livros, tinteiros e penas de escrever. Muitas folhas estavam preenchidas com a letra miúda e os desenhos meticulosos do cientista.

Bateram à porta. Era uma mulher; quando jovem devia ter sido de uma beleza extraordinária; com o tempo adquirira um ar majestoso e dominador. Bufo e Marina, com seus belos e densos olhos cor de ouro, acompanharam os movimentos da mulher quando ela entrou na sala. Spallanzani ajudou-a a tirar a capa longa que vestia. Logo Laura sentou-se e os quatro ficaram em silêncio.

"Arranjei um nome para o livro", disse Spallanzani. "Prodromo di un'opera da imprimersi sopra la riproduzione animale."

A mulher elogiou o título do livro. Depois perguntou: "Estes são..."

"Bufo e Marina."

"Marina, de marinus..." A mulher riu, um som cheio e vibrante, do fundo do peito. "Andaram na terra antes de nós."

"Falaram antes de nós", retrucou Spallanzani.

"E cantaram antes de nós, inventaram a música. E são muito antigos, têm mais de trezentos milhões de anos."

"Somos uns míseros arrivistas", disse o sábio. "Vamos começar." Laura levantou-se e foi até a janela.

"Você não quer ver?", perguntou Spallanzani.

"E se Bufo não quiser saber dela? Talvez minha presença o constranja", disse Laura, ainda na janela.

"Isso não ocorrerá, eu o conheço bem", disse Spallanzani tirando três velas de dentro de uma gaveta e acendendo-as.

"Veja como a cabeça de Bufo é bem desenvolvida. Belas paratoides ovais. Cheias de veneno." A palavra veneno foi dita com alguma hostilidade, como se o sábio quisesse indicar um defeito no indivíduo à sua frente.

"O corpo de Marina seria bonito, de uma maneira extravagante, se não fossem as glândulas papulosas disseminadas pelo tegumento, essas pontas córneas que parecem pústulas", disse Laura.

Bufo cingiu fortemente o dorso de Marina. Depois de algum tempo assim abraçados, da cloaca de Marina começou a sair um comprido e sinuoso rosário gelatinoso de óvulos translúcidos.

"Ele está tão obcecado em seu instinto cego de preservação da espécie que nada sentirá", disse Spallanzani, queimando com uma das velas um dos pés de Bufo.

"Ele tem cinco dedos, eu não me lembrava mais", disse Laura.

"A protomão", disse o sábio.

Do tecido muscular e da matéria óssea queimados desprendeu-se um odor áspero que se difundiu pelo ar.

"Ele não tem dentes, sabe?", disse Spallanzani, sem parar de queimar o pé de Bufo, "e as secreções venenosas de suas glândulas somente são expelidas se forem pressionadas. Bufo não tem controle sobre elas. De qualquer forma sua obsessão é maior que tudo, é o segredo de sua fantástica sobrevivência."

O pé de Bufo estava todo carbonizado, mas ele mantinha Marina fortemente agarrada entre seus braços. O cientista continuou queimando a perna e a coxa de Bufo até incinerá-las completamente.

"Esse membro se regenera?"

"No sapo, não. Nos tritões e salamandras, sim. Há uma correlação entre o potencial de regeneração e o nível de complexidade dos organismos. Os organismos inferiores têm um alto poder regenerativo e essa capacidade se reduz à medida que a complexidade aumenta."

Spallanzani disse isso com orgulho indisfarçado, pois fizera essa descoberta naquele ano de 1768 e esperava que ela trouxesse grandes benefícios para a humanidade. Cuidadosamente passou a queimar o outro pé de Bufo. "Ontem cortei a perna de um *Bufo marinus* e ele aguentou treze horas agarrado na fêmea, ficou até morrer em seu abraço nupcial."

"Por isso tem trezentos milhões de anos", disse Laura.

Afinal as duas pernas de Bufo ficaram totalmente carbonizadas. Então, de sua garganta de rapsodo pristino, de primeiro compositor e cantor da terra, saiu um som forte e mavioso, cheio de harmonia e beleza.

O canto durou pouco tempo.

"Ele está morto?", perguntou Laura.

"Está."

Spallanzani quedou-se pensativo. A luz já não entrava pela claraboia e começou a escurecer dentro do salão. O sábio não percebeu as badaladas do sino da Ghirlandina, nem o peso delicado da mão de Laura sobre o seu ombro. Logo a noite caiu fria sobre a praça deserta. "Inferno", murmurou Spallanzani.

Parei de escrever. Sentia falta do TRS-80. Sentia fome. Belisquei minhas bochechas enquanto olhava meu rosto no espelho do banheiro. Ah, como é bom estar acordado, pensei.

Uma penumbra arroxeada cobria a montanha. Caminhei em direção ao Casarão sem acender a minha lanterna, dizendo mentalmente que a natureza era bela.

Já estavam todos na varanda do Casarão vendo o anoitecer.

"Chegou o nosso cronista", disse Orion.

Roma e Vaslav haviam mudado novamente de roupa. Estavam com trajes de couro finíssimo. Exibir uma roupa de couro é como exibir um troféu de caça, uma perversidade e uma perversão. Meus sentimentos em relação a Roma continuavam confusos.

Eu havia colocado a página onde escrevera a abertura de *Bufo & Spallanzani* no bolso. Achei que seria interessante, tendo em vista a nossa brincadeira, do mote, que eu lesse o que escrevera para eles.

"Antes de ler quero lembrar a promessa que todos, Orion, Suzy, Roma, fizeram de que não revelariam os motes recebidos." Os três confirmaram suas promessas.

"Então lá vai: O sábio Spallanzani contemplou..."

Enquanto lia eu olhava para meus ouvintes. Suzy olhava de volta para mim e para os outros dois envolvidos no concurso, como se quisesse dizer alguma coisa; fiz-lhe um gesto de silêncio colocando o dedo nos lábios. Orion fechou a cara.

"Você é um demônio", disse Roma, quando acabei.

Fiz para ela o mesmo gesto que fizera para Suzy.

"Não entendi muito bem o que você quer dizer com essa história", disse Juliana.

"É apenas uma história de sapos & homens. Nada a ver com a simbologia de *Of Mice and Men*. Na orelha do livro o editor dirá alguma coisa para ilustrar e motivar o leitor. Na França, pois o livro será editado em outros países, como tem acontecido com as minhas obras, dirão que o livro é uma metáfora sobre a violência do saber. Na Alemanha, que é uma denúncia dos abusos perpetrados pelo *Homo sapiens* contra a natureza; sem se esquecerem de dizer que é, no Brasil, entre todos os países do mundo, onde esses abusos são cometidos em escala maior e mais estúpida. (Ver floresta amazônica, pantanal et cetera.) Nos Estados Unidos, definirão o livro como uma reflexão cruel sobre a utopia do progresso. A palavra *hybris* será usada anatematicamente. Seduziremos o comprador prospectivo agarrando-o pelas orelhas."

"O negócio então é vender?", disse Orion.

"O escritor é vítima de muitas maldições", eu disse, "mas a pior de todas é ter de ser lido. Pior ainda, ser comprado. Ter de conciliar sua independência com o processo da sua consumação. Kafka é bom porque não escrevia para ser lido. Mas por outro lado Shakespeare é bom porque escrevia de olho no shilling que cobrava de cada espectador (ver Panofsky). Assim como o teatro *não* se salvará apenas com a coragem de escrever peças que ninguém queira assistir, a literatura também não se salvará apenas com a coragem de escrever outros *Finnegans Wake*."

"Os culpados da atual decadência da literatura — você concorda que a literatura está decadente, não concorda? — são os próprios escritores", disse Orion.

"É. Não se fazem mais escritores como antigamente", ironizei.

"Li numa entrevista do Borges que ele se orgulhava de nunca ter escrito uma palavra difícil que levasse o leitor a procurar o dicionário. Me parece que palavreado difícil é bom apenas para esses filósofos franceses que entram na moda e dela saem ciclicamente" (como o terno de Guedes, o tira, pensei) "e que, não tendo o que dizer, optam por ser verborragicamente crípticos; tal como os médicos fazem ininteligível a caligrafia das suas receitas para se ungirem de mais autoridade."

"Também posso ser lido sem auxílio do dicionário", eu disse.

"Protomão. Hybris", disse Orion.

"A mão do sapo foi a primeira mão de cinco dedos que existiu no reino animal. Protomão sim. Hybris é um belo clichê helênico. Os leitores adoram."

Talvez Orion tivesse razão e qualquer idiota pudesse ser um escritor, bastando para isso ser um despudorado exibicionista com um grande ego. Ali estava eu, lendo uma página do meu romance, apenas para me exibir para Roma, uma página em que eu caprichara para dar a impressão de que era inteligente e culto, além de dominar a difícil arte de escrever. Um escritor ser bem informado não vale merda nenhuma. Para escrever *Morte e esporte: agonia como essência*, eu enchi o meu computador de milhares de informações — tudo que ia lendo nos livros dos outros, que por sua vez haviam lido aquilo nos livros dos outros etc. ad nauseam. O computador arquivou essa massa brutal de dados nas inúmeras ordens que me interessavam e na hora de escrever bastou-me apertar uma ou duas teclas para que, num segundo, a informação que queria aparecesse no vídeo, no momento certo. *Morte e esporte* não passa de uma imensa colcha de milhares de pequenos retalhos velhos que, juntos e bem-cozidos, parecem uma coisa original.

"Gostei do truque de fazer a gente demorar a perceber que Bufo e Marina eram sapos", disse Carlos, sempre com sua voz abafada.

"Deram esse mote para vocês?", perguntou Vaslav.

"Olha, cuidado!", eu disse, fazendo o gesto de silêncio que fizera para Roma e Suzy.

Alguém perguntou se Spallanzani havia existido. Claro que existiu. Inicialmente eu havia pensado em escrever um livro em que os personagens principais eram uma salamandra e santa Catarina de Siena, ambas incombustíveis, segundo a lenda. Por um motivo que não quis revelar aos outros hóspedes, acabei mudando os protagonistas da história e, assim, a própria história. Eu sempre me interessara por Spallanzani, desde os tempos de colégio. A primeira inseminação artificial foi feita por ele, em uma cadela. Foi quem primeiro descreveu o aguçado sentido do morcego, um animal que também me interessa muito (ver meu livro *A dança do morcego*). Spallanzani antecedeu a Pasteur, com suas experiências sobre geração espontânea. Estudou a circulação do sangue, a digestão gástrica, a respiração, além, evidentemente, da regeneração dos apêndices dos anfíbios. Então, por aquela razão secreta que eu não queria revelar aos meus companheiros do Refúgio, Bufo substituiu a salamandra e Spallanzani entrou no lugar de santa Catarina de Siena. A salamandra, diga-se de passagem, já tinha o seu cientista louco, chamado Gesner, que também infligiu sofrimentos terríveis aos indivíduos da espécie que estudava, para provar, sem conseguir, suas teorias fantasiosas. Mas não estou falando apenas de loucura, ao usar Spallanzani como símbolo da arrogância autoritária do cientista (ver meu livro *Joseph Mengele, o anjo da morte*).

"Vai ser um livro difícil de ler", disse Juliana.

"Essa Catarina é a Catarina, a Grande?"

O que se pode responder a uma pergunta dessas? A única Catarina grande foi, na verdade, Catarina de Siena, Catarina Benincasa, o único grande escritor analfabeto da história da literatura universal, com seus textos ditados no século XIV. É a santa padroeira da Itália, mas o aspecto a ser explorado no meu livro seria o do mito da incombustibilidade. De hagiografia eu estava cheio.

Respondi apenas: "Não."

Neste instante surgiu dona Rizoleta para dizer que o jantar estava sendo servido.

O jantar foi ainda mais gostoso do que o almoço, uma façanha de dona Rizoleta que eu considerara impossível de ser realizada.

Carpas assadas na manteiga sem qualquer travo de terra (outra proeza) e coelho ensopado com batatas e vagens. Havia também aspargos frescos, simplesmente indescritíveis, mesmo para um escritor competente como eu. Roma sentara-se numa mesa próxima à minha e houve um momento em que eu, ao mastigar o tenro coelho, imaginei, sem nenhuma lubricidade porém, estar mordendo as viçosas bochechas dela. Seus zigomas eram salientes e nobres, tinham a exuberância terrenha e pura dos frutos da natureza. Uma mulher edível, sob todos os aspectos.

A temperatura havia caído, quando acabamos de jantar. A lareira fora acesa e sentamo-nos todos nas confortáveis poltronas do salão.

"Gostei muito da sua Manon", eu disse a Juliana. "Fiquei emocionado ao ouvir a ária *Adieu, notre petite table* cantada por você." Na verdade, ela estava um pouco além da idade para o papel, mas não deixava de ser impressionante que uma mulher daquele porte pudesse representar tão bem uma bela e delicada heroína. "Você tem, como ninguém, a sensualidade exigida pelo papel", eu disse, em voz baixa, para que Orion, que conversava com Vaslav, não ouvisse. Acho que estava começando a ficar desesperado com a minha abstinência.

"Eu não gosto de ópera, desculpe", disse Eurídice, entrando na conversa.

"Você estava ótima também na ária de sedução do Des Grieux, padre", eu disse, sem dar atenção a Eurídice.

"Manon é uma das personagens que eu mais gosto", disse ela, no mesmo tom quase cúmplice que eu imprimira à conversa. "Mas não a de Massenet, a de Puccini."

"Nunca vi uma ópera", disse Eurídice. Seria ignorante demais para perceber que estava sobrando? E dissera a frase em voz tão alta que chamou a atenção de Orion, que logo se meteu na conversa, como sempre, categórico.

"A melhor coisa da Manon, a de Massenet, é a frase de Guillot de Morfontaine: 'La femme est un méchant animal'", disse Orion. Ele devia ter estado, o tempo todo, a prestar atenção na minha conversa com a sua mulher. Aos poucos todos passaram a participar da conversação.

"Eu prefiro Turandot", disse Roma.

"Por que ela corta a cabeça dos seus pretendentes?", perguntou Orion.

"Por isso e por ser incompreensível para os homens."

Ali estava eu, cercado de mulheres, mulheres cheias de força e mistério, esses atributos irresistíveis que elas têm, sem poder fazer nada, reprimido e oprimido.

"Vocês precisam ver o céu", disse Trindade, entrando na varanda. Na mão ele segurava uma lanterna.

Fomos todos até o centro do gramado que ficava em frente ao Casarão. Trindade apagou a lanterna. Na noite escura não se via o rosto das pessoas próximas. Vaga-lumes acendiam e apagavam em pleno voo.

"O céu muda a cada hora", dizia Trindade. "São nove horas e vocês podem ver Sírio a oeste. Estamos a 24° de latitude. Aquela ali ao norte é Arcturo. Antares, a leste."

"Onde está o Cruzeiro do Sul?"

"Ao sul", disse Trindade, rindo satisfeito, "junto de Rígel." Rígel ninguém descobriu, mas todos acharam o Cruzeiro do Sul entre exclamações de alegria.

"E Aldebarã?"

"A gente não a vê este mês. Aparece às cinco da manhã, mais ou menos, em julho."

"E Betelgeuse?"

"A mesma coisa. Ficam ambas a leste. Betelgeuse, perto da constelação que tem o nome do nosso maestro."

"Então o senhor tem uma constelação com o seu nome", disse Eurídice.

"Prestígio, minha filha", disse Orion.

"Nem parece que ainda outro dia eu estava em São Paulo, que nem tem céu", disse Eurídice.

"Céu igual a este não tem em lugar nenhum do mundo", disse Trindade.

"Não sei", disse o maestro. "Essa coisa de Viva o Brasil! me cansa."

"Olha os vaga-lumes", disse Eurídice.

"Que coisa linda", disse Juliana.

"Os vaga-lumes?"

"Os vaga-lumes, as estrelas, as pessoas, a vida. Dá até vontade de cantar", disse Juliana, tocando de leve na minha mão. Teria sido involuntariamente?

"Contenha os seus arroubos, minha cara", disse Orion.

"Canta para nós", disse Eurídice. Liderados por Suzy, todos repetiram em coro: "Canta para nós."

"Outro dia ela canta", disse Orion.

"Vou cantar agora", disse Juliana.

"Este frio não vai te fazer bem", disse Orion.

"Vou cantar", disse Juliana, já como se estivesse no palco.

Suzy sentou-se no gramado e Eurídice deitou-se com a cabeça no seu colo. Roma e Vaslav fizeram o mesmo, Roma com a cabeça sobre o peito do marido. Ainda bem que estava muito escuro, e eu mal podia vê-los, senão aquilo teria sobre mim o mesmo efeito que assistir a um filme de sexo explícito.

Juliana começou a cantar. Eu já ouvira algumas vezes aquela ária de Bellini, mas confesso que achei a cena magnífica: o céu estrelado e uma voz feminina acrescentando ainda mais beleza e harmonia ao universo. Quando Juliana terminou — "Quella pace, che regnar, regnar tu fai, tu fai nel ciel, tu fai nel ciel" —, ficamos todos calados.

"Depois disso a lua devia aparecer, essa ingrata Casta Diva", disse Roma.

O prazer estético agravara a minha satiríase. Eu não podia continuar ali nem mais um segundo sob o risco de cometer alguma insanidade. Afastei-me correndo, sumi na escuridão. Notei que alguém vinha atrás de mim.

"Quem é? Tem alguém aí?", com o coração batendo de esperança.

"Sou eu." A voz abafada de Carlos. Lembrei-me de que o bangalô dele ficava na direção do meu.

Apressei o passo, para que ele não se aproximasse de mim. Se há uma coisa que me irrita é conversar com homem. Quando cheguei no caminho que levava ao meu bangalô gritei para o escuro: "Boa noite."

"Boa noite", Carlos respondeu. Ele estava quase grudado em mim e eu não percebera sua presença tão próxima.

Oh, vida desgraçada, pensei, tristemente, enquanto tirava a roupa e vestia meu pijama de seda. Essas mulheres ainda me matam, pensei, Guillot de Morfontaine tem toda razão. Mas pouco depois eu murmurava, me espreguiçando, como é bom dormir. E dormi.

Acordei cedo, tomei banho e corri para o Casarão. Eu devia passar a manhã escrevendo, mas nem sequer olhei para as minhas notas sobre BES. Gostaria que Minolta estivesse ali para me dar força.

As mesas do salão haviam acabado de ser arrumadas para o café. Sobre uma mesa grande e comprida estavam os quitutes — queijos de várias qualidades, inclusive de cabra e de ovelha, bananas (ouro, prata e d'água), laranjas, mangas, ameixas, mamões, jabuticabas, mel, bolinhos de milho, pãezinhos de queijo, torradas, iogurtes etc. Enchi dois pratos com queijos, bolinhos, pãezinhos e frutas, apanhei um pote de manteiga, uma jarra de iogurte, um vidro com mel e fui para uma das mesas, com a boca cheia de saliva. Uma empregada serviu café com leite e perguntou-me se eu não queria ovos. Eu disse que não, mas Trindade, que estava perto, numa das mesas, tomando café, disse: "Eu se fosse o senhor provava os nossos ovos. Nossas galinhas são ciscadeiras, passam o dia em liberdade, comendo minhocas, bichinhos, formigas, mexendo o dia inteiro com as perninhas, sem parar. Não têm uma gota de gordura, são diferentes dessas galinhas enxundiosas da cidade. O senhor comprovará ao comer o frango ao molho pardo que serviremos hoje no almoço. Os ovos... olha, nem vou falar mais nada. Lucimar, traga dois ovos fritos para o cavalheiro."

Ouvir falar em frango ao molho pardo deixou-me ainda mais alegre. Nada melhor do que pensar em comida quando se está comendo. Trindade pediu licença e sentou-se à minha mesa. Queria assistir-me degustar os ovos.

"Tudo o que o senhor come aqui é produzido na fazenda, menos o sal, o açúcar, o azeite e o bacalhau", disse Trindade, com orgulho. Os ovos estrelados chegaram. As gemas eram vermelhas como rubis, envoltas por uma parca clara, apenas uma pequena circunferência alva, sem o aspecto gosmento dos ovos fritos que eu conhecia. A gema era dura de cortar, sua consistência compacta e densa e o seu sabor lascivo e repousante. Pedi mais dois ovos.

"Eu não disse?", Trindade sorriu satisfeito. "As gemas amarelas dos ovos de granja não têm sabor nem valor alimentício, comparadas com as nossas. Além do mais estão cheias de hormônios. Tenho a impressão", ele baixou a voz, "que o aumento do homossexualismo e outras formas de perversão sexual resulta disso, e também das porcarias que dão aos bois. O senhor não acha?"

Por mais feliz que eu estivesse, deliciando-me com aquelas iguarias, a ignorância sempre me exasperava.

"Homossexualismo não é perversão", eu disse. "Homossexuais são pessoas normais como o senhor."

"Como eu, não!"

"Como eu, então."

Trindade calou-se, sem saber o que dizer. Com um pedaço de pão raspei o resto da gema que ficara no prato, que ficou limpo e brilhante.

"Eu estava pensando em levar o senhor para ver a horta", disse ele, como se houvesse desistido da ideia.

"Mas eu faço questão de ver a sua horta", eu disse.

Nunca havia visto uma horta em toda a minha vida. Que coisa linda são as couves, as alfaces, os repolhos, as couves-flores, as acelgas, as mostardas, os brócolis brotando do chão como um tapete colorido de histórias de fadas. Um repolho roxo é mais bonito do que uma rosa, mais luxuriante e luxurioso (viçoso, libidinoso). Olhar uma horta é melhor do que ficar sentado escrevendo. Aliás, escrever estava se tornando um tripalium (ver dicionário latim), um sofrimento (de repente, imaginei-me sofrendo da síndrome de Virginia Woolf e tremi de medo); o diabo é que para um escritor como eu, que precisava de dinheiro para sustentar o seu vício barregão, cada maldita palavra, um *oh* entre cem mil vocábulos, valia algum dinheirinho. Escrever é cortar palavras, disse um escritor, que não devia ter amantes. Escrever é contar palavras, quanto mais melhor, disse outro que, como eu, precisava escrever um *Bufo & Spallanzani* a cada dois anos. No entanto, em vez de estar trabalhando eu olhava embevecido para um repolho.

"O senhor sabe cozinhar?", perguntou Trindade, com certa cavilosidade.

Pensei em responder: sei cozinhar, bordar, fazer crochê, costurar, dar de mamar, dançar balé, mas para que perder tempo com os preconceitos dos outros?

"Só sei comer." Esta resposta pareceu tranquilizar Trindade. Perguntou se eu não queria ver o pomar. O verdor das couves e acelgas me dera vontade de ver Roma, talvez ela já tivesse chegado ao salão para tomar café. Dei uma desculpa e voltei ao Casarão.

Roma estava no salão, tomando café, sem Vaslav. Usava outra roupa, um farfalhante traje que a envolvia como se ela fosse uma mulher do outro mundo. Elucubrei: a lei Opiana havia sido promulgada contra ela, Catão pensara numa mulher como ela quando criticara a extravagância feminina no Senado romano. Ela certamente teria um traje de púrpura, colorido com tinturas de Tiro, em sua mala de couro mimoso.

"Posso sentar-me?", perguntei.

"Sim." Ela mordeu uma torrada, arreganhando os dentes e olhando para mim. Minha pele se ouriçou.

"Dormiu bem?", perguntei, imaginando-a na cama, de lado, de bruços, de barriga para cima.

"Não, na verdade dormi muito mal."

"Deve ser o oxigênio", gaguejei.

"Talvez. O problema é que dormir mal me causa muita irritação. Preciso no mínimo de oito horas diárias." Todas as mulheres que eu conhecera precisavam dormir oito horas diárias.

"E a sua vida dá um romance", eu disse.

"Você está perguntando ou afirmando?"

"Afirmando."

"Mais eletrizante do que você pensa", disse ela. "O seu padre rezava missa?"

"O meu padre?"

"Spallanzani."

"Sim. Ele continuava celebrando missas, em latim, com sotaque úmbrico e ouvindo confissões, o mundo estava cheio de pecadores pedindo perdão, o Concílio de Trento estabelecera que, pela lei divina, a confissão completa era necessária para todos aqueles que tivessem cometido pecado. Sua fé não entrava em choque com a sua ciência porque ele não tinha fé, os desígnios de Deus nem sempre eram muito claros para ele. Por que Deus fizera Bufo? Não fora evidentemente para comer formigas, que por seu turno também eram filhas de Deus. Um estágio na evolução do homem? Bem, naquela época o Sol ainda girava em torno da Terra e Darwin ainda não nascera. Por isso ele disse 'inferno', depois de ter submetido o batráquio àquela tortura."

"Vou lhe dizer uma coisa, que o maestro não ouça: que coisa complicada é escrever um livro", disse Roma.

"Quelle lourde machine à construire qu'un livre, et compliquée surtout", eu disse.

"É verdade, et compliquée surtout."

"Escrever é uma questão de paciência e resistência, algo parecido como disputar uma maratona onde há que correr mas não se pode ter pressa." (Não gostei do símile logo que o disse. Odeio esportes.) "E por falar nisso, como vai a sua história?"

"Você é horrível", disse Roma, "me dar como tema —"

Fiz um gesto para que se calasse pois nesse instante Carlos se aproximava da nossa mesa. Pela primeira vez Carlos tirara o paletó largo de veludo e agora usava um blusão também muito largo e comprido, que lhe dava um aspecto singular. Logo em seguida chegou Vaslav.

"Você ouviu um violino esta noite?", perguntou Vaslav. "Era o maestro", disse Roma. "Nosso bangalô fica perto do dele."

"Roma me acordou para ouvir o violino", disse Vaslav.

"Nada disso. Eu estava acordada e como não suporto estar acordada com alguém dormindo ao meu lado aproveitei o pretexto e acordei você."

"Conta o que você viu", disse Vaslav.

"Eu me levantei e fui até à varandinha do bangalô, para ouvir melhor. Então vi uma pessoa andando com uma lanterna no mato."

"Podia ser Trindade. Ou um empregado qualquer", eu disse.

"Talvez. Mas a pessoa andava furtivamente. Posso ter sido influenciada por aquele violino tocando no meio da noite. Sabe que é bonito, mas ao mesmo tempo meio sinistro um violino tocando na escuridão? Fiquei com medo, sabe?"

Da mesa dos músicos Juliana fez um gesto allegro em minha direção; Orion também, ma non troppo.

Trindade, de botas e chapéu de vaqueiro, entrou no salão e informou que os cavalos estavam prontos para quem quisesse dar um passeio pelo Refúgio.

Fomos todos até ao local em que estavam os cavalos, com exceção de Suzy e Eurídice. Ambas estavam tensas, como se tivessem passado a noite brigando. Roma disse que ia colocar uma roupa de montaria.

"Onde está o zaino?", perguntou Carlos.

"Berzabum? É um cavalo muito bronco. Monta esse aqui, tem uma andadura macia." Trindade apontou um alazão de focinho estrelado.

Carlos olhou o alazão e disse: "Quero o Berzabum."

"Seu Carlos, só uma pessoa monta o Berzabum, é o Ermitão, um homem que vive lá no alto, no Pico, com as onças, cria frangos para os gaviões comerem. Uma vez por semana ele vem aqui e monta o Berzabum, para que o bicho não fique selvagem de uma vez. Seu Carlos, se o senhor montar esse cavalo é certo que vai ser jogado no chão e pode se machucar."

"O problema é meu", disse Carlos secamente.

Foram buscar Berzabum. O cavalo veio, sacudindo a cabeça, arregalando os olhos. Foram precisos três homens para colocar o freio e a sela em Berzabum. Carlos se aproximou e acariciou o focinho do cavalo. "Esta barbela está muito apertada", disse ele, ajustando a cadeia de ferro do freio. Em seguida examinou a barrigueira para ver se a sela estava firme, verificou o comprimento dos Toros. "Pode largar", disse.

"Eu avisei", disse Trindade, olhando para nós.

Segurando as rédeas com a mão esquerda, apoiada sobre o cepilho da sela inglesa, Carlos colocou o pé esquerdo no estribo e subiu lentamente, sem esforço, passando a perna direita sobre as ancas de Berzabum (num relâmpago a imagem de Delfina Delamare nua na cama, virando-se de costas para mim!) e aninhou-se na sela sem que se ouvisse o menor rangido de couro. Berzabum permaneceu imóvel, como se fosse de ferro. Carlos curvou-se e afagou o peito do cavalo, sua mão branca e pequena contrastante com a solidez e o negror da musculatura do animal. Sem que tivéssemos notado o comando do cavaleiro, Carlos e Berzabum partiram num galope macio pelo gramado da várzea.

"Caramba!", disse Trindade. "Rizoleta devia ver isto." Olhei o cavalo que me coubera e decidi não me arriscar. Nós, os gordos, não somos bons cavaleiros. "Estou com dor nas costas", menti. Roma também ficava elegante cavalgando, mas não tanto quanto Carlos. Colocara botas de couro negro com debrum marrom, uma calça de montaria que modelava seu corpo, uma camisa polo e um bonezinho na cabeça. Não existe coisa mais bonita do que uma mulher bonita. Ela e Vaslav, enquanto aguardavam os outros, que afinal acabaram não indo, comandavam seus cavalos com grande donaire. Trindade explicou que os cavalos eram da raça campolina, com exceção de Berzabum, que era um quarter.

"Ninguém mais vem?", perguntou Trindade. Os outros cavalos continuavam seguros pelos empregados. Tanto quanto eu, Juliana e Orion não queriam fazer papel feio, depois que notaram a agilidade elegante de Roma e Vaslav. Orion disse que não tinha roupas apropriadas; Juliana, candidamente, disse que não sabia montar.

"Não entendo como alguém não sabe montar", disse Roma, "para mim é a mesma coisa que não saber ler."

Lá se foram eles, deixando-nos a nós, infantes, de pé no chão, com um sentimento de fracasso. Vendo Roma se afastar, pensei, não quero montar nenhum cavalo, quero montar você, é isso que eu sei fazer, montar éguas como você. Essa ideia me dominou e excitou de tal maneira que mal ouvi o que Orion dizia.

"...uma coisa extraordinária. Eu estava sem sono — na verdade devido à nossa brincadeira comecei a escrever o meu conto"... (ah, então ele começava a ver como era fácil escrever)... "estou na dúvida se... enfim, resolvi respirar um pouco de ar puro. Do meu bangalô eu vejo um morro, um que fica para aquele lado lá, que tem uma porção de árvores com folhas prateadas, e eu estava olhando o céu quando vi um brilho de fogo, uma coisa intermitente, como um vulcão soltando labaredas em intervalos descompassados. Não tenho dúvida de que era fogo, mas não havia fumaça, e quando cessaram aquelas fulgurâncias ouvi um som tão extraordinário que acho que me enganei. A noite estava silenciosa, não havia barulho de grilos nem de sapos. Existem árvores que gemem, como a casuarina. Mas isso!"

"Afinal que som era esse?", perguntei.

"Uma gargalhada. Parecia uma gargalhada. *Era* uma gargalhada."

"Uma gargalhada?"

"Não sei se era altíssima ou se ficou altíssima pelo silêncio."

"Seu bangalô fica perto do de Roma e Vaslav?"

"Fica na mesma área."

"Roma disse que teve insônia e que viu alguém andando no meio da floresta com uma lanterna. Você viu o fogo antes ou depois de tocar violino?"

"Você ouviu o meu violino?"

"Roma ouviu."

"Foi depois. Eu parei de tocar — um dos *Capricci* de Paganini — e fiquei muito tempo olhando as estrelas e pensando no que eu queria escrever. Foi quando começou o fogo no alto do morro."

"Morri de medo quando Orion me contou essa coisa hoje de manhã", disse Juliana.

Suzy e Eurídice estavam recostadas nas espreguiçadeiras de lona da varanda do Casarão. Sentamo-nos ao lado delas e em pouco tempo Juliana estava falando das gargalhadas que Orion ouvira no meio da noite.

"Isso não me surpreende", disse Suzy, "eu vi nas cartas."

"Nas cartas?"

Ficamos sabendo que Suzy era especialista em artes ocultas. A butique era apenas um negócio, "passo dias e dias sem lá ir". Ela conhecia astrologia, cabala, talismânica, numerologia, quiromancia, cartomancia, esoterismo. Havia colocado as cartas e visto coisas sobre as quais preferia não falar. Mas não eram somente as cartas. Ela olhara no berilo e vira a mesma coisa. O berilo, ela explicou, era a pedra usada na cristalomancia. Apesar de ter vindo para o Refúgio a fim de descansar apenas, ela trouxera, além de dois baralhos de Tarô e do berilo, um I Ching, um jogo de búzios, um anel talismânico de mercúrio e chumbo fundidos, um pote com lilium de Paracelso e uma porção de discordium de Frascator, do puríssimo, com todos os elementos, estoraque, tormentilha, gálbano, bistorta e até mesmo o raríssimo Dictamano de Creta (ver Sepharial).

"Além, é claro, da minha coruja. Não me separo nunca da minha coruja."

"Uma coruja verdadeira?"

"Não. É de bronze. Um dia eu a mostro pra você!"

"Acho aquela coruja horrível", disse Eurídice.

"A clarividência, a Visão Clara, a precognição — isso deve ser usado com muito cuidado", disse Suzy. "Carlos está andando a cavalo?"

Na hora não entendi o interesse de Suzy por Carlos. Mas ninguém pode decodificar os milhares de informações cifradas que recebe a cada segundo.

"Você então não vai nos dizer o que viu nas cartas?", perguntou Juliana.

"Não posso dizer nada", disse Suzy, levantando-se abruptamente. "Vamos, Eurídice."

O frango ao molho pardo do almoço estava uma delícia, regalante, apetitoso. Ele tinha uma coloração que pendia para o ruivo-fosco, o que significava que o sangue do frango havia sido usado de uma maneira diferente. Nem mesmo a presença de Orion e suas perguntas irritantes (ele e Juliana sentaram-se à minha mesa) impediram que eu degustasse com prazer o frango com seu arroz sanguinolento. Orion queria saber por que eu não escrevia um romance histórico tendo o duque de Caxias como personagem. Eu tentei explicar a ele que não gostava de heróis, dos homens e mulheres poderosos (muito menos dos homens do que das mulheres) que faziam a história. Eu não gostava nem mesmo da grande história, com H maiúsculo. Eu lia a história de um homem famoso com a maior indiferença, quando não com desprezo. Mas era capaz de ficar embevecido ante a fotografia de um "popular anônimo", no meio da rua ou trepado no estribo de um velho bonde, imaginando que tipo de pessoa ele teria sido. Jamais me interessei em conhecer um homem ou uma mulher famosos. Mas queria muito ter conhecido, por exemplo, aquela telefonista de olhos grandes e vestido comprido que aparecera na foto da inauguração da primeira central telefônica do Rio de Janeiro, no século XIX. Orion retrucou que esta idiossincrasia devia ter uma explicação freudiana. Felizmente Roma passou por perto e eu lhe perguntei como fora a cavalgada.

"Uma maravilha", disse ela, sentando-se à nossa mesa. E contou que Trindade os levara a ver lugares lindos, córregos cristalinos, florestas etc. Carlos fora com eles até certo ponto. "Depois encontramos o tal velho misterioso que cria gaviões, e ele e Carlos conversaram sobre o cavalo que Carlos montava e os dois foram juntos na direção do pico da montanha. Pareciam dois cabritos."

"O velho não cria gaviões, ele cria pintos para os gaviões comerem", eu disse. "E faz muito bem. Entre gavião e pinto, prefiro o gavião."

Não esperei as sobremesas, que eram sempre doces em calda e compotas feitas no Refúgio. Não gosto de doces, felizmente, do contrário meu peso seria ainda maior. E também não queria ficar mais à mesa com Orion. Já disse que não gosto de homem.

Fui para a varanda e sentei-me na espreguiçadeira com os olhos fechados. Eu não estava bem. Não conseguia esquecer o maldito tira Guedes, aquele pobre-diabo. Não conseguia esquecer Delfina, ela era o meu buraco negro, uma força gravitacional irresistível. Eu havia comprovado milhares de vezes que "as coisas se separam" (ver Heráclito) e mais cedo ou mais tarde eu iria me separar dela; eu, porém, temia constatar que a fleuma era mais forte que a paixão, a longo prazo; mas a longo prazo estaremos todos etc. Ali estava eu, sofrendo aquelas reminiscências que teoricamente poderiam funcionar como terapia se colocadas no papel, mas escrever não é nenhuma cura, ao contrário, distorce a nossa psique (ver Braine). Quando escrever faz bem, alguma coisa faz mal à nossa literatura. Escrever é uma experiência penosa, desgastante, é por isso que existem entre nós, escritores, tantos alcoólatras, drogados, suicidas, misantropos, fugitivos, loucos, infelizes, mortos-jovens e velhos gagás.

Para sair da fossa pensei nos leitõezinhos que já deviam estar sendo temperados para o almoço do dia seguinte, sem esquecer, porém, o bacalhau que seria servido no jantar daquela noite. Abri os olhos e notei que pelo gramado da várzea Carlos e outro cavaleiro, lado a lado, os cavalos em *passo travado*, como se estivessem numa exibição equestre, cavalgavam em direção ao Casarão. Quando se aproximaram notei que o companheiro de Carlos era um homem de longos cabelos e barbas brancas, que usava um chapéu de vaqueiro. Provavelmente era o velho conhecido como Ermitão, que morava no alto da montanha. Eles passaram em frente à varanda e o velho virou o rosto enrugado e queimado de sol na minha direção, mas não pude ver-lhe os olhos, que estavam cobertos pelo chapéu. Foram para as cocheiras, tratar dos cavalos.

No meu bangalô, tentei continuar, sem conseguir, a escrever *Bufo*. Eu só não estava completamente infeliz devido à perspectiva do jantar.

Fui o primeiro hóspede a chegar no salão, como sempre. Senti o aroma do bacalhau com batatas, pimentões e azeitonas feito por dona Rizoleta. Na história da humanidade milhões de pessoas morreram e continuam morrendo de fome. Alguns, porém, morreram e continuam morrendo de tanto comer. (Eu talvez venha a ser um desses.) Para uns e para outros, despojados ou saciados, comer é a atividade mais importante que existe. Comer, comer! como é bom comer! Não sou daqueles que comem bacalhau em grossas postas assadas, isso é uma rudeza gastronômica só comparável ao steak tartar. A posta assada mantém a rispidez que o bacalhau adquire na salgadura, mesmo que tenha sido colocada de molho vinte e quatro horas antes e venha a ser copiosamente regada por fino azeite de oliveira no momento de ser servido e depois empurrada pela goela abaixo por talagadas roxas de alvaralhão verdasco. Mas com batatas, cortadas em rodelas dispostas na fôrma em camadas alternadas com o bacalhau em lascas, a aspereza do sal sublima-se e ambos, bacalhau e batatas, transformam-se numa terceira coisa, forte mas ao mesmo tempo delicada e jubilosa. É claro que há que saber fazê-lo, como dona Rizoleta, por exemplo. Logo que a travessa fumegante foi colocada à minha frente notei que ali estava uma obra-prima, uma demonstração extraordinária da sabedoria humana. Meu coração se encheu de paz e alegria.

(Este acepipe tanto pode ter a sua degustação vespertina, como é mais comum, como noturna ou mesmo matutina. Já comi bacalhau pela manhã, ao acordar, voltando depois para cama onde uma mulher me esperava, dormindo. Lembro-me bem desse dia. Ela chamava-se Regina e fingiu que dormia quando eu voltei para a cama depois de comer o bacalhau; ela gostava de fingir que dormia e enquanto ela fingia que dormia eu fingia que acreditava que ela dormia e a possuía assim. Lembrando melhor: eu sempre a possuí "dormindo", ela movendo o corpo para facilitar as coisas, sem abrir os olhos, gemendo como se estivesse sonhando; e depois nunca tocava no assunto, nem permitia que eu falasse. Ela sempre arranjava um jeito de ir para a cama antes de mim e quando eu chegava ela já estava dormindo etc.)

Eu já havia acabado de comer e estava ainda à mesa esperando o cafezinho quando notei uma cena interessante. Quando Carlos entrou no salão, Eurídice, que estava numa mesa próxima à minha, com Suzy, ficou olhando fixamente para o homem, com um olhar embevecido e ao mesmo tempo expectante, como quem aguarda a oportunidade de iniciar uma troca de olhares de namoro. Eu já havia notado antes um certo interesse de Eurídice pelo rapaz, e percebera também que Suzy se irritava com isso. Ao ver Eurídice olhando para Carlos, Suzy falou asperamente com a prima. Ouvi-a dizer "cretina", "idiota", e uma frase inteira: "Depois não adianta vir chorando pedir perdão." Além disso Suzy deu um forte beliscão em Eurídice.

Carlos não percebia que estava causando todo aquele melodrama. Ele, que normalmente vivia absorto em seus pensamentos, naquele momento parecia mais distante do que nunca, comendo sem apetite. Só mesmo um sujeito muito aloprado poderia mastigar com indiferença bacalhau tão divino.

Juliana e Orion, que não haviam presenciado a briga entre as primas, aproximaram-se da mesa de Suzy e conversaram sobre a promessa que Suzy fizera de jogar búzios naquela noite. Suzy tentou escapar, mas Roma e Vaslav juntaram-se aos músicos cobrando o compromisso. Afinal, Suzy concordou e disse que ia ao bangalô apanhar os búzios. Acabei me envolvendo no assunto.

"Na verdade, não acredito em nenhum tipo de macumba", disse Orion.

"Búzios não é macumba", disse Juliana.

Ninguém soube explicar bem o que era o jogo de búzios. Alguém sugeriu: "Um método de desvendar os mistérios do futuro", mas o termo método foi considerado inadequado naquele contexto. "Que tal embromação divinatória?", propôs alguém.

Suzy voltou do bangalô sobraçando uma caixa preta de madeira, acompanhada de Eurídice. As duas pareciam ter superado a briga ocorrida momentos antes, vinham de mãos dadas, sorridentes.

Reunimo-nos em torno de uma das mesas da sala de jogos. Surgiram logo vários grupos: Juliana e Eurídice, crentes; Roma e Vaslav, neutros; Carlos, indiferente, desinteressado; eu, cético; Orion, não sei.

Suzy tirou as conchas da caixa, sacudiu-as entre as mãos e atirou-as sobre o pano da mesa. "Façam suas perguntas", ela disse, num tom de voz intimidante.

Ninguém se atreveu a perguntar. Os crentes com medo da resposta; o cético, eu, para não ser encarado como crente pelos outros; os indiferentes porque não queriam participar ativamente do evento.

Suzy jogou novamente os búzios, que se espalharam sobre a mesa. Notei que o seu rosto pareceu contrair-se, seu olhar modificou-se, como se visse um rato sobre a mesa, entre as conchas: um olhar de medo e repugnância. Lá vem a empulhação, pensei.

"Estou vendo morte violenta", disse Suzy.

"Morte de avião?", perguntou Juliana. Quando acabassem suas férias Juliana iria fazer uma longa turnê, usando principalmente o avião como transporte.

"Não", disse Suzy, "não vejo avião."

"A pessoa morta é homem ou mulher?", perguntou Orion.

"Mulher", disse Suzy.

Silêncio.

"Mas é uma morte que já aconteceu... não sei... não vejo o rosto dela... vejo quem está ao lado dela... vejo com nitidez quem está ao lado dela... nesse momento terrível... ao lado dela... esta pessoa..."

No silêncio que se manteve, ouviu-se uma pequena gargalhada de Orion, não muito convicta, que não teve seguidores. Suzy recolheu os búzios e sacudiu-os entre as mãos. Que sorriso era aquele no rosto dela?

"Chega!", disse Suzy.

"Chega? Agora que estava ficando interessante?", disse Orion. "Por favor, continue."

"O que fazia uma pessoa ao lado da mulher morta? Onde é que eles estavam? Quem eram eles?", perguntou Juliana.

"Chega", repetiu Suzy. "Vamos, Eurídice."

Com a caixa preta de búzios debaixo do braço, Suzy e Eurídice (que olhou ansiosamente para Carlos ao passar por ele), as duas, andando agora de maneira tensa, retiraram-se do salão.

"Uma artista", eu disse. "Devia fazer esse espetáculo num circo."

"Circo coisa nenhuma, estou morrendo de medo", disse Juliana.

"Não exageremos", disse Orion.

Sem a presença de Suzy não havia razão para continuarmos ali, a não ser o meu tesão por Roma (por Roma, belo cacófato). Todos foram se retirando para os seus bangalôs. Fiquei só durante algum tempo. Depois fui caminhando pela mata. Sentia uma espécie de frisson, uma expectativa de perigo, mas não muito, o suficiente para me deixar excitado. Segui por um caminho que nunca usara antes e pensava em Bocage, "quero fartar meu coração de horrores". Devia ser bom, o tempo em que havia mulas sem cabeça e lobisomens em lugares como aquele. Apenas acendia a lanterna quando tinha medo de cair num precipício. Numa dessas horas vi um tronco grande onde me sentei, apaguei a lanterna e fiquei ouvindo sons que pareciam gemidos, bater de asas, passos, sussurros de feiticeiras.

Fiquei ali, sentindo medo como um velho macaco, gozando aquele medo, quando de repente surgiu no céu uma luz difusa amarela, como se a floresta houvesse irrompido subitamente em chamas. Mas a luminosidade durou pouco e logo se apagou, deixando a noite que me cercava ainda mais negra. Devia ter sido aquilo o que o maestro vira, pois logo o céu passou a fulgurar de maneira intermitente, a intervalos irregulares. Não havia dúvidas de que aqueles lampejos eram causados por fogo. Mas fogo naquela escala não apagava e acendia como se fosse um gigantesco holofote.

Disposto a descobrir que fenômeno era aquele, caminhei pelo meio da floresta na direção das reverberações. Não foi uma caminhada fácil. Caí várias vezes, rasguei minha roupa, feri minhas mãos. Ferir as mãos me deixou em pânico, eu tinha pavor de tétano, desde que uma amiga minha morrera de tétano quando eu ainda era adolescente. Comecei a lamber, como um cão, as feridas da minha mão, para limpá-las dos bacilos infecciosos. Estava me lambendo quando cheguei ao sopé do morro e vi um dragão, um dragão com corpo de macaco, soltando labaredas que uivavam, como os ventos do inferno, ao se espojarem no solo. Eu estava vendo coisas, devia ser o efeito do tétano, um calafrio passou pelo meu corpo, os músculos do meu pescoço e do maxilar começaram a ficar duros. Eu sabia que não existe infecção que ataque o organismo com essa rapidez, mas também não existia um macaco-dragão.

"Morram malditas, desgraçadas, morram!", gritou o macaco.

Felizmente minha obtusidade durou pouco. Nem eu estava com tétano (ainda), nem o animal assustador era um dragão ou um simples macaco falante. Era um homem, que segurava nas mãos um lança-chamas, desses que se veem no cinema. Esse homem, percebi aliviado, era o Trindade.

"Seu Trindade", gritei.

"Estou matando formigas", disse ele, no escuro. "Mas já acabei, já acabei. O senhor não devia andar por estes lugares à noite."

"Por quê?", perguntei.

"O senhor pode cair num desses grotões, os animais que são animais caem, quanto mais uma pessoa."

Ele mentia. No escuro a voz de um mentiroso se revela.

"Vou levá-lo até ao seu bangalô."

"Não precisa."

Eu não queria, mas terminei seguindo-o até meu bangalô. Entrei. Tirei as roupas rasgadas. Olhei para minha mão e vi que sofrera apenas pequenos arranhões. Fui até a varandinha do bangalô e fiquei ouvindo os ruídos que vinham do escuro. Sapos, grilos, o pio de uma coruja. Eu estava à cata de ruídos humanos. Agora eu não queria sentir medo. Acendi a lanterna e entrei na mata. A distância a percorrer parecia maior, mas afinal cheguei ao local onde vira Trindade com o lança-chamas. Com a lanterna examinei o solo. Espalhados pelo chão havia uns bichos carbonizados que pareciam feitos de arame derretido, exalando um odor nauseabundo. Com um pedaço de pau mexi num dos animais, que não estava totalmente destruído pelo fogo. Era uma aranha gigantesca, do tamanho de uma abóbora. Por isso Trindade usara o lança-chamas, aquele bicho não morreria de pauladas, nem enxadadas. E se existissem ainda alguns vivos? E se as aranhas me agarrassem pela perna, me jogassem ao chão? Imaginei-as devorando-me. Começariam primeiro pelo nariz, depois pelos lábios, lábios são carninhas tenras; depois uma aranha mais astuta e menor entraria pela minha calça, caminharia pela minha perna até chegar à minha virilha e devoraria, pela ordem, os meus colhões, colhões são carninhas tenras, para aranhas, pelo menos, e depois o meu pênis... Chega! pensei, com pênis e colhões não se brinca. Voltei correndo para o meu bangalô. Como é bela a natureza!? Meu corpo começou a coçar. Estava coberto de carrapatos.

Acordei todo inchado. Havia arrancado os carrapatos mas deixara os seus ferrões. Meu corpo estava cheio de calombos vermelhos. Ínguas haviam surgido na virilha e nas axilas. Agora é que não ia conseguir escrever. Sem o TRS-80, e todo inchado! Prometera o meu novo livro para o princípio do ano, já recebera o advance, o meu editor estava me cobrando etc. — acho que já falei sobre isso. Meu editor queria um livro grosso, o livreiro queria um livro grosso, o leitor queria um livro grosso (um bom pretexto para comprar e não ler), as coisas grandes impressionam, a torre Eiffel é um horror mas é grande, as pirâmides não passam de um monte de pedra que a estupidez faraônica conseguiu empilhar, mas são grandes; se alguém conseguisse construir uma estrutura de merda, de preferência humana, da altura do World Trade Center, esse edifício fecal seria considerado o maior monumento artístico de todos os tempos, ou então um grande ícone religioso. Talvez fosse mesmo visto como o próprio Deus. O veneno dos carrapatos estava me afetando.

Ao chegar ao Casarão encontrei Trindade, que não mencionou o que se passara na noite anterior. Chegou a perguntar onde eu fora mordido por tantos carrapatos. Não queria que soubessem que havia aranhas imensas venenosas (e sei lá mais o quê) no seu paraíso.

Na sala do café, uma surpresa. Eurídice e Carlos tomavam café na mesma mesa. Não pensei que Eurídice tivesse coragem de namorar o rapaz tão acintosamente depois da cena de ciúme feita por Suzy. Eurídice olhava para Carlos de maneira apaixonada, apesar de não ser correspondida por ele, que parecia, como sempre, distraído, introvertido e um pouco melancólico. Temi que ocorresse um dramalhão com lágrimas e vociferações caso Suzy aparecesse, mas Suzy pedira o café no quarto. Apesar de me sentir mal, comi todos os pitéus do café da manhã, queijos, bolinhos, torradas, ovos, bacon frito. A empregada, ao colocar café com leite na minha xícara, deixou dissimuladamente sobre a mesa um papel dobrado que eu, também disfarçadamente, empalmei e coloquei no bolso. Meu coração bateu descontroladamente, pois eu não tinha dúvidas de que se tratava de um bilhete de Roma, que não se encontrava no salão.

Logo que saí do salão, ainda na varanda, li o bilhete: "A empregada que trouxe o café vai lhe entregar este bilhete. Eurídice vai passear a cavalo e ficarei a manhã inteira no bangalô. Venha até aqui. Preciso falar com você, Suzy." No bilhete havia um croqui mostrando como chegar ao bangalô de Suzy.

Suzy! Que diabo quereria ela? Suas preferências sexuais me pareciam definidas, todavia... Eu já havia ido para a cama com algumas mulheres homossexuais e não via diferenças fundamentais entre uma homo e uma hétero. Que azar eu estar todo inchado com as mordidas dos carrapatos. De qualquer forma não seriam uns míseros carrapatos que iriam me impedir de desfrutar as guloseimas de um corpo de mulher.

Segui as direções do desenho e não demorei a achar o bangalô de Suzy. Bati apenas uma vez e logo ela abriu a porta.

"Bem, aqui estou eu."

Sobre a mesa da saleta vi a coruja que ela mencionara, uma escultura de uns trinta centímetros de altura.

"O que foi que aconteceu com você? Desculpe", ela riu, "você talvez esteja sofrendo, mas está tão engraçado com essas manchas vermelhas no pescoço e no rosto. O resto do corpo também está assim?"

"Mais ou menos", respondi, sentindo um certo mau humor tomar conta de mim. "Mas eu não vim aqui para falar de carrapatos."

"Você tem razão."

Suzy contou que sempre fora compulsiva leitora de jornais e revistas, principalmente aquelas dedicadas às fofocas. Ela gostava de escândalos, como todo mundo aliás, e confessou-se atraída por crimes, falcatruas, prevaricação, traficâncias, safadezas. Como dona de butique e ocultista tinha uma oportunidade muito grande de satisfazer sua curiosidade de mexeriqueira. "Você se debruça sobre a palma da mão de uma pessoa e em poucos segundos, com um pequeno incentivo, ela conta os piores segredos de sua vida."

Depois deste introito, fez uma pequena pausa e ficou me olhando, com um cigarro preso entre os dedos. Até então nunca a vira fumando.

Continuou: "Você sabe que existe um assassino entre nós?"

"É mesmo?", eu disse.

"Não está surpreso?"

"Nada surpreende um escritor."

"Sem essa."

"Está bem. Estou muito surpreso."

"Esse ar blasé não está muito convincente", disse Suzy. "Posso lhe contar a história que eu ia escrever, na nossa brincadeira do mote?"

"Se fizer isso estará eliminada da brincadeira."

"Não faz mal. Você vai gostar de ouvir. É uma história de amor."

"Gosto muito de histórias de amor", eu disse, aproximando-me de Suzy. "Você tem isso muito bonito." Muito de leve deslizei a mão sobre o busto de Suzy coberto por uma blusa de seda. Ela não usava sutiã e senti o bico durinho do seu seio. Minha boca se encheu d'água.

"Obrigada", disse Suzy, com deliberada indiferença, afastando o corpo, fazendo-me sentir a grosseria do meu gesto. "O rapaz da nossa história tem vinte e quatro anos e a moça vinte e um. Eles são ricos, bonitos, altos e se amam. Mas se amam de uma maneira possessiva, com a paixão escura dos dementes."

“Toda paixão é demente”, eu disse, pensando em Delfina Delamare. “Mas um homem e uma mulher loucamente apaixonados não são nenhuma novidade.”

“Eu sei. A diferença é que estes fizeram um pacto de amor: aquele que traísse o parceiro seria morto por este.”

“A paixão como comparsaria torva, conivência turva, cumplicidade sem limites. É a tragédia grega, o dramalhão latino”, eu disse. “O ônus da abundância é o tédio. A beleza embota-se, o gozo se esgota, a inteligência cansa. O pacto de morte passa a ser uma fonte de vida. Gosto desses pactários.” Meu coração doía ao dizer isso.

“Me interrompendo a todo instante você não me deixa contar a história”, disse Suzy.

“Histórias orais fundamentam-se na intriga. Até agora você só fez sociopsicologia.”

“Eu? E a sua filosofia de almanaque?”

“Não vamos brigar”, eu disse. “Como se chamavam os dois personagens? O nome é muito importante. On ne peut plus changer un personage de nom que de peau.” Eu sabia que estava falando demais.

“Maria e José. Maria passava as manhãs na hípica montando os seus cavalos, o que fazia com extrema habilidade.”

Eu estava muito nervoso, como que sentindo o que ia sair daquela conversa toda. Quando estou nervoso falo muito. “Montar de pernas abertas sobre o dorso dos cavalos foi, durante séculos, proibido às mulheres, como algo obsceno e nefando. Elas agora compensam essa, essa —”

“Eu lhe dei uma pista importante”, Suzy me cortou, “anote.”

“Anotei”, eu disse.

“José, por sua parte, cumpria os rituais masculinos. Os ricos são ritualistas, você sabe.”

“Não sei. A preocupação com os ricos é típica dos periféricos da alta burguesia, como coiffeurs, donos de restaurante, putas, joalheiros, cartomantes et cetera.” (Lembrei-me de Minolta, falando comigo na véspera da minha viagem para o Refúgio, quando eu comentava a minha dificuldade em escrever *Bufo & Spallanzani*: “O seu mal”, dissera Minolta, “o seu mal foi não querer ser negro e pobre, por isso você deixou de ser um grande escritor verdadeiramente; você escolheu errado, preferiu ser branco e rico e a partir do momento em que fez essa escolha matou o que de melhor existia em você." Minolta disse isso, a minha Minolta! Só podia ter sido uma recidiva de riponguice. "E o Machado de Assis? Ele teve direito, não é, de ser branco", eu disse. "Mas era pobre", Minolta respondeu.)

"Não adianta me provocar", disse Suzy. "Não vou entrar no seu jogo."

"Então continue."

"O corpo mais lindo perde sua sedução com a exposição. Como escritor você sabe disso melhor do que ninguém. O amor nos consome como uma chama. Posso ler uma coisa para você?" Tirou um papel do bolso e leu. "Eu estava naquela avenida quando ela passou por mim em sentido oposto. Isso durou apenas alguns segundos. Ela usava um vestido preto leve, muito fluido, como se fosse de seda acetinada. O seu corpo era atlético, alto e magro. Os cabelos negros e lisos estavam cortados à la garçonne. O vestido e o corpo eram indissociáveis, um só objeto confundido, levado por um andar de elegância perturbadora. O vestido, muito decotado, não tinha mangas, e a mulher, de saltos altos, não ostentava joia alguma. Sua beleza era inesquecível. Tive a sensação de ter me queimado com a sua passagem."

Suzy acendeu outro cigarro. "Carrego isso comigo, como se fosse uma oração. Sabe quem escreveu isso?"

"Baudelaire tem um belo poema sobre a mulher que passa", eu disse.

"Nenhum homem escreveria assim, só uma mulher seria capaz de escrever assim sobre outra mulher", disse Suzy. (Depois descobri que era o trecho de uma entrevista de M. Duras.) "E eu li isto para você porque foi exatamente o que senti quando vi... Maria, pela primeira vez. Na hora não entendi o que sentia, mas foi isso, foi como se eu tivesse me incendiado."

Suzy fechou os olhos e pareceu rememorar sua paixão.

"Como sempre acontece — agora retomo minha historieta — quem traiu foi o homem. Oh, sim, talvez ele a amasse, não duvido, os homens conseguem amar e trair ao mesmo tempo. A mulher não queria matá-lo, mas o pacto tinha que ser cumprido. Ela se colocou à frente dele, com um revólver na mão, a visão do homem que amava, ajoelhado à sua frente, toldada pelas lágrimas, e disse, não quero te matar, eu te amo. Mas mesmo assim apertou o gatilho. Sabe o que a fez apertar o gatilho? A piedade. Se ela o traísse não seria mais capaz de viver; ela acreditava que ele era tão digno quanto ela e quisesse morrer para expiar o horror que cometera."

"O que aconteceu com ela?" (Minha voz tremia. Ah, como minha voz tremia!)

"Fugiu. Esta parte é interessante. Certa ocasião eu li a mão dela — foi quando me apaixonei — e previ, em linhas gerais, o que iria acontecer. Fiquei sem vê-la algum tempo, e não podíamos ficar longe uma da outra, é o destino, e sabe onde a encontrei novamente? Sabe onde?"

"Não."

"Prepare-se para uma surpresa", ela disse.

"Nada surpreende um escritor", repeti, mas sem a ênfase da primeira vez.

"Não sabe não. Amanhã, ou talvez logo à noite, eu lhe diga, e a todos aqui, quem ela é. Hoje não direi mais nada, apenas isto: o marido dela não morreu, não foi nem mesmo atingido."

"Então ela não é o nosso assassino?"

"Não, não é o nosso assassino."

"Você está eliminada da nossa brincadeira, sabia? Não seguiu o seu tema", eu disse.

"O meu tema era sapo. Alguém pode escrever, excluído você, é claro, uma história sobre sapos?"

"Vou lhe contar um segredo, mas não o diga para ninguém, nem para Eurídice. Dei o tema sapo para todos os outros", eu disse.

"Você é danado, hein? Porém, cuidado, eu li as cartas do Tarô. Sei o que aconteceu e também tudo que vai acontecer. As cartas não mentem jamais."

Quando publico um livro de contos dizem que são inferiores aos meus poemas; os meus poemas, por sua vez, são considerados inferiores aos meus romances; meus romances policiais são inferiores aos meus romances de amor etc. Para não falar dos equívocos que já foram escritos em relação às minhas peças teatrais. O mundo da arte é o mundo da inveja e da picuinha. Quando não podem dizer que um livro meu é ruim, dizem que sou mulato. Não estou interessado no que os outros dizem ou pensam de mim, nem mesmo no que as mulheres pensam de mim, desde que continuem indo para a cama comigo. Chamam-me de maníaco sexual, mas o que querem que eu faça com o meu pau que vive duro? Pau duro foi feito para enfiar na boceta das mulheres etc. Até índio sabe disso. Passei muitos anos de abstinência, tenho um metro e noventa de altura e peso mais de cem quilos, acho que já disse isso. Aliás, que conversa era aquela? Tergiversava, sentia febre. Que tal contar uma piada: não faço nem nunca fiz ginástica, sou extremamente preguiçoso, a única ginástica que faço é segurar a alça do caixão dos amigos que fazem ginástica (ver Churchill).

Logo que cheguei ao meu bangalô, prostrei-me na cama. Ela fizera comigo um jogo de gato e rato, e o rato era eu. Sentia o meu corpo arder de febre, a coceira piorara.

No espelho do banheiro vi o meu rosto e o pescoço vermelhos e inchados, não apenas nos locais das picadas. O corpo ainda estava pior. Eu devia ser alérgico a picada de carrapatos. Fui ao Casarão e procurei Trindade, mas ele havia saído com os hóspedes, numa excursão a cavalo, só voltaria no fim da tarde. Perguntei a dona Rizoleta se havia um remédio que pudesse me dar. Ela disse que havia uma injeção, mas que ninguém sabia aplicá-la, somente Trindade. Eu não ia esperar Trindade, acabaria morrendo antes de ele chegar da excursão. Mandei que ela trouxesse o remédio, uma ampola de Fenergan e uma seringa com agulha, descartáveis. Eu mesmo apliquei a injeção no meu braço esquerdo.

Voltei meio tonto ao bangalô. Eu era muito sensível a medicamentos entorpecedores. Se tomasse um Valium dormiria três dias seguidos. A injeção de Fenergan me deu um sono tão grande que esqueci Suzy, esqueci tudo, esqueci até mesmo o almoço. Caí na cama e dormi logo.

Fui acordado à noite, por Trindade. Diz ele que demorei muito a acordar. Eu sei que ainda estava meio tonto quando abri a porta e ele irrompeu pelo bangalô exclamando "mataram dona Suzy!". A princípio não entendi bem o que ele dizia. Trindade teve que repetir várias vezes a sua história.

Trindade, Carlos, Eurídice, Juliana, Orion, Vaslav e Roma haviam saído logo depois do café para um piquenique na montanha. Chegaram ao Refúgio por volta de quatro horas da tarde e Eurídice não encontrara Suzy no bangalô. Ela não dera importância a isso e, cansada da excursão, deitara-se para dormir um pouco, até a hora do jantar. Pouco antes do anoitecer um empregado encontrara Suzy, morta atrás de uma moita, não muito distante do seu bangalô. Trindade avisara pelo rádio o delegado de Pereiras, mas o policial só chegaria no dia seguinte, era impossível viajar à noite para o Refúgio.

"Delegado de polícia?", perguntei. "O que tem a polícia com isso?"

"Dona Suzy foi assassinada", disse Trindade. Acrescentou que os outros hóspedes estavam naquele momento reunidos no Casarão e pediam a minha presença.

No salão de refeições do Casarão as mesas haviam sido unidas e os hóspedes sentavam-se em torno delas. Quando entrei com Trindade, pararam de conversar. Sentei-me numa das cadeiras vazias. Orion pigarreou. Então ele ia ser o porta-voz! Ainda demorou um pouco a falar.

"Nós achamos que Suzy foi assassinada hoje à tarde, quando estávamos no piquenique", fez um gesto indicando os outros hóspedes. Eurídice tinha o rosto entre as mãos; Carlos estava mais pálido do que o normal; Juliana evitou olhar para mim; Roma e Vaslav, sérios, pensativos.

"Por acaso você a viu hoje? A última vez que os empregados a viram foi na hora do almoço. Mas você não veio almoçar, não é?"

Alguém sempre faz o papel de polícia, não adianta matar todos os Guedes.

"Os carrapatos me morderam, fiquei todo inchado e tomei uma injeção que me derrubou", eu disse.

Olhei para as minhas mãos e calei a boca. Levantei a manga e olhei os braços. Minhas mãos e os meus braços estavam normais. Levantei-me e, seguido pelos olhares de todos, fui até um espelho na parede do salão e olhei o meu rosto. Não havia o menor sinal das mordidas dos carrapatos. Voltei, sentei-me e disse: "Essa injeção é uma maravilha."

Novo silêncio. Um olhar furtivo de Juliana. Eurídice continuava com a cabeça enfiada nas mãos. Eurídice devia ser a mulher que tentara matar o marido.

Tentei relembrar em detalhes a conversa que tivera com Suzy naquela manhã. Só Eurídice poderia ser a Maria da história que Suzy contara; não podia ser Roma, não podia ser Juliana. Suzy, irritada com Eurídice, devido ao seu namoro com Carlos, resolvera denunciar a amante. Alguma coisa, porém, não funcionava nesse raciocínio. Seria tudo uma pura invenção de Suzy? Novo pigarro de Orion cortou o raciocínio que eu fazia.

"Uma arrumadeira disse que lhe entregou um bilhete de Suzy, hoje de manhã." A voz do maestro estava solene, como a de um magistrado.

"Que é isso? Estão achando que matei Suzy? Estão malucos?" Levantei-me, jogando a cadeira no chão.

"Calma, seu Gustavo, calma", disse Trindade. Só então percebi que ele tinha um revólver na cintura, cujo cabo segurou e largou.

"Ninguém está dizendo isso. Apenas estamos preocupados", disse Roma. "Sabe de uma coisa? Já escrevi a história baseada no mote que você me deu."

"O tal Ermitão foi visto vagando pelo Refúgio", disse Vaslav.

"Isto tudo é um absurdo", disse Carlos com tanta veemência que sua voz ficou como a de uma mulher, "nem o Ermitão nem o Gustavo têm nada a ver com a morte de Suzy."

"Alguém a matou", disse Orion.

"E aqui estamos nós, no alto de uma montanha, sem poder sair, cercados por uma floresta virgem, em companhia de um assassino", disse Roma.

"Amanhã o delegado de Pereiras estará aqui", disse Trindade.

"Onde está o corpo dela?", perguntei.

"No bangalô. Eurídice vai passar a noite aqui no Casarão, arranjamos um quarto para ela, perto do nosso", disse Trindade.

"Vou dormir. Boa noite", eu disse. "E você, Eurídice? Não diz nada?"

Ela continuou com o rosto entre as mãos.

Saí deixando os outros em volta da mesa.

Naquele dia eu deixara, num único e mesmo dia, de almoçar e jantar, pela primeira vez desde que Minolta fizera de mim um homem novo.

E também deixei de dormir, o que era raro. Passei a noite acordado, rolando na cama. Lembrei-me de Delfina Delamare, lembrei-me do mingau de maisena com canela que minha mãe fazia quando eu era pequeno, lembrei-me até do pobre coveiro do cemitério São João Batista.

O delegado de Pereiras chegou às onze horas. Da varanda do Casarão vi o trator com a carreta se aproximar lentamente. O delegado devia ser o homem de grossos bigodes que vinha no banco da frente, com dois outros homens. No banco de trás havia uma mulher que reconheci com enorme surpresa e alegria. Era Minolta, a minha Minolta querida.

Mas eu teria uma surpresa ainda maior. No último banco da carreta, encoberto pelos outros, havia um homem vestido com um blusão sebento, e ao vê-lo o meu coração disparou de susto. Era Guedes. Guedes, o tira que eu havia pensado nunca mais ver em minha vida.

IV
A PROSTITUTA DAS PROVAS

1

A igreja que Guedes, o tira, frequentava considerava a confissão um dos elementos fundamentais do sacramento da penitência — o arrependimento do pecado, sem o qual não há salvação. A lei — o Código Penal ao qual ele se submetia — considerava circunstância atenuante da pena a confissão espontânea de crime de autoria imputada a outrem. Guedes, como um velho tira e um velho católico, sabia, porém, que a confissão, do criminoso ou pecador, só tinha algum valor se corroborada por outros elementos de convicção.

Ainda garoto ele deixara de se confessar; achava humilhante e de certa forma absurdo ajoelhar-se perante outro homem para relatar seus pecados, afirmar seu arrependimento e remir-se das suas culpas (ver Dec. Concílio de Trento, seção XIV, capítulos 1 a 9).

Também na polícia a confissão o repugnava, pois era obtida através da violência, absoluta ou psíquica — o que era a mesma coisa: para muitos o medo era a melhor forma de tortura.

Ter aversão a todas as formas de confissão e ser membro de duas instituições que acreditavam na essencialidade do *confiteor* talvez explicasse o raciocínio tortuoso do tira, que estou tentando, com equanimidade, elucidar.

Quando Agenor da Silva confessou, na Delegacia de Vigilância, que havia matado Delfina Delamare, a primeira preocupação de Guedes foi esclarecer se a confissão havia sido obtida sob tortura.

Como o homicídio, mais grave que a tentativa de assalto, havia sido cometido na jurisdição da sua delegacia, Guedes conseguiu obter a transferência do preso. Ele mesmo, acompanhado por um detetive da 14ª, foi apanhar Agenor na Vigilância. O delegado de plantão, Wilfredo, quando Guedes chegou com a ordem de remoção de Agenor, disse: "Fizemos o serviço para vocês. O cara contou tudo."

Guedes conhecia Wilfredo. Sabia que ele não era violento. Perguntou: "Foi você que interrogou o homem?"

"Não. Dá uma olhada na folha penal dele."

Guedes pegou a folha penal que Wilfredo tirara de uma gaveta. "Posso levar?"

"Leva."

"Quem interrogou o Agenor?"

Havia sido um tal de Ribas, recém-saído da Escola de Polícia. Guedes pediu licença para ir falar com Ribas.

A Delegacia Especializada de Vigilância ficava num sobrado velho na rua Marechal Floriano. Embaixo, na entrada, ficava a sala do delegado de plantão. Ao fundo, localizavam-se a sala do pessoal da carceragem e o xadrez. No andar de cima estavam as salas de vários serviços que integravam a delegacia.

Guedes subiu por uma escada periclitante de madeira, cujo corrimão estava comido por cupins, até ao andar superior. Encontrou Ribas numa pequena sala de basculantes de vidro quebrado. Era um homem magro e alto, de barbas; usava um casaco de couro, ainda molhado da chuva que caía na rua, e um gorro de lã vermelho e preto na cabeça.

"Sou da 14ª", disse Guedes, "vim apanhar o Agenor da Silva."

"A carceragem é lá embaixo", disse Ribas.

"Eu sei. Queria falar com você. Tem um minutinho?"

"O que que é?"

"Você deu algum aperto no Agenor para ele confessar que matou aquela dona?"

"Não encostei a mão nele. Sou contra isso."

Ribas contou como fora a prisão. Ele, com outro colega, fazia a ronda num camburão, em Benfica, quando uma mulher parou o carro e disse que um homem estava assaltando uma padaria na rua Prefeito Olímpio de Mello. Eram sete horas da noite.

"Demoramos um pouco a chegar, por burrice do nosso motorista, mas por sorte nossa o homem ainda estava lá, apontando o revólver para o portuga da caixa. Quando nos viu jogou o revólver no chão e levantou as mãos. Quando fomos colocá-lo no camburão disse que não precisávamos bater que ele contava tudo. Mas na hora não quisemos papo e metemos ele na caçamba. Quando chegamos aqui ele disse que queria falar comigo um assunto reservado. Eu disse que não queria assunto reservado com ele, que falasse na frente dos outros. Quando ele disse que tinha matado aquela madame eu trouxe ele aqui para dar o serviço inteirinho. Nem cara feia eu fiz para ele. Ele foi falando e eu ouvindo."

Delfina, segundo a confissão de Agenor, estava parada no sinal de uma rua do Leblon no volante da Mercedes, à noite, quando ele decidiu assaltá-la. Não era a primeira vez que ele cometia esse tipo de assalto. Entrou rapidamente pela porta direita do veículo apontando o revólver para Delfina.

Algumas pessoas teriam visto o assalto, mas ninguém fez nada, mesmo porque o sinal abriu e Agenor mandou que Delfina arrancasse com o carro. Vagaram pela cidade, ele queria um lugar para estuprar a mulher, mas os vários locais que escolheu acabaram não servindo: num, havia uma patrulhinha; noutro, notou que pessoas num carro o observavam e ficou com medo que fossem avisar a polícia, até que decidiu ir para a Floresta da Tijuca. Mas nem ele nem a mulher conheciam o caminho e acabaram numa rua sem saída (rua Diamantina, onde o corpo foi achado). Ao chegarem nessa rua, Agenor ficou nervoso e mandou que a mulher desse a volta e saísse logo dali. Mas ela estava assustada e o carro enguiçou. Ele deu um tapa não muito forte na mulher e ela começou a gritar. Com medo que alguém aparecesse, Agenor atirou na mulher. Depois abriu a bolsa dela, apanhou a cigarreira de ouro, e saiu do carro o mais depressa que pôde.

"Por que ele não levou o relógio de ouro que ela tinha no pulso?"

"Por quê? Não sei. Não perguntei. Eu não sabia que ela tinha um relógio de ouro no pulso. Olha aqui, Guedes, esse cara não foi espremido. Ele estava doido para confessar tudo. Esse tipo existe, você sabe disso melhor do que eu, que sou novo na casa, o cara está com a consciência pesada e tem que aliviar. Não apertei, para que vou mentir para você? Você não é o delegado corregedor."

Ribas não estava mesmo mentindo, pensou Guedes. Desceram até a carceragem.

Num xadrez onde caberiam, caso se deitassem lado a lado, quinze presos, estavam trinta. Os mais fracos tinham que dormir de pé. Alguns, entre os mais fracos, eram periodicamente mortos para aliviar a pressão e, através da repercussão pública, forçar as autoridades a melhorar as condições em que viviam os encarcerados. Se excluirmos o aspecto reivindicatório, isto era algo parecido com o que fazem os ratos.

Agenor estava deitado em meio metro de xadrez, e um sujeito abanava-o com um jornal. Não era verão, mas naquele xadrez superlotado fazia muito calor.

O carcereiro bateu com o molho de chaves nas grades e gritou "Agenor da Silva, Agenor da Silva!".

Agenor, que estava sendo abanado com folhas de jornal pelo outro preso, como um califa (pensamento de Guedes), ao ouvir o seu nome levantou-se pressuroso e disse "sou eu, sou eu", e abriu caminho, ou melhor, os detentos se apertaram para abrir caminho para ele.

"Venha", disse o carcereiro, abrindo a porta de grades de ferro. Agenor acompanhou o carcereiro até a sala de Ribas. "Você está sendo transferido para o xadrez da 14ª", disse Ribas. "O inspetor Guedes vai levar você."

"Para a 14ª? Por quê?" Ele parecia preocupado.

"Você matou a mulher na nossa jurisdição", disse Guedes. Ribas segurou Agenor pelo braço para levá-lo para a sala do delegado Wilfredo.

"Ele é o xerife da cela?", perguntou Guedes.

"Ele? Não, esse cara é cuzão, pé de chinelo", respondeu Ribas, sem dar importância ao preso que ouvia o diálogo entre os dois tiras.

Guedes, já na sala de Wilfredo, olhou melhor o preso: inquieto, roendo as unhas. "Posso dar um telefonema, doutor?"

"Pode", disse Guedes, fazendo um sinal para Wilfredo.

"Como vai a turma da 14ª?", perguntou Wilfredo. "Ouvi dizer que o Ferreira foi transferido para Bangu. Ele não deve ter gostado."

"Até agora não saiu nada no Boletim", disse Guedes. Guedes conversava com Wilfredo mas estava interessado no que Agenor falava ao telefone: "Avisa que eu estou indo para a 14ª no Leblon. Você sabe quem... você é burra, hein?"

"Existem lugares piores do que Bangu", disse Wilfredo.

"É verdade", disse Guedes.

"Não se esqueça. A 14ª", disse Agenor, desligando o telefone. "Obrigado, doutor."

Guedes fingiu que não ouviu o agradecimento de Agenor. Conversou mais um pouco com Wilfredo, pensando porém na conversa de Agenor ao telefone. A quem mandara a mulher ("você é burra, hein?") avisar que fora transferido para a 14ª? Um advogado? Se ele tinha um advogado por que não ligara diretamente para ele? Se não era o xerife por que tinha alguém o abanando dentro do xadrez? Dinheiro ele não tinha para comprar tanta segurança e conforto. Nem força bruta e coragem para conquistar seu espaço naquele cubículo.

"Vamos", disse Guedes.

Pegaram um camburão da 14ª que esperava por eles. Guedes colocou Agenor entre ele e o motorista. "Tenho que fazer uma diligência", disse Guedes. "Deixa a gente perto da Candelária."

Guedes e Agenor saltaram na Candelária, esquina da rua da Quitanda. "Por aqui", disse Guedes.

A rua da Quitanda era vedada ao trânsito de veículos. O tira e o seu prisioneiro foram andando pelo meio da rua. Quem visse os dois pensaria que não estavam juntos. Guedes ia um pouco à frente, olhando os números dos prédios, como se estivesse procurando algum endereço. Agenor seguiu-o tenso e assustado. Duas vezes parou na rua, atônito, olhando apressadamente, ora as costas do tira que caminhava, ora o outro extremo da rua. Mas logo, nas duas ocasiões, apressou o passo e juntou-se a Guedes.

Da rua da Quitanda foram até a garagem Menezes Cortes, na rua São José, onde Guedes perguntou se ele não queria tomar um cafezinho. Tomaram cafezinho em pé, numa das galerias da garagem. Uma multidão se movimentava pelos corredores da garagem como térmitas num imenso cupinzeiro. Dali foram para a rua Erasmo Braga e houve um momento em que Agenor quase se perdeu de Guedes no meio daquela massa vibrante de gente.

Foram juntos num ônibus refrigerado Castelo—Leblon. Quando entraram no aterro do Flamengo, Guedes disse: "Esqueci minha medalhinha de são Jorge e não gosto de andar sem ela." Uma declaração mentirosa com a qual Guedes tentava iniciar uma conversa com Agenor. Pelos cálculos do tira, Agenor devia ser devoto de são Jorge, mangueirense (tendo em vista o local de sua residência, que ele vira na ficha da Vigilância) e torcedor do Flamengo. Ele pretendia conversar sobre estes temas com o preso durante a viagem. Acertou nos dois primeiros palpites. Porém, em vez de rubro-negro, Agenor era vascaíno.

"Eu também sou Vasco", disse Guedes.

Durante a viagem falaram de futebol e carnaval.

"Acho que não é tão cedo que eu vou ver a minha Mangueira na passarela", disse Agenor, com os olhos molhados de lágrimas. "Nem o Vasco no Maraca."

"A gente deve pensar duas vezes antes de fazer besteira", disse Guedes.

"Mas eu —", Agenor calou-se, enxugando os olhos.

Ao chegarem à 14ª, Guedes registrou a entrada do preso e mandou o carcereiro recolhê-lo ao xadrez. O xadrez da 14ª ainda estava mais lotado do que o da Vigilância. O escrivão-chefe veio confirmar com Guedes se ele havia trazido Agenor, pois pretendia tomar o seu depoimento ainda naquele dia.

"Hoje não", pediu Guedes, "deixa para amanhã. Eu quero ter antes uma conversa com ele."

"O Ferreira está querendo correr com o inquérito", disse o escrivão.

"Amanhã você ouve ele", disse Guedes. "Dá uma enrolada no Ferreira. Ele nem sabe que o cara já está aqui." O escrivão, que tinha boas relações com o tira, não pôde deixar de concordar.

Guedes tinha outras coisas a fazer, coisas que nada tinham a ver comigo e com esta história e que não relatarei aqui.

À noite, ao chegar em seu apartamento, Guedes pegou uma folha de papel onde anotou:

1. Preso por assalto (que não chegou a realizar), confessou homicídio do qual nem sequer era suspeito. Folha penal não registra nenhum assalto anterior. Nem homicídio.
2. Xerife de cela, sendo bundão.
3. Diz que zanzou com mulher procurando lugar para praticar estupro. Folha penal não registra nenhum estupro.
4. É ladrão, mas deixa de roubar relógio de ouro alegando falta de tempo. (Teve tempo de abrir a carteira da morta.)
5. Tem várias oportunidades de fugir e não foge.

Noutra folha de papel:

1. Investigar telefonema dado na Vigilância. (Com quem Agenor falava? A quem mandou avisar da sua transferência para a 14ª?)
2. Descobrir a origem do 22. Onde foi comprado?
3. Ladrão, vigarista, intrujão, cafetão, proxeneta, falsário. Nenhum crime de violência. Um salivante, apenas.

Depois Guedes examinou a folha penal de Agenor. Os crimes que cometera eram contra o patrimônio (artigos 155, 168, 171, 180) ou crimes contra os costumes (artigos 227 e 230) ou crime contra a família (238) e finalmente um crime contra a fé pública (artigo 297). Sua atividade criminosa não incluía um único "crime contra a pessoa", conforme capitulado no Código Penal.*

Colocou os papéis sobre a mesinha de cabeceira. O meu livro *Os amantes* estava ali, mas ele não o pegou para prosseguir na leitura que iniciara dias antes. Creio que concluíra que a vida do autor e o

---

* A quem interessar possa. Os crimes acima são, pela ordem: furto, apropriação indébita, estelionato, receptação; mediação para servir à lascívia de outrem, rufianismo; simulação de autoridade para celebração de casamento e, finalmente, falsificação de documento público.

que ele escreve têm uma relação tão superficial e mentirosa que não valeria a pena ler quatrocentas páginas para nada descobrir. Deitou-se, mas não teve o sono tranquilo dos pequenos funcionários que cumprem a sua obrigação. Acordou várias vezes durante a noite e releu suas anotações. Além de ir urinar no banheiro.

2

No dia seguinte chegou ainda mais cedo à 14ª. Foi ao xadrez. O xadrez era uma cela grande, superlotada de presos. Agenor estava numa delas, deitado sobre um colchonete, e um cobertor fino, cinzento, cobria o seu corpo. Dormia, ainda.

"Leva o Agenor à minha sala", disse Guedes ao carcereiro.

Agenor entrou na sala de Guedes bocejando.

"Dormiu bem?", perguntou Guedes.

"Dormi. Eu estava muito cansado", disse Agenor.

"Deu pra dormir direito? A cela não está muito cheia?"

"Está, mas o pessoal lá é legal, a gente se ajeita, ninguém briga, sabe como é, onde todo mundo colabora a vida fica melhor."

"Gente boa, estou vendo, arranjaram até um colchonete para você. Vamos tomar café?"

Os outros policiais viram Guedes sair com o preso, mas o tira sebento era respeitado demais para alguém impedi-lo ou mesmo criticá-lo por isso.

Tomaram café na avenida Ataulfo de Paiva.

"Como foi que você matou a mulher? Você não é disso, você é um salivante."

"Foi loucura", respondeu Agenor.

"Conta como foi."

"Não gosto de falar nisso, seu Guedes."

"Pra mim você vai ter que falar." Brando, mas irrefutável.

"Eu já lhe contei como foi."

"Conta de novo."

Agenor contou mais uma vez a sua história.

"Como foi que você atirou nela?"

"Como foi que eu atirei nela?"

"É. Tem tempo para pensar."

Agenor coçou a bochecha. Ele tinha o hábito de fazer isso quando ficava nervoso.

"Como é que a gente atira numa pessoa? A gente vira o revólver para ela e atira."

"Você estava dentro ou fora do carro?"

"Dentro. Estava sentado ao lado dela."

"Você encostou o revólver no corpo dela ao atirar?"

"Não. Não me lembro. Eu estava nervoso, ela gritava muito."

"Você já havia atirado em alguém antes?"

"Não."

"Onde você arranjou o 22?"

"Comprei num cara lá do morro."

"Quem?"

"Não vou dedurar um cara que é meu chapa."

"Pode dizer o nome. Não vou fazer nada com ele."

"Gibi."

"Tem muito Gibi na Mangueira. Diz como é que ele é."

"Mulato claro. Toca tamborim na escola. Gente boa."

"Bem. Você atirou na mulher. E depois?"

"Aí eu me mandei."

"E a cigarreira?"

"Ah, é, a cigarreira. Eu abri a bolsa e apanhei a cigarreira."

"E o relógio?"

"Que relógio?"

"Ela estava com um relógio de ouro."

"Eu não vi."

"Você andou um tempão com a mulher dirigindo o carro e não viu um relógio de ouro maciço no pulso dela?"

"Não vi."

"E você foi parar naquela rua por que mesmo?"

"Eu queria ir para a Floresta da Tijuca, pensei que aquela rua fosse bater lá."

"Você queria ir para a Floresta da Tijuca para estuprar a mulher?"

"Já estuprou alguém antes? Tua folha penal não registra nenhum estupro."

"Ia ser o primeiro. Era uma dona muito boa. Não era?"

"Vamos voltar ao momento em que você atirou na mulher. Conta novamente como é que foi."

"Nós chegamos naquela rua e então eu vi que ela não tinha saída e mandei a mulher dar meia-volta. O carro morreu e eu fiquei nervoso e bati nela. Ela começou a gritar, aí eu perdi a cabeça e atirei nela."

"Continua."

"Depois que atirei eu só pensei em sair dali. O carro morreu e também não sei dirigir. Me mandei."

"E a cigarreira? Você sempre esquece a cigarreira."

"Abri a bolsa e apanhei a cigarreira."

"O relógio você não viu."

"É, não vi o relógio."

"Vamos voltar ao momento em que você atirou nela. Você quer outro café?"

"Quero sim. Obrigado."

Guedes pediu mais dois cafés. Estavam em pé no balcão de um botequim. Não havia mais ninguém além deles. Era ainda muito cedo, o botequim acabara de abrir. O tira e o preso pareciam dois amigos conversando em voz baixa um assunto reservado.

"Você atirou na mulher. Ela gritava como?"

"Gritando."

"Ela tentava fugir do carro, procurou se defender atacando você? Cada pessoa grita de um jeito, uns se descabelam, outros se encolhem, cada pessoa age de uma maneira. Como é que era ela? Ela devia ser daquelas que se descabelam, pra te deixar tão nervoso."

"E como."

"E como? E como o quê?"

"E como se descabelava."

"O revólver. O que você fez com o 22?"

"Larguei pra lá."

"Largou para lá?"

"Ah, não, botei na mão da mulher pra fingir que era suicídio."

"E não viu o relógio de ouro?"

"Botei o revólver na mão direita. O relógio devia estar na esquerda."

"Sabe por que eu vim falar com você sobre esse assunto aqui num botequim?"

"Não."

"Pra te dar uma chance de dizer a verdade. Estou sendo legal com você."

"Está sim, seu Guedes, muito obrigado."

"Enquanto isso você mente descaradamente para mim."

"Não, senhor."

"Você diz que não sabe dirigir mas eu li na tua Pregressa que você já foi motorista de praça."

"Mas eu —"

"Deixa eu falar. Forçou a polícia a te prender no falso assalto à padaria para ter uma chance de confessar que matou a mulher. Um vigarista cagão de segunda sendo abanado deitado num colchonete dentro do xadrez. Você pensa que eu sou algum idiota? Você sabe que eu não sou bobo, Agenor. Você não matou aquela mulher. Descabelada! Ela estava toda penteada, seu burro, como se fosse para um baile. E quem deu o tiro nela abriu a blusa de seda e atirou na carne e depois fechou a blusa. Você é um bom filho da puta. Quer outro café?"

"Não." Agenor se apoiou no balcão, como se fosse cair.

"Vamos pra delegacia", disse Guedes.

Enquanto caminhavam: "Se quiser fugir pode", disse Guedes. "Mas você não quer fugir, não é? Você depende das ordens dos outros. Você não sabe se eles querem que você fuja ou não e na dúvida não faz nada."

Agenor não respondeu.

"Eles pagaram a você para confessar que matou a mulher, ofereceram proteção, puseram os xerifes de cela pra te garantir vida mansa no xadrez, mas só estão esperando que você deponha no inquérito, que o escrivão ponha tua confissão no papel e você assine a confissão, com duas testemunhas, que fique tudo direitinho nos autos. Só estão aguardando isso. Sabe pra quê?"

Agenor não respondeu. Suas mãos tremiam e ele segurou Guedes pelo braço.

"Não sei como você não pensou nisso", continuou Guedes. "A essa altura já até escolheram o pato que vai confessar que te matou — 'Ele quis me enrabar, doutor' —, um desses garotos que está lá no xadrez contigo. E eles vão usar uma teresa, feita de camisas velhas ou dum lençol, meter a faca em você sujaria o xadrez e o espaço já é pouco. Não sei como um velho vigarista como você caiu num conto desses."

Agenor suspirou.

"O escrivão-chefe quis tomar o teu depoimento ontem. Eu não deixei. Não sei se ele está envolvido nisso. Se você tivesse deposto ontem, já era um homem morto. Mas você hoje vai ter que depor de qualquer jeito. Não posso evitar isso."

"Eu vou negar tudo. Dizer que não matei a mulher."

"Está morto do mesmo jeito. Como foi que entrou nessa fria?"

Estavam na porta da delegacia, mas Guedes continuou, caminhando na direção do Estádio do Remo. A porta do estádio estava aberta e eles entraram e sentaram na arquibancada. Ficaram olhando os barcos de regata treinando na lagoa.

"Eu estava na merda e a vida para gente do meu métier está dura", disse Agenor.

"Vigarista só os muito grandes, eu sei."

"Um conhecido meu, chefão da Jacaré, disse que estavam procurando um cara com um bom papo pra confessar que havia matado uma madame. Cinquenta milhões na mão agora e cinquenta depois, e a garantia de que eu iria para a Ilha Grande e eles me tirariam de lá. O pessoal da Jacaré tem um esquema todo montado. Tirar gente da Ilha é uma sopa."

"Eu sei. Só que tem que você não iria pra ilha nenhuma. Ia para o Caju. Já recebeu a grana?"

"Já. Está guardada."

"Não vai poder gastá-la."

"Quer dizer que estou fodido?"

"Você está fodido. Foi o cara da Jacaré que te deu a grana?"

"Foi. Mas quem me ensinou a lição foi um advogado."

"Conta como foi."

"O cara da Jacaré disse para eu ir à churrascaria Plataforma encontrar com ele. Quando cheguei ele estava na mesa com um sujeito, que disse ser um advogado. Almoçamos juntos e o advogado me deu todas as instruções. Chegou a me levar de carro até à rua onde a mulher foi morta."

"Sabe o nome dele?"

"Doutor Jorge."

"Jorge de quê?"

"O resto do nome eu não sei."

"Pra quem que você ligou da Vigilância?"

"Pra minha mulher. Era pra avisar o advogado que eu estava sendo transferido. Nós combinamos que ele seria avisado caso isso acontecesse."

"Qual é o número do telefone dele?"

"Dois quatro meia meia dois um quatro."

"Vou lhe dizer uma coisa: o trabalho de vocês foi muito malfeito."

"Ainda bem, senão eu já era. E agora? Não tem jeito de me livrar desta?"

"Eu devia dizer a você para depor dizendo a verdade, contando a história toda. Devia garantir que a gente ia te proteger, mas sei que cedo ou tarde vão te pegar. Não quero ficar com a sua morte nas costas."

"Mas vai ficar. Sabe que eu vou morrer e não faz nada."

Os barcos haviam ido embora e a lagoa estava vazia. O sol fazia a superfície da água brilhar.

"Você tem um lugar para se esconder? Um lugar fora do Rio?"

"Tenho. Bem longe daqui. O senhor vai me dar uma chance? Jura?"

"Vigarista falando em juramento. A vida é engraçada."

"Eu acredito no senhor. Nem vou cometer a burrice de lhe oferecer a grana. Vigarista só transa com vigarista, até o otário é vigarista, mas a gente sabe quando um cara é honesto."

"Pode ir", disse Guedes. "Mas não faz mais besteira."

"Com os mocinhos e os bandidos atrás de mim o senhor acha que eu vou escorregar? Deus o abençoe."

"Não põe Deus nisso."

"Deus o abençoe, sim."

"Vai embora antes que eu me arrependa."

Um pequeno barco a vela saiu do Piraquê e navegou na direção do Corte de Cantagalo. O sol estava mais forte e Guedes começou a sentir calor.

A fuga de Agenor não causou muitos problemas ao tira. O delegado Ferreira mandou chamar Guedes e disse que o secretário de Segurança estava furioso e que, provavelmente, ele seria suspenso. Porém, os dias se passaram e nenhuma suspensão foi publicada no Boletim. Nenhum inquérito foi instaurado sobre a fuga.

Guedes continuava em suas atividades de cão perdigueiro.

Não foi difícil descobrir o nome inteiro do doutor Jorge, o advogado que armara a impostura da qual Agenor da Silva fora o protagonista. O nome dele era Jorge Delfim. Fazia parte de um grande escritório que tratava de causas cíveis — direito comercial e fiscal, principalmente. Nenhum dos membros do escritório era criminalista. Isso explica a cagada que fizeram, pensou Guedes.

Ele não ligou para o doutor Jorge. Pegou o telefone e ligou para a casa de Eugênio Delamare. Isso foi na tarde do dia em que ele deixara Agenor da Silva escapar.

"O doutor Eugênio Delamare está?"

Guedes contava com a sorte. Além do Princípio da Singeleza, ele acreditava em um outro, o Princípio da Premiação do Risco, de Hohenstaufen — o valor do prêmio é sempre proporcional ao valor do risco, ou seja, em bom português, quem não arrisca não petisca.

"Quem quer falar com ele?"

"É o doutor Jorge Delfim."

Eugênio Delamare não demorou.

"Doutor Delfim?" (Não eram íntimos, Jorge e Eugênio. Talvez não notasse que a voz era diferente.)

"O homem escapou", disse Guedes.

"Eu já sei. O secretário me telefonou. Nós devíamos ter previsto isso. Essa nossa polícia é uma merda. Eu liguei para o seu escritório mas me disseram que você estava em São Paulo."

Guedes teve a impressão de que Delamare estava embriagado. Os ricos ociosos começam a beber no almoço.

"Acabei de chegar", disse Guedes.

"E agora?"

"Vamos ver se fazemos o sujeito ser julgado à revelia, como o assassino de sua senhora. Não é isso que o senhor queria? Que a culpa fosse estabelecida?"

"E o caso encerrado", retrucou Delamare. "Não quero que ele apareça amanhã dizendo que não matou, entendeu?"

"Pode deixar."

"Aqueles seus amigos tomam conta de tudo?"

"Pode deixar."

"Se for preciso mais dinheiro me fala. Boa tarde."

As investigações de Guedes levaram-no a uma outra descoberta importante. Ultimamente, ele fazia todas as noites os dois trajetos possíveis do assassino de Delfina ao fugir da rua Diamantina. Primeiro pela rua Faro, descendo até à rua Jardim Botânico; depois um trajeto mais complicado — rua Itaipava, rua Benjamim Batista e depois, alternadamente, as três ruas perpendiculares à Jardim Botânico: Abade Ramos, Nina Rodrigues e Nascimento Bittencourt. E também a escadaria que ia dar na praça Pio XI.

Foi mais um golpe de sorte encontrar a testemunha que tanto procurava (mais suor que sorte). Era uma velha, passeando com um cachorro. Chamava-se Bernarda.

Quando Denise Albuquerque chegou da França não esperava encontrar em casa um convite para ir à 14ª Delegacia de Polícia. Não foi, evidentemente. Mandou um advogado em seu lugar. Mas o tira queria ver a mulher e não desistiu facilmente dos seus propósitos. Não sei se o que ocorreu foi resultado de um entendimento feito com o advogado ou com a própria Denise. O fato é que Denise marcou uma entrevista com o tira em sua casa.

Ela acabara de se separar do marido e era fato notório que fizera o melhor acordo financeiro da história dos casos de separação conjugal no Brasil. Conforme os boatos que circularam, o marido, como quase todos os grandes financistas, cometia os seus deslizes, e Denise ameaçara contar tudo durante o processo na Vara de Família.

Denise simpatizou com o tira, ela sentia uma certa ternura pelas pessoas pobres e malvestidas. Guedes também gostou dela, talvez devido à maneira franca com que ela respondia às suas perguntas.

"Eu li a carta que a senhora escreveu à dona Delfina."

"Isso não é crime, violar a correspondência alheia? Ou a polícia pode fazer isso?"

"Não pode. Mas para mim foi importante saber que dona Delfina tinha um amante."

"Nunca pensei que o dia em que Delfina arranjasse um affair fosse com um sujeito como aquele, um mulato pernóstico. Sempre pensei que se ela fosse ter um caso com alguém seria com o Tony Borges. Tony era louco por Delfina."

"A senhora acha que esse indivíduo pode ter matado Delfina?"

"Quem? O escritor? Não. Você desconfia dele?"

"Eu não desconfio de ninguém e desconfio de todo mundo. Até do marido."

"Vou lhe dizer uma coisa, o Eugênio Delamare é de uma família antiga e muito rica, em matéria de tradição e dinheiro só podem ser comparados aos Guinle. Eles, tanto os homens quanto as mulheres, sempre se casaram com pessoas ricas, a única exceção foi o casamento de Eugênio com Delfina, mas Delfina como ser humano era um milhão de vezes melhor do que o marido. Eugênio é um calhorda. Quando um sujeito de boa família é um patife ele ganha de qualquer um em matéria de canalhice. Não me surpreenderia se ele tivesse mandado matá-la. Vou lhe contar o que aconteceu comigo, quando fui passar uma semana na fazenda que os Delamare tinham em Mato Grosso. Nunca contei isso para ninguém, você é a primeira pessoa que vai ouvir esta história. Eu ainda estava casada com o Albuquerque e ele foi também. Não sei o que nós, mulheres, fomos fazer no Pantanal. Os homens gastavam o tempo caçando e pescando. Aliás, eu os acompanhei certa ocasião e fiquei horrorizada vendo-os com os seus rifles de lunetas matando uns bichinhos inofensivos. Um dia Delfina foi passear de barco com Albuquerque, eu não fui porque enjoo andando de barco e Delamare disse que ficaria me fazendo companhia, pois o passeio duraria quase o dia inteiro. Quando ficamos a sós, na primeira oportunidade, Eugênio me passou uma cantada. Eu fingi não entender o que ele queria, afinal ele era amigo do meu marido, era uma situação muito constrangedora. Sabe o que ele fez? Me agarrou à força, dentro do meu quarto, me possuiu, me estuprou, o cretino. Não tive coragem de contar nada para o Albuquerque e para Delfina. Disse ao Albuquerque que estava me sentindo muito mal — e estava mesmo — e que queria voltar para o Rio. No dia seguinte pegamos o nosso Lear Jet, que estava no campo de pouso da fazenda, e voltamos para o Rio. O crápula do Eugênio continuou nos procurando, convidando para jantares, como se nada houvesse acontecido."

"A senhora acha que ele pode ter mandado matar dona Delfina?"

"Não sei se ele chegaria a esse ponto, mas não me surpreenderia. Ele sabia que Delfina tinha um caso com aquele escritor e não era um homem de aceitar isso tranquilamente."

O encontro com dona Bernarda:

"A senhora não tem medo de andar na rua tão tarde da noite?", perguntou Guedes ao encontrá-la. Era uma hora da madrugada e a rua Abade Ramos estava deserta.

Dona Bernarda olhou para ele através dos seus óculos de aros grossos.

"Estou muito velha para ter medo. Além do mais o Adolfo está doente e tem que passear a esta hora e não tem ninguém para sair com ele."

Guedes curvou-se e fez um afago na cabeça do cão. "O que que ele tem?"

"Não sei. Quando chega esta hora ele começa a uivar, e se não sair tem umas convulsões em que se baba todo e faz coisas piores, coitado. O veterinário também não sabe o que ele tem. E o senhor? Não tem medo de andar a esta hora na rua?"

"Eu sou da polícia", disse Guedes. "Estou trabalhando."

Dona Bernarda era boa observadora. Sim, havia visto um homem como aquele que o tira descrevera, ele tropeçara no Adolfo, duas casas adiante; sim, seria capaz de reconhecê-lo, é claro; o dia era muito fácil de lembrar, era o dia do aniversário de Adolfo e ela dera doce de ovo para ele, Adolfo era louco por doce de ovo, ela sabia que Adolfo não podia comer doce de ovo, mas uma vez no ano não ia fazer tão mal assim. Mas fez mal. Ela não ia esquecer um dia daqueles.

3

Enquanto isso acontecia, Minolta, em Iguaba, acordou no meio da noite e viu um vulto em pé ao lado de sua cama. Como estava muito escuro ela percebia apenas o contorno da roupa branca da figura que tinha um brilho fluorescente.

"Quem é você?", ela perguntou apavorada.

"Um amigo", disse o vulto com voz rouca.

"O que você quer?"

"O tempo está passando", disse o fantasma. E desapareceu.

Minolta levantou-se, colocou roupas numa pequena mala-saco e sentou-se numa cadeira para esperar o dia raiar. De manhã pegou um ônibus para o Rio de Janeiro.

Chegando ao Rio ela foi à agência de turismo onde havia feito a minha reserva para o Refúgio do Pico do Gavião. Não havia, disseram, condução para o Pico, senão dali a três dias. "Para chegar ao Pico é preciso pegar uma condução especial que sai de Pereiras uma vez por semana."

Um rapaz que ouvia a conversa entre Minolta e o funcionário da agência interveio para dizer que falara naquela manhã com o contato deles em Pereiras, o dono do armazém, e este lhe dissera que no dia seguinte ia sair uma condução especial para levar o delegado de polícia ao Pico. Constava que teria havido um crime de morte no Pico.

"Foi isso que o vulto quis me dizer", disse Minolta. "Como é que se vai até Pereiras?"

"Você tem um carro?"

"Não."

"Ih..." O rapaz coçou a cabeça. "Olha, é assim, anota aí senão você vai se perder."

Vendo que não havia tempo a perder, Minolta, tão logo terminou de escrever as explicações que o rapaz lhe dera, saiu correndo da agência. Na saída tropeçou num homem que estava entrando e teve que se agarrar nele para não cair ao chão.

"Desculpe", disse Minolta.

"O culpado fui eu", disse o homem de blusão sebento e olhos amarelos.

Minolta pegou na rodoviária Novo Rio um ônibus para Resende; ali, um ônibus para Queluz. Em Queluz apanhou um ônibus para Areias, tudo seguindo as instruções do rapaz da agência. Em Areias, um ônibus para Pereiras. Apesar de imersa em pensamentos profundos, Minolta notou que o homem de blusão sebento estava no mesmo ônibus.

Chegou em Pereiras às nove horas da noite, desembarcou, e não viu para onde foi o homem. Ela estava viajando, ou esperando em estações rodoviárias, desde que o dia raiara, mas não estava cansada. Não foi difícil encontrar a pracinha descrita pelo rapaz da agência, era a única do vilarejo.

Passou a noite sentada num banco da praça. Já no fim da noite, quando os passarinhos começaram a cantar nas árvores, o homem de blusão sebento apareceu. O sol brilhava quando chegou um jipe e dele saltaram três homens.

"A senhora está aqui desde cedo?", perguntou um deles.

"A senhora vai para o Refúgio?", perguntou outro.

Eles estavam atrasados e a resposta de Minolta os tranquilizou. O ônibus para o Refúgio ainda não chegara. Os retardatários eram o delegado, o escrivão e o perito da Delegacia de Polícia de Pereiras. O delegado sempre se atrasava quando tinha que chegar muito cedo em algum lugar. Naquele dia, para acordá-lo, a mulher, ajudada pelo escrivão, tivera que jogar um copo com água fria na cara dele.

V
A MALDIÇÃO DAS PROVAS

1

Todo romance sofre de uma maldição, uma principal, entre outras: a de terminar sempre frouxamente. Se isto fosse um romance não fugiria à regra e teria também um fim pífio. (Todo romance termina fracamente — ver Forster — "porque a trama exige uma conclusão; devia existir para o romance uma convenção que permitisse ao romancista parar de escrever quando se sentisse confuso ou entediado, terminar o livro antes que os personagens percam o vigor, enquanto o escritor procura dar um fim satisfatório à trama". Já foi dito — ver James — que a única obrigação de um romance é ser interessante. Mas isto, repito, não é um romance. Portanto — ver Nava —, "foda-se, sua besta. E agora escute".)

As memórias, como estas que escrevo, também sofrem a sua maldição. Os memorialistas são escritores condenados ao rancor e à mentira. Comecei dizendo que sou um sátiro e um glutão, para me livrar do anátema — nada de mentiras, estabeleci logo. Diga-se de passagem que iniciar um livro não é mais difícil do que terminá-lo, conforme pretendem alguns, alegando que é preferível desapontar o leitor no fim do que fazê-lo desistir da leitura no princípio.

Apanhei na minha estante, aleatoriamente, alguns livros de escritores universalmente famosos e li as frases iniciais de cada um.

Como sabe todo colegial nesta era científica, há uma relação química muito estreita entre carvão e diamantes.

Nosso presídio estava encravado no recinto da fortaleza, ao fundo, rente aos taludes.

Não havia possibilidade de dar um passeio naquele dia.

O portão do pátio de uma estalagem da sede do distrito deu passagem franca a uma pequena carruagem de molas, uma dessas seges usadas pelos solteirões.

Sentada junto ao caminho, contemplando o carro que sobe em sua direção, Lena pensa:

Hoje a mãe morreu. Ou talvez ontem, não sei bem. Nunc et in hora mortis nostrae. Amen.

Aqui estamos de novo sós. Tudo é tão lento, tão pesado, tão triste.

Sou o médico de quem às vezes se fala neste romance com palavras pouco lisonjeiras.

Então, príncipe, Gênova e Lucca são agora propriedades da família Bonaparte.

Durante muito tempo costumava deitar-me cedo.

Era a tarde do meu octogésimo quinto aniversário e eu estava na cama com o meu catamito quando Ali informou que o arcebispo havia chegado para me ver.*

Por coincidência até que essas frases fazem certo sentido, o que comprova a teoria (se ainda não existe estou inventando-a neste instante) de que palavras juntas, seja de que maneira for, sempre têm um certo nexo (ver Burroughs).

Um romance, pois, pode começar como o autor quiser. Um livro que começa "Durante muito tempo costumava deitar-me cedo" pode interessar ab initio ao leitor? Alguém pode querer saber o que pensa um narrador que vai cedo para a cama? Ou então:

---

* Livros e autores, pela ordem dos parágrafos: *Vitória*, Conrad; *Recordações da casa dos mortos*, Dostoiévski; *Jane Eyre*, Brontë; *Almas mortas*, Gógol; *Luz em agosto*, Faulkner; *O estrangeiro*, Camus; *O leopardo*, Lampedusa; *Morte a crédito*, Céline; *Consciência de Zeno*, Svevo; *Guerra e paz*, Tolstói; *O caminho de Swann*, Proust; *Earthly Powers*, Burgess. São todos estrangeiros e mortos. Alguns não são autores da minha predileção. Não estão incluídos autores da língua portuguesa de propósito, conquanto a literatura de língua portuguesa nada deva à dos autores referidos, isto é, inglesa, russa, francesa e italiana. Repito, após a preliminar da exclusão, a seleção foi aleatória, livros apanhados na estante ao acaso. Para mim não existem nem as dez, nem as cem, nem as mil obras-primas da literatura universal.

"Queremos narrar a vida de Hans Castorp — não por ele, a quem o leitor breve conhecerá como um jovem singelo, ainda que simpático, mas por amor a esta narrativa, que nos parece em alto grau digna de ser relatada." É assim que Mann começa *A montanha mágica*. Pode existir começo mais bobo para um livro do que este, em que o autor admite que Hans, o personagem principal, é um chato e que o autor mesmo assim quer contar sua história por amor à sua compulsão falastrona? A verdade é que nenhum livro jamais deixou de ser lido por lhe faltar uma abertura intrigante.

"De tudo o que se escreve, aprecio somente o que alguém escreve com o próprio sangue", disse Nietzsche, para quem sangue e espírito eram a mesma coisa. Meus primeiros livros foram escritos com sangue. Escondido dentro de uma casa durante dez anos tinha que acabar surgindo em meu espírito a mesma revolta que empolgou o marquês de Sade.

Nos anos em que estive encarcerado, depois que fugi do manicômio (poderão dizer que eu mesmo me tranquei num calabouço, o que não foge à verdade, mas eu não tinha alternativa outra que não me esconder como um animal ferido e acuado), passei a desprezar a humanidade em geral e as pessoas poderosas em particular.

Pedi a Minolta que me trouxesse livros sobre como seria (ou será?) o fim do mundo causado por uma guerra nuclear. Gostava de imaginar a catástrofe, os queimados que seriam dizimados imediatamente, os feridos que agonizariam, sem assistência médica, os expostos à radiação que pereceriam aos poucos, e os que morreriam de fome e de sede e de frio e de loucura, antes mesmo que a radiação fizesse efeito. Li o que escreveram os russos Bayev, Bochkov, Moiseev, Sagdeyev, Aleksandrov e os americanos Holdren, Sagan, Ehrlich, Roberts, Malone. O fim horrível do mundo estava próximo, mas nem os cientistas, nem os poetas, nem os santos faziam coisa alguma para evitar que acontecesse. A espécie tinha os seus dias contados.

Eu estava começando a enlouquecer quando Minolta me salvou. A espécie humana talvez ainda tenha os seus dias contados, mas a loucura não ronda mais a minha porta. Não quero mais pensar em hecatombes de uma maneira mórbida. Enquanto o fim não chega, e para evitar que chegue, o homem tem que amar. Foi isso que Minolta me ensinou. E essa esperança me foi transmitida na cama fodendo e na mesa comendo. A única maneira de o homem realmente sobreviver é gostando cada vez mais de viver. Essa é uma perspectiva tão óbvia de salvação que chega a parecer uma estupidez absoluta.

Sei que falo muito e por isso já fui chamado de mulato pernóstico. Pernóstico, como todos sabem, é uma corruptela de prognóstico, adjetivo significando: *que indica alguma coisa*. Sim, sou pernóstico, no sentido de petulante, afetado, presunçoso e também prognóstico, pois estou sempre indicando alguma coisa. Quanto melhor o escritor, mais pernóstico, digo, prognóstico, ele é.

2

Eu estava na varanda quando o trator chegou com Minolta, Guedes e os policiais da delegacia de Pereiras. A presença de Guedes de certa forma prejudicou a alegria que eu senti ao ver Minolta. Ele se aproximou de mim e me cumprimentou.

"Estou de férias e não sabia para onde ir... Então me lembrei de que o senhor me havia falado neste lugar."

Claro que eu não acreditei nele. Ainda mais depois de vê-lo trancar-se com Trindade na sala do administrador do Refúgio.

Os policiais de Pereiras foram de jipe para o bangalô onde estava o corpo de Suzy. Algum tempo depois o perito voltou com o cadáver de Suzy embrulhado num plástico preto. Ajudado por Trindade, colocou o corpo no trator.

O perito entrou no jipe e voltou para o bangalô. Ficamos olhando aquele embrulho negro na carreta do trator, ao mesmo tempo obsceno e atraente na sua solidão frágil. Dele se desprendia um odor pestilento; ou era impressão minha? Com exceção de Eurídice, que desaparecera a conselho de Roma tão logo surgira o trator com os policiais, estávamos todos ali, agora acrescidos de Guedes, que se comportava ante os acontecimentos com o ar distraído que tiras e gatos gostam de afetar quando estão muito interessados em alguma coisa: ora olhava um beija-flor sorvendo água açucarada num bebedor de flores coloridas de plástico dependurado na varanda, ora olhava uma árvore distante como se visse um chimpanzé ou uma onça num dos seus galhos; chegou a dar um bocejo.

Ouvimos o barulho do jipe. Agora os três policiais estavam nele. Saltaram ao lado do trator e confabularam em voz baixa. O perito, carregando uma fronha com um objeto dentro, entrou na carreta, sentou-se ao lado do embrulho negro e o trator partiu lentamente.

O escritório de Trindade passou a ser local de trabalho dos tiras. O delegado de Pereiras decidira tomar os depoimentos ali mesmo no Refúgio, pois não havia hotéis em Pereiras onde as pessoas pudessem se hospedar enquanto o escrivão fazia o seu trabalho. Fui o primeiro a depor.

Resumindo perguntas e respostas, meu depoimento foi mais ou menos assim (após a identificação de praxe etc.):

"O senhor conhecia a vítima?"

"Conheci aqui."

"Nunca a tinha visto antes?"

"Nunca."

"Esteve com ela anteontem, no dia em que ela morreu?"

"Estive com ela anteontem, sim."

"Onde?"

"No bangalô dela. Recebi um bilhete pedindo para ir falar com ela." Tirei o bilhete do bolso e dei-o ao delegado. Até àquela hora eu ficara na dúvida se devia mostrar o bilhete ou não. Foi uma decisão súbita.

O delegado leu em voz alta: "A empregada que trouxe o café vai lhe entregar este bilhete. Eurídice vai passear a cavalo e ficarei a manhã inteira no bangalô. Venha até aqui. Preciso falar com você, Suzy." Em seguida, passou o bilhete para o escrivão. "Isto vai ficar com a gente", disse ele. "Para o seu bem", acrescentou.

Para o meu bem? O que queria dizer ele com isso?

"Qual o assunto que ela queria conversar com o senhor?"

Eu não ia dizer nada ao delegado sobre a história de Maria, a quase assassina, cujo nome verdadeiro devia ser Eurídice. Eu precisava inventar uma história plausível, o que não era difícil para alguém como eu, especializado em criar patranhas verossímeis e aplaudíveis.

"Ela acreditava que eu tinha o dom, não desenvolvido, é claro, da clarividência."

"O que é isso?"

"Ela também chamou essa coisa de Visão Clara. É capacidade de ver o futuro, digamos assim."

"E o senhor tem essa aptidão?" Um olhar rápido para o escrivão.

"Não. Não consigo nem mesmo ver direito o passado, quanto mais o futuro. Mas a Suzy acreditava nessas coisas. Ela me disse também que o Trindade tinha qualidades mediúnicas não desenvolvidas. Enfim, conversamos um pouco e logo ela ficou desapontada com o meu ceticismo, que não demonstrei por palavras mas que ficou patente. O fundamental para desenvolver os nossos dons é acreditar neles, disse ela, me recriminando. Fiquei pouco tempo no bangalô."

"E depois não a viu mais?"

"Não."

"Quando esteve no bangalô o senhor viu uma estatueta de bronze?"

"A coruja? Estava em cima da mesinha da sala."

"Quem a matou usou aquela coruja como instrumento contundente", disse o delegado. "Várias pancadas na cabeça, a primeira provavelmente na base do crânio. O perito acha que ela morreu tão logo recebeu esse golpe."

Algumas das minhas declarações o delegado ditou para o escrivão. Outras ele deve ter considerado irrelevantes pois deixou passar sem registro. "O senhor suspeita de alguém?", perguntou a certa altura. "Não", respondi.

Minolta esperava na varanda que eu terminasse o meu depoimento. Conversava animadamente com Orion e Juliana. Noutro canto, Roma, Vaslav e Carlos sentavam-se em silêncio. Não se via Guedes. Carlos foi chamado para depor. Ele estava preocupado, eu podia sentir a tensão no seu corpo. Suas mãos tremiam.

A manhã inteira foi ocupada com os depoimentos e ninguém arredou os pés da varanda, nem mesmo Minolta que chegara de viagem. Um dos tiras entrou e saiu da sala de interrogatórios várias vezes, em diligências misteriosas e apressadas.

Os tiras almoçaram no salão, numa mesa distante dos demais hóspedes. Eurídice comeu no quarto. Trindade explicou que ela não se sentia bem. No almoço havia um tatu ensopado deliciosíssimo, que fora caçado ali mesmo no Refúgio, mas a única pessoa, além dos tiras, que comeu com apetite fui eu. Os tiras pareciam despreocupados e riam muito, como pessoas que tivessem entrado de folga depois de terminar uma tarefa difícil.

Após o almoço os tiras se trancaram na sala que servia de cartório improvisado. Estudavam os depoimentos. Haviam deposto, também, além dos hóspedes, vários empregados do Refúgio.

Por motivos óbvios convidei Minolta a ir comigo descansar no meu bangalô. Ela respondeu que queria ficar na varanda, com os outros, para ver o que ia acontecer. Havia no ar um clima de suspeitas recíprocas, trocavam-se olhares oblíquos. A única pessoa que parecia tranquila era o tira Guedes, que, sentado num canto da varanda, fingia cochilar.

Afinal um dos tiras saiu da sala, para chamar Trindade. Os tiras conversaram com Trindade com a porta aberta. Depois o delegado e Trindade vieram até onde estava o grupo de hóspedes.

"O delegado tem uma declaração a fazer", disse Trindade.

"Minhas senhoras e meus senhores. Eu e os meus colegas temos fundadas razões para acreditar que sabemos quem matou dona Suzy."

Dito isto, calou-se, como um detetive de filme de suspense.

"Quem foi?", perguntou Juliana, no momento em que Roma abria a boca para fazer essa mesma pergunta, provavelmente.

"O indivíduo conhecido como Ermitão", disse o delegado. Explicou que Ermitão fora visto na varanda do bangalô de Suzy por uma empregada da lavanderia. Ele estava com o ouvido colado na porta, em atitude altamente suspeita. E aquele não era um dos dias em que ele vinha para montar Berzabum. Não havia razão para ele estar no Refúgio.

"Não acredito que esse homem seja um assassino", disse Carlos.

"Foram encontradas marcas de pata de cavalo no local onde estava o corpo, marcas idênticas às encontradas em frente ao bangalô. Não temos dúvidas que essas marcas foram deixadas pelo cavalo desse tal Ermitão."

"Como sabem que não são marcas de um dos cavalos da fazenda?", perguntou Carlos.

"Nenhum cavalo da fazenda andou por aqueles lados e essas marcas tinham uma peculiaridade: um dos cascos do cavalo está sem ferradura. E o Alcides, o nosso perito, examinou todos os cavalos da fazenda e nenhum está sem ferradura."

Um momento de reflexão geral.

"Qual teria sido o motivo? Estupro?", perguntei.

"Não. Roubo", disse o delegado. "Segundo nos disse dona Eurídice, as joias de Suzy desapareceram. Ainda não temos uma lista completa dos objetos furtados porque dona Eurídice não está em condições de depor convenientemente, mas sumiu um cordão de ouro com um berilo, um colar de ouro maciço com formato de serpente, incrustado de pedras preciosas, dois anéis, também de ouro, um deles com um brilhante grande, e uma pulseira."

"Agora só falta prender o homem", acrescentou o escrivão.

"Para isso vou pedir a ajuda da Brigada Militar. Não vai ser fácil. Seu Trindade me disse que ele conhece essas montanhas como ninguém. Mas o pessoal da Brigada pega ele. Tem gente na Brigada que nasceu e foi criada aqui mesmo nas montanhas."

Pouco depois chegou o trator que levara o cadáver de Suzy. Os tiras entraram na carreta e foram embora, daquela maneira acintosa que os tiras têm de fazer as coisas mais simples. Antes, o delegado tranquilizou Juliana dizendo que não acreditava que o assassino tivesse coragem de voltar ao Refúgio.

"O que esse homem poderia querer fazer com essas joias?", perguntou Carlos.

"Vender", disse Juliana.

"Ele não precisa de dinheiro lá onde vive, no meio do mato", disse Carlos.

"Vai ver roubou para usar. Ele deve ficar bem de brincos", disse alguém. O clima começava a se descontrair. O culpado, um estranho, havia sido descoberto. Certamente viria a ser punido, brevemente. O mundo voltara a entrar nos eixos. Uma empregada chegou com uma bandeja com xicrinhas de café.

"Acabei não cumprindo a minha parte da nossa brincadeira", disse Orion, bem-humorado.

“Mas eu cumpri. Já escrevi a minha história”, disse Roma. “Então foi a única. Não creio que... Ela escreveu alguma coisa?” Orion me olhou interrogativamente.

“Que eu saiba não.” A história de Maria, a quase assassina, relatada por Suzy, nada tinha a ver com a nossa brincadeira.

“Então você ganhou”, disse Orion para Roma. “Vou confessar uma coisa. A minha história está toda na cabeça, tudo arrumadinho, mas quando sento para escrever eu não consigo. Dou minha mão à palmatória, escrever é mais difícil do que eu pensava. Quer dizer, exige um esforço físico muito grande. Creio que o esforço muscular é maior do que o mental. Não é mesmo? Diga a verdade.” Antes que eu pudesse responder, o maestro continuou: “Se a pessoa pudesse pensar e registrar automaticamente no papel eu garanto a vocês que a minha história seria uma maravilha.”

“Como é a sua história?”

“Bem, a história é um triângulo amoroso. Um maestro famoso, o spalla da orquestra e sua mulher. Vocês sabem qual a função do spalla numa orquestra?”

Todos sabiam.

“Bem, o maestro era amante da mulher do spalla...”

“Por que não o contrário?”, perguntou Vaslav.

“Ele está defendendo a classe dos maestros. Adúltero sim, cocu jamais”, disse Roma.

“Vocês vão me deixar contar a história ou não?”

“Por favor, vamos deixá-lo falar”, eu disse.

“Um dia o spalla descobriu o que estava acontecendo. Era dia de ensaio. O spalla interpelou o maestro, os dois discutiram e começaram a brigar, e na briga o maestro destruiu o violino do spalla. Eu ainda não sei como o violino é destruído. Cheguei a pensar que poderia ser durante o ensaio, o maestro dando um pontapé no spalla, errando e pegando no violino.”

“Isso ia ficar muito esquisito. Por que o maestro ia dar um pontapé no marido enganado?”

“Pois é, por isso é que eu abandonei essa ideia do pontapé no ensaio. Enfim, de uma forma ou de outra, o violino do spalla é destruído.

O violino era um Janzen, mas vocês não sabem o que isso significa. Todos já ouviram falar no Stradivarius, considerado o melhor violino do mundo e que ninguém jamais conseguiu imitar. Claro que muitos liutaios tentaram copiar o padrão cremonense, que passou pelos Amati e Guarneri e foi estabelecido por Antonio Stradivari. Houve outros famosos como Vuillaume, Fendt, Gilkes, Lupot, Pique, que fabricaram bons instrumentos sem atingir a soberba qualidade dos Stradivarius. Estou chateando vocês?"

"Ao contrário, estou fascinada", disse Minolta, que gostava de aprender coisas.

"Agora entra o Janzen na nossa história. Gustav Janzen nasceu na Rússia mas veio ainda menino para o Brasil, indo morar em Santa Catarina. Aos treze anos construiu o seu primeiro violino, provavelmente uma coisa tosca, não sabemos. Trabalhava em marcenaria e iniciou seus estudos de acústica ainda muito jovem. Tomara conhecimento da história do Stradivarius e decidira construir um violino, uma audaciosa loucura de jovem, que fosse tão bom quanto o do grande mestre de Cremona. Durante cinquenta anos Janzen pesquisou a construção desse violino. Houve uma fase da sua vida em que morou no Canadá, mas não se deu com o clima frio e voltou para o Brasil, indo morar em Mato Grosso. Dizem que ele foi para Mato Grosso porque seria bom para os seus pulmões, mas há uma outra versão que afirma que Janzen descobrira que o sol de Mato Grosso era o melhor do mundo para secar o verniz do violino, melhor mesmo que o de Cremona. A questão é que foi em Mato Grosso que ele afinal conseguiu realizar essa façanha que famosos liutaios através dos séculos tentaram e não conseguiram: construir um violino igual ao Stradivarius."

"Que maravilha", disse Roma. "Tenho a maior admiração por essas pessoas obsessivas."

"A estrutura dos Stradivarius não é impossível de copiar, nem difíceis de dominar os princípios de sua acústica. O material para a construção é raro, mas disponível. O problema dos imitadores dos Stradivarius, e também dos copiadores de qualquer dos grandes mestres cremonenses, está no verniz. Ninguém jamais conseguiu fazer um verniz igual. Foram convocados, nas últimas décadas, prêmios Nobel de química, artesãos, macumbeiros, artistas, matemáticos e seus computadores, cientistas da NASA, o diabo, para tentar fazer um verniz igual, inutilmente. Pois bem, dizem que Janzen descobriu a fórmula secreta do verniz do próprio Del Gesu. Janzen não fala do assunto. O certo é que ele fabricou um violino que muitos consideram melhor do que o Stradivarius. A primeira vez que um Janzen dessa qualidade foi usado foi num concerto na sala Cecília Meireles, no Rio de Janeiro, em 1983. O violinista Jerzy Milewski tem essa glória. Milewski costumava usar nos seus concertos um Camilo Camini, um violino construído em 1710, vale uma fortuna; mas alguém levou um Janzen para ele e Milewski abandonou o Camini para tocar no Janzen. Ficou tão entusiasmado com a qualidade do novo violino que comprou um para dar ao Isaac Stern. Atualmente Menuhin, Ricci, os maiores violinistas do mundo estão usando um Janzen. Vocês viram agora a importância do instrumento que o protagonista da minha história quebrou com um pontapé?"

"Com um pontapé não dá. Não tem sentido", disse Roma. "Com um soco? Pode?", perguntou Minolta.

"Um soco quebra um violino? De que madeira é feito o violino?", perguntou Vaslav.

"De certas madeiras de lei, como o ébano, por exemplo, ou o pau-brasil, usado nos arcos. Por falar nisso, Janzen também descobriu outras madeiras, como o faveiro, uma árvore comum na região central do Brasil, para fazer os arcos. Se um soco quebra? Acho que sim, não tenho certeza, ninguém jamais teve coragem de dar um soco num violino."

"Só o seu maestro conquistador. E o seu violino, qual é?"

"O meu é um Guadagnini, de 1780, uma preciosidade. Se eu perdesse o meu violino acho que morria de desgosto", disse Orion. "Mas, voltando ao Janzen. Ele escreveu um livro, *Luftsäulenraum, Akustik und Geigenbau* —"

"Ué, ele não era russo?"

"Ele nasceu numa cidade colonizada por alemães, sua língua materna era o alemão, ele falava alemão em casa, quando era pequeno, aqui no Brasil. Mas nesse livro, Janzen, além de dizer que descobriu as leis acústicas de Stradivarius — não fala nada no verniz — afirma que o violino passa por várias crises, verdadeiras variações evolutivas, antes de adquirir sua maturidade. A primeira, depois de seis horas de uso. A segunda, mais furiosa, depois de tocar sessenta horas. Então o violino entra em depressão da qual só sairá após oito a dez horas de exercício. Um violino, diga-se, só atinge a sua melhor potencialidade após sessenta anos de vida, e não podemos portanto saber se Janzen é mesmo o novo Stradivarius. Mas, por qualquer motivo, os grandes violinistas que tiveram a oportunidade de usá-lo uma vez não conseguem deixá-lo de lado. Daqui a sessenta anos — isso eu ouvi da boca de Milewski, e creio que também Lehninger disse o mesmo — sua perfeição e excelência serão comprovadamente inigualáveis."

"Você ia escrever isso tudo em sua história?"

"Claro que não. Deformação profissional é coisa muito desagradável. Deixei-me levar pelo entusiasmo. Ia me concentrar mais no triângulo amoroso. Deve ser uma sensação aflitiva descobrir que sua mulher anda com outro homem."

"Não sei se aflitivo é a palavra certa", eu disse.

"Há uns que saem dando tiros", disse Roma.

"Acho que varia de pessoa para pessoa", disse Juliana.

Nesse instante, Carlos, que se mantivera em silêncio, levantou-se da cadeira e depois de olhar para mim, como se quisesse dizer alguma coisa, saiu da varanda. No canto da varanda, Guedes fechou seu blusão sebento, pois começava a esfriar, como acontecia sempre ao entardecer.

"Andar com a mulher do spalla não havia causado maiores dores na consciência do maestro, mas quebrar-lhe o Janzen, com um pontapé, soco, ou lá como fosse, deixou o maestro na maior prostração. Ele sabia o amor que o spalla tinha ao seu violino, ele acompanhara a evolução artística do spalla depois que começara a usar o Janzen. O spalla, que era um bom músico, por isso era o número um da orquestra, passara a obter do violino uma sonoridade fantástica. Toda a orquestra se beneficiara com isso; as músicas eram executadas com maior brilho e pureza. E o maestro sabia que isso ocorrera devido ao Janzen do spalla. O maestro começou a sentir um intolerável sentimento de culpa, começou a definhar, tão grande era o seu arrependimento. Todo gênio tem um lado ingênuo."

"Dizem que Mozart era um idiota", disse Roma.

"Todo gênio é um idiota."

"Newton não era."

"Isso quer dizer que um idiota pode ser um gênio artístico mas não um gênio científico?"

"Einstein era um idiota."

"Wagner era um idiota. Beethoven era um idiota e surdo."

"Flaubert era um idiota."

"Quem não é idiota?"

"Dona Rizoleta", eu disse. "Um idiota não consegue fazer um tatu ensopado como o que ela fez hoje."

"Vamos deixar o Orion contar a história dele", disse Minolta.

"Até já me perdi. Onde eu estava mesmo?"

"O maestro começou a definhar de arrependimento por ter quebrado o Janzen do marido enganado por ele."

"Ah, sim. Ele entra num surto depressivo e os amigos querem interná-lo para fazer uma sonoterapia, querem que faça análise, querem que faça uma viagem."

"E o marido enganado?"

"Confesso que eu não sabia o que fazer com ele e abandonei-o. Ele sai da história logo que o violino é quebrado."

"É uma pena", eu disse, "os maridos enganados possuem um lado patético interessante; a ilusão e a confiança perdidas, a traição sofrida — deviam merecer mais atenção, porém até os amadores, como você, deixam-nos pelo meio do caminho."

"Pois é. O maestro piora cada vez mais e chega ao ponto de perder o interesse pela música. Ele se torna uma pessoa abúlica, passa os dias deitado, não toma banho, não faz a barba."

"Ele era casado ou solteiro?"

"Isso eu não cheguei a resolver. Talvez fosse melhor ele ser solteiro. Os solteiros, inexplicavelmente, enlouquecem mais do que os casados."

"Então ele piorou mesmo, enlouqueceu, ficou maluco e assim termina a história?"

"Ele não chegou a ficar maluco mesmo e a história não pode terminar aqui porque eu ainda não usei o mote que me foi dado, o tema escolhido pelo Gustavo."

"Qual é o seu mote?", perguntou Roma.

"Já veremos. O nosso maestro, então, havia chegado ao máximo da sua depressão quando resolveu aceitar a sugestão de um amigo e recolher-se à tranquilidade bucólica de uma fazenda como esta aqui. Eu pretendia descrever tudo que tenho visto, as paisagens, as pessoas, animais, enfim, relatar a vida aqui no Refúgio, para encorpar minha história. O bom escritor faz isso, não faz? Usa pessoas, incidentes, ambientes da vida real em seus livros, não usa?"

"Usa, mas não abusa. O sujeito só pode ser considerado um bom escritor quando consegue, primeiro, escrever sem inspiração e, segundo, escrever só com a imaginação."

"Uma regra que não sou obrigado a cumprir", disse Orion. "Então aqui está o nosso maestro, dominado por uma meditabunda depressão, na hora do almoço, olhando o tatu ensopado que lhe foi servido, sentindo um certo nojo dessa comida, infeliz, com vontade de morrer."

"Acho isso demais", disse Roma.

"Ao entardecer — o entardecer da história é como o daqui, uma luz rosa se espalha sobre a montanha, dando um toque de sonho à paisagem, mas para ele de pesadelo — o desespero do maestro aumenta. Ele tem a convicção, então, de que vai morrer —"

"Continuo achando isso dramático demais. Afinal o sujeito quebrou apenas um violino", cortou Roma.

"Um Janzen, não se esqueça. As dores da alma são muito subjetivas — como já disse o conselheiro Acácio", apressou-se em dizer Orion, ao notar que Roma ia novamente interrompê-lo. "O maestro havia-se deixado ficar na varanda do seu bangalô, sem ânimo para ir jantar, sem disposição para viver. A noite caíra, tão escura que ele não via a própria mão que apoiava na testa para segurar sua cabeça. Então ouviu um som que vinha da escuridão, um som singular, como de um diapasão, seguido por vozes isoladas, sons ascendentes e descendentes que subitamente cessaram. O silêncio durou pouco tempo; um coro harmonioso de vozes encheu a noite e pareceu subir para o firmamento. O maestro levantou-se da cadeira e foi caminhando pelo escuro, orientado pelas vozes, como se estivesse vendo o chão que pisava, até chegar à beira de uma lagoa. Ali a beleza inefável do coro podia ser ouvida em toda a sua inexcedível grandiosidade. Ele já ouvira os maiores e mais afinados coros do mundo, alguns dos quais ele mesmo regera, mas nenhum o deixara tão emocionado quanto aquele. Nesse momento de êxtase a lua surgiu no céu e cobriu a lagoa com uma luz rutilante de prata. Então o maestro pôde ver os seus cantores. Eram mais ou menos uns cinquenta sapos, dispostos em círculo em torno de um sapo trepado numa pedra. Todos olhavam para esse sapo, que parecia maior do que os outros, o qual, com movimentos da sua cabeçorra grotesca, regia como um Deus esse fantástico coro de batráquios."

"Bravo!", exclamei.

"Então o seu mote era sapo? Igual ao meu?", disse Roma.

"Igual ao de todo mundo. O mote foi sapo, para todos", eu disse.

"E depois? O que aconteceu?", perguntou Minolta.

"Bem, o maestro, vendo que aqueles sapos eram capazes de criar tanta beleza e harmonia no meio do mato, aprendeu uma lição: a maior alegria que o homem pode ter —"

"E os sapos...", mais uma vez Roma.

"...é criar o belo. E assim ele voltou para a sua orquestra, fez as pazes com o spalla e viveram felizes — num ménage à trois, se você prefere, Roma — para sempre. É uma espécie de história de fadas, seria uma espécie de história de fadas se eu a tivesse escrito."

"Até que eu acho que você se saiu razoavelmente bem. Não escreveu mas contou. Literatura oral vale, não vale, Gustavo?"

"Não. A aposta era escrever. Contar histórias qualquer dona Candinha conta."

"E Catarina Benincasa?", perguntou Orion.

Era uma boa pergunta, que não cheguei a responder. Trindade entrou esbaforido na varanda dizendo que Carlos havia mandado selar Berzabum, o quarter endiabrado, e saíra galopando, ninguém sabia para onde. Isso ocorrera há mais de uma hora e Trindade estava preocupado. Não tardaria muito para anoitecer e ele temia que Carlos se perdesse na montanha. Já ocorrera uma tragédia assim, um cavaleiro se perdera e fora encontrado uma semana depois sem vida, ele e o cavalo, caídos no fundo de um barranco. Aquelas montanhas eram traiçoeiras etc.

Enquanto isso tudo acontecia, Guedes, o tira sebento, mantinha-se discretamente em silêncio. Afinal, o que pretendia ele? O que viera na verdade fazer ali?

Roma foi correndo ao seu bangalô e trouxe o seu conto.

"Não mostre para ninguém", disse ela.

Anoitecia. Peguei Minolta pelo braço e disse a ela que estava na hora de fazer ela sabia o quê.

Alguém escreveu que os romances antigos é que eram bons, seus heróis não viviam dando grotescas — creio que a palavra era outra, ligada a circo — trepadas escaldantes. Mas como é que eles podiam dar qualquer tipo de trepada sendo, como os bichos de desenho animado, bonecos que têm olhos, nariz, orelhas, mãos, dedinhos, tudo menos genitália, capazes apenas de expressar paixões platônicas ou metaforizadas? Meus heróis, e eu também, têm sexo e se engajam em suas atividades libidinosas e aprazíveis sempre que possível. Eu era um homem delicado que tinha horror à rudeza, sentia pelas pessoas uma consideração muito grande, meu desejo pelas mulheres era uma forma de consideração, de atenção, de respeito, de generosidade. Até as feministas sabiam disso.

Logo que entramos no bangalô, eu e Minolta tiramos a roupa. Eu a peguei e a enganchei nos meus quadris, suas pernas longas e musculosas eram perfeitas para isso; ela cruzou os pés sobre os meus rins e os lábios úmidos e quentes da sua boceta se abriram pulsando, desejando o meu portentoso membro que ia penetrá-la e pará-la fundo. Ai!, ai! A minha boca cheia d'água! Andamos pela sala no que se poderia denominar de fornicação peripatética. "Isso, grude-se em mim como os malditos carrapatos fizeram, ai, que delícia!, assim, meu amor... Você quer ir lá fora, foder sob o manto fulgurante das estrelas? Ai, ai! Lá vamos nós, nus como cangurus, prende o teu orgasmo, espera as estrelas mais um segundinho, pronto! Aqui estão elas, muitas já morreram há mais de mil anos e delas só existe este brilho viajando pelo espaço! Você quer que gozemos juntos? Cantem, sapos! Agora! Porra! Céus! Estou gozando, abóbada celeste, estou gozando!"

Depois de algum tempo, Minolta disse: "Estou sentindo cãibras nas pernas."

"Deve ser do frio. Estamos há muito tempo aqui ao relento."

"Você não está cansado de me carregar?"

"Meu bem, eu não me canso nunca quando estou fazendo amor. Mas talvez seja melhor entrarmos pois quero ler a história que Roma escreveu."

"Você sentiu tesão por ela?"

"Senti. Sinto. Você sabe que eu sinto tesão por todas as mulheres bonitas."

"Comeu?"

"Não."

"Tentou?"

"Não. Aconteceu tanta coisa. Fui mordido por carrapatos, agora não parece, mas fiquei todo inchado. Depois essa mulher foi assassinada... Sabe que desconfiaram de mim? Eu havia estado no bangalô dela, onde ouvi uma história esquisita. Suzy agiu de uma maneira que me deixou nervoso. Talvez ela soubesse do meu caso."

"Que caso?"

"Do coveiro, do manicômio, aquela coisa toda."

"Isso aconteceu há muito tempo, meu bem. Mais de quinze anos."

"Você notou a cara de desapontamento do tira Guedes? Acho que ele pensou que eu era o assassino de Suzy. Ele está doido para provar que eu matei alguém, seja lá quem for."

Os nossos corpos nus estavam frios. Ainda com Minolta enganchada nos meus quadris entramos no bangalô. Deitei Minolta na cama e fodemos novamente. Depois peguei as folhas de papel que Roma me dera. Minolta apanhou as primeiras e únicas páginas que eu havia conseguido escrever do *Bufo & Spallanzani*.

"Você escreveu apenas isto, estes dias todos?"

"Só. Já lhe disse que os dias foram complicados."

Comecei a ler o texto de Roma.

"Sabe de uma coisa?", disse Minolta.

"O quê?" Larguei os papéis de Roma e olhei para Minolta. Ela me fitava com o olhar de amor que sempre me dirigia quando descobria uma fraqueza minha.

"Isto aqui está muito ruim, meu bem", ela disse. "O que houve com você?"

"Está ruim?" Peguei as duas folhas de papel da mão dela. Li: "O sábio Spallanzani contemplou, da janela de onde estava, a catedral de San Gimignano" — etc. "Está ruim, sim", eu disse, quando acabei.

"O que há com você? Está sentindo falta do computador?"

"Talvez. Mas não é só isso. Acho que o fim está chegando. Hora de escrever memórias, coisas de velho."

"Você tem quarenta e poucos anos", disse Minolta. "Não diga sandices. É melhor trancar a porta. O assassino pode aparecer aqui."

Fechei as portas. Mas não acreditava que o Ermitão voltasse, depois do que havia feito. Tornei ao começo da história que Roma escrevera.

"E o tal Carlos, hein? Onde será que ele foi?", perguntou Minolta.

"Tenho um palpite."

Minolta não quis saber qual era. Fiquei lendo a história de Roma. Estava escrita numa letra miudinha. Detesto ler coisas escritas à mão. Quando terminei a leitura de mais aquela história de sapos, veio à minha mente uma frase de Nietzsche (o próximo pseudônimo que eu for adotar, caso realmente tenha que voltar a me esconder, será Frederico Guilherme — mas isso é um assunto para depois), veio à minha cabeça, repito: "É naquilo que tua natureza tem de selvagem que estabeleces o melhor da tua perversidade, quero dizer de tua espiritualidade..."

3

A história de Roma, tal como a que fora contada por Orion, era autobiográfica. Acho que já disse isso. Que estranha coincidência me fizera dar aquele mote para eles... Eu estava escrevendo uma história de sapos e homens, mas não tinha necessariamente de lhes dar esse assunto como tema da nossa brincadeira.

"Que tal?", perguntou Minolta, quando percebeu que eu acabara de ler.

"Se não fosse tão longa talvez pudesse ser considerada uma confissão interessante", eu disse. "Quer ler?"

"Que letrinha horrível", disse Minolta, sem pegar no papel. "Ela fala no sapo?"

"Fala. E explica por que ficou tão nervosa quando soube qual era o mote que eu havia escolhido para ela."

"Faz um resumo para mim", disse Minolta, deitando sua cabeça no meu peito.

"Bem, os dois são bailarinos. Conheceram-se, ainda muito jovens, na escola de balé do Teatro Municipal do Rio de Janeiro. Ela era rica e ele pobre. A mãe fazia as sapatilhas que ele usava para dançar. Vaslav — seu nome na verdade é Sílvio — possui grande vigor físico e ainda maior virtuosidade técnica, consegue fazer o *entrechat dix* ou *entrechat royal*, que consiste em saltar e cruzar os pés no ar dez vezes antes de pousar no chão, algo que poucos bailarinos na história do balé realizaram. Talvez apenas Nijinski. Então surge na história um sujeito, que não sei bem se é o vilão, um argentino chamado Ricardo

Berlinsko, coreógrafo e diretor artístico do Colón, de Buenos Aires, ex-bailarino, homossexual, que pinta os cabelos."

"Ele é o vilão por ser homossexual ou por pintar os cabelos?"

"Tem também as pernas muito magras e provavelmente fez uma operação plástica no rosto. Porém Roma reconhece que é um homem charmoso, erudito e inteligente."

"O nome verdadeiro dela é Roma?"

"Não. Mas quero continuar chamando-a assim. Gosto desse nome. Ricardo, que assiste a um ensaio de Sílvio, no Rio, convida-o para ir com ele para Buenos Aires. Vão. Ali, sob a orientação de Berlinsko, o jovem Sílvio desenvolve ainda mais sua técnica e o seu talento. Passa a frequentar a alta sociedade platense. Vou pular essa parte contendo descrições das festas dos grã-finos. Festa de rico é igual no mundo inteiro. Porém há aqui um sujeito que diz uma frase interessante: 'Como aquele personagem de Orson Welles, se eu jogar fora um milhão de dólares por ano sabe em quanto tempo vou ficar pobre? Daqui a sessenta anos.' Gosto dos perdulários."

"Quem diz isso? O Berlinsko?"

"Não. O Berlinsko é um artista. A fala é de um desses ricaços que nunca trabalharam na vida, como o nosso Eugênio Delamare."

"Tua voz fica engraçada, aí dentro, no pulmão", disse Minolta virando a cabeça e colocando a orelha no meu peito.

"Há um trecho enorme sobre os hábitos decadentes dos ricos. Mas ricos cheirando cocaína é um lugar-comum demais e vou pular esse pedaço. Há também uma parte em que Sílvio se veste de mulher, uma roupa copiada de um quadro de Gainsborough."

"Gente fina", disse Minolta.

"Sob a direção de Berlinsko, Sílvio desenvolve ainda mais a sua grande virtuosidade. Consegue, agora, fazer o *entrechat onze*, que talvez devêssemos chamar *entrechat Silviô*, e outros passos complicados. É considerado um gênio, as pessoas vão vê-lo ensaiar. Ricardo prepara para ele uma estreia sensacional. Agora leio para você o que Roma escreveu: 'Ricardo queria que Sílvio, em sua estreia num dia 17 de maio, dançasse o mesmo programa da estreia de Nijinski, em Paris, no dia 17 de maio de 1909, exatamente o mesmo repertório, que consistia no *Le pavillon d'Armide*, de Tcherepnin, num divertissement intitulado *Festin* e no *Príncipe Igor*, de Borodine. A coreografia era a mesma que Fokine fizera para a estreia do russo.'"

"O que é divertissement?"

"Bem, esse tal de *Festin*, pelo que está escrito aqui, é uma espécie de arranjo baseado na música de vários compositores russos, Rimski-Korsakov, Tchaikóvski, Glazunov e num *pas classique hongrois*."

"Gosto muito", disse Minolta rindo.

"A la mode."

"Os cenários e figurinos originais de Kerovine, Benois e Bakst, feitos para a estreia de Nijinski em Paris, foram copiados. Só uma pessoa, diz Roma, caprichosa como Berlinsko conseguiria levar avante um projeto maluco como aquele."

"Esse Ricardo namorava o Sílvio?"

"Bem, Roma não esclarece isso, mas creio que sim. As sapatilhas de Sílvio, agora, são feitas de finíssima pelúcia e ele tem dúzias delas, francesas e italianas. Há sempre um camarim reservado só para ele. À medida que se aproxima a data da estreia, os ensaios passam a durar o dia inteiro. Bailarinos, coreógrafos, figurinistas, cenaristas e toda a imensa entourage de pessoas envolvidas na produção do espetáculo passam a fazer as refeições no próprio teatro. De todos, o que ensaia com mais dedicação é Sílvio. Destrói, por dia, várias sapatilhas, repetindo de maneira maníaca, em seus exercícios, passos complicados como o *grand fouetté a la seconde*. Et cetera."

"Você sempre me disse que odiava balé e agora me conta esta história se babando todo. Garanto que você está acrescentando coisas ao que está lendo."

"O texto de Roma é interessante. Você devia lê-lo. Não estou acrescentando coisa alguma." Coloquei os papéis que estavam na minha mão à frente do rosto de Minolta.

"Não quero. Lê para mim. Ou melhor, continua fazendo esse resumo."

"Nhan, nhan, nhan. Sílvio não dorme direito, anda muito nervoso, et cetera. Roma e Ricardo Berlinsko acham que aquilo é resultado da tensão natural que Sílvio deve sentir às vésperas de estreia tão importante. Dia 17 de maio, diz Berlinsko, Sílvio será conhecido como o maior bailarino do mundo, só comparável a Nijinski."

"Nijinski é aquele que enlouqueceu e falava com Deus?"

"Esse mesmo. Bem, dia 17 de maio, tudo preparado, cenários e roupas cuidadosamente copiados da produção original de 1909, o próprio Colón sofreu uma pequena reforma, não que isso fosse necessário, mas por superstição de Ricardo, a fim de que alguma obra fosse feita no Colón, tal como ocorrera com o Châtelet, em Paris, na ocasião da estreia de Nijinski. Sujeito interessante, esse Berlinsko."

"Você acha que tudo isto é verdade?"

"Não tenho dúvida, querida. Você acredita que Roma teria imaginação para inventar tanta coisa? Sílvio chega cedo ao teatro, três horas antes do início do espetáculo. No palco, fechado pelas cortinas, faz exercícios durante uma hora e meia, tal como Nijinski fizera nos idos de 1909. Com a palavra, Roma: 'Ele estava soberbo, não era um simples homem, ali naquele palco escuro e vazio, houve um momento em que ficou parado no ar após um *grand jeté*, como um pássaro, como um anjo.' Depois dos exercícios, Sílvio tranca-se no camarim com o seu maquiador, um húngaro que havia trabalhado com Zefirelli, e o cabeleireiro, vindos diretamente do *salon* parisiense de Alexandre. Quando a maquiagem termina, entra a figurinista com os seus auxiliares, vestem Sílvio com os trajes do primeiro balé, o tal, como é mesmo, deixa eu ver aqui, ah, *Le pavillon d'Armide*. Esses preparativos todos terminam cinco minutos antes das cortinas se levantarem. O teatro está superlotado, veio gente do mundo inteiro, dos lugares mais distantes, para ver esse novo fenômeno da dança. Às nove horas está tudo pronto para o início do espetáculo. O maestro, o famoso Levine, que veio especialmente de Nova York, sobe ao pódio, sendo delirantemente aplaudido, uma indicação do clima de entusiasmo existente no teatro. As luzes se apagam e ouvem-se os primeiros acordes de *Le pavillon d'Armide*. A orquestra, possuída pela exaltação que toma conta de todo mundo nesta noite, cria um som de tal bravura e brilho para essa ouverture medíocre que, ao final, é aplaudida com grande calor pelo sofisticado e comportado público buenairense."

"Bravo!", diz Minolta.

"Novamente passo a palavra para Roma: 'A coreografia de Fokine requer que o bailarino realize, logo que entra em cena, ou pouco depois, um *grand jeté en tournant*.'"

"O que é isso?"

"Acho que ele salta projetando as pernas para a frente e dando uma volta completa no ar, ou uma porção de voltas. Deixa eu ver, nhan, nhan, ela não explica, ela fala em *tour en l'air*, *pliès* e outras coisas, mas não vou ler isso. Circunscrevo-me ao drama. Então, Sílvio tem que dar esse grande salto rodopiante e sabe o que acontece? Ele fica pregado no chão, como se fosse de chumbo, imóvel, ante o olhar estupefato de todos os espectadores, bailarinos, músicos et cetera. Depois de ficar algum tempo atônito, o público, primeiro nas torrinhas, depois no teatro inteiro, começa a vaiar. Foi um horror, diz Roma. Levine não sabe o que fazer, alguns bailarinos fogem da cena. Então as cortinas são fechadas e alguém da direção do Colón vem ao proscênio e diz que devido ao mal súbito sofrido pelo primeiro bailarino o espetáculo não será apresentado."

"Que vexame", diz Minolta.

"Roma leva Sílvio para casa e chama um médico. Este diz que Sílvio manifestara uma esquizofrenia latente e propõe submetê-lo a eletrochoques. Outro médico diz que Sílvio tivera um surto de psicose maníaco-depressiva e sugere que tome doses maciças de drogas. Sílvio, o tempo todo, parece sonhar de olhos abertos."

"Vai ver ele gostava tanto de Nijinski que resolveu pirar igual ao seu ídolo", disse Minolta.

"Ninguém vai visitá-lo, et cetera, parece um leproso com aids. Nem mesmo Berlinsko quer saber mais dele. Afinal Roma traz Sílvio de volta para o Brasil. Esqueci-me de dizer que Roma, conforme ela mesma esclarece aqui, é uma mulher muito rica."

"Ela tem cara de rica", disse Minolta.

"Como é cara de rica?", perguntei.

"Uma mistura de arrogância com tédio."

"Isso é um mísero clichê."

"Só porque é clichê deixa de ser verdade?"

"Todo dia de manhã Roma leva Sílvio para passear no calçadão da praia de Ipanema. A loucura parece que tornou Sílvio ainda mais bonito, não há mulher que não o olhe, mesmo as que passam correndo, no jogging, viram o rosto para ver um pouco mais aquele homem lindo. Como os médicos no Brasil confirmam que ele é um esquizofrênico incurável, só resta a Roma buscar ajuda no mundo da magia, da macumba, do sobrenatural, onde há ainda mais vigaristas do que entre os médicos. Vai a todos os terreiros que lhe indicam, de umbanda e quimbanda, consulta rezadeiras, médiuns que 'incorporam' as mais diversas e estapafúrdias 'entidades'. Um dia Roma leva Sílvio a uma mulher com grandes poderes chamada Santinha, em Caxias, na periferia do Rio de Janeiro. Agora vou ler o que Roma escreveu: 'Quando vi Santinha tive um choque. Era uma menina de uns dez anos, ou talvez menos. Tinha cabelos compridos que vinham até à cintura, encaracoladinhos; era muito pálida, as mãos de dedos fininhos' — estou lendo exatamente o que Roma escreveu — 'e pulsos tão finos que davam a impressão de que iriam quebrar ao menor esforço que ela fizesse. Seus lábios eram cinzentos e os dentes separados, todos os dentes separados, me deu ideia de um morcego branco grande ou um anjo mal-acabado. Eu e Sílvio nos sentamos, ela ficou de pé, e notei que logo percebeu que era ele, Sílvio, quem precisava de ajuda. Nem um instante olhou para mim. Aproximou-se de Sílvio e aninhou a cabeça dele entre os seus peitinhos raquíticos. O corpo dela, então, começou a tremer e o seu cabelo ficou todo esticado, como se ela estivesse sendo açoitada por um vento forte. Mas nada aconteceu com Sílvio, quem ficou transtornada e esgotada foi a Santinha. Não tive tempo de sentir desapontamento por este primeiro fracasso. Logo ela saiu da sala e voltou em seguida, trazendo na mão um enorme sapo que —'"

"Está aí o sapo. Custou a aparecer", disse Minolta.

"'Um enorme sapo que ela segurava pela nuca' — continuo lendo o texto de Roma — 'ou lá que nome tenha esse lugar atrás da cabeça do sapo. E seguro dessa maneira, as pernas do sapo se esticavam e ele ficava enorme, imenso. Quando entrou na sala, carregado por Santinha, o sapo olhou para mim, para minha cara, e depois para Sílvio, como se nos conhecesse, como se soubesse quem éramos e o que estávamos fazendo ali, um olhar de inteligência, de conluio, um olhar humano, aterrador. A Santinha postou-se à frente de Sílvio com o sapo na mão. 'Levante-se', disse ela para Sílvio. 'Toma', ela disse, e deu o sapo para Sílvio segurar. Sílvio segurou o sapo com as duas mãos, colocando o focinho asqueroso do bicho na mesma altura do seu rosto. Sílvio e o animal ficaram se olhando nos olhos um do outro e notei que um fugaz sorriso perpassou pelos lábios de Sílvio. Depois ele aproximou a cabeça do sapo do seu rosto, sempre um olhando nos olhos do outro, cada vez mais, e os lábios de um e outro se aproximaram e ante o meu horror e asco o sapo enfiou sua imensa língua na boca de Sílvio, num longo e apaixonado beijo.'"

"Argh! preferia ficar esquizofrênica para o resto da vida", disse Minolta.

"Deixa eu acabar: 'Então uma luz vermelha brilhante, como se tivéssemos entrado num tubo de gás néon, inundou a sala com um brilho tão forte que me cegou e por momentos não pude ver Sílvio, nem o sapo, nem Santinha. Aos poucos minha visão voltou ao normal e vi Sílvio, ainda em meio à luz escarlate, entregando reverentemente o sapo à Santinha, que saiu da sala carregando o animal, não sem antes que ele me desse um último e cognitivo olhar.' Belo trecho, reconheço."

"Acabou?"

Ajeitei os papéis com a letra miudinha de Roma e coloquei-os sobre a mesinha de cabeceira.

"Bem", eu disse, "depois disso Sílvio ficou bom e voltou a dançar. É uma história de final feliz."

"Você acredita nela?"

"Claro que acredito. Você já esqueceu o que fizemos com aquele sapo vinte anos atrás? O *Bufo marinus*? Ceresso? A memória é fraca!"

"Ele deixou de ser homossexual?"

"Roma não diz. Mas o que tem isso a ver com a felicidade?"

"Ele pode enlouquecer novamente?"

"Para ficar maluco basta estar são. Quanto mais sadio, maior o surto de loucura." Elaborei esse raciocínio. "As confissões me enfadam, você sabia?"

Mas a doce Minolta ressonava ao meu lado; não era propriamente um ronco, era o barulhinho que os justos e as mulheres fazem no seu sono profundo. Como é bom dormir!, pensei. E dormi.

4

De manhã, ao chegar, com Minolta, à sala do Casarão para tomar café (eu me atrasara por motivos óbvios, havia uma mulher dormindo comigo agora) já lá estavam todos, até mesmo Eurídice, numa mesa com Sílvio e Roma (vamos continuar chamando-a assim). Noutra mesa, Orion e Juliana. Só faltava o Carlos.

Minolta comia muito pouco e já havia acabado o seu desjejum quando Trindade entrou no salão e disse que vira Carlos e o Ermitão a cavalo, descendo o morro. Ele acreditava que eles vinham para o Casarão. Todos se levantaram e correram para a varanda, eu carregando um prato com pãezinhos de queijo e broas de milho.

Lá vinham eles, agora já na várzea que se estendia à frente do Casarão, num trote que se transformou em galope macio quando nos viram na varanda. Os dois cavaleiros passaram em frente à varanda e desapareceram em direção das cocheiras.

"Eles foram embora", disse Juliana, quinze minutos depois. Mas, logo em seguida, os dois, Carlos e o Ermitão, surgiram, vindos das cocheiras. Conversavam, ou melhor, Carlos falava e o Ermitão ouvia.

Fizeram uma entrada dramática na varanda, cobertos de pó e lama.

"Fomos cuidar dos cavalos", disse Carlos. "Cavalgamos a noite inteira e eles estavam exaustos."

Ninguém respondeu. Carlos mordeu os lábios. Notei, pela primeira vez, que ele era inteiramente glabro, como se fosse um índio, se é que poderia existir um índio de feições tão brancas e finas; apesar de ter passado a noite cavalgando, não havia um único fio de barba no seu rosto. Afinal Juliana quebrou o silêncio.

"Está chovendo?" Uma pergunta incongruente, pois o sol brilhava lá fora.

"No Pico está", disse Carlos.

"Lá chove muito", disse o Ermitão. Ele tinha uma voz grossa e áspera, desconexa, como de alguém que não tivesse o hábito de falar.

Outro silêncio.

"Conte a eles", disse Carlos. Sua voz demonstrava um sofrimento soturno.

O Ermitão coçou a barba.

"Anda", disse Carlos.

"Não", disse o Ermitão. Tive a impressão de que ele queria dizer que não sabia como contar a sua história.

"Além de vir aqui para exercitar o Berzabum, toda semana, há ocasiões em que ele vem se encontrar secretamente com dona Belinha, que trabalha na cozinha", disse Carlos. Indeciso, infeliz, o pálido rapaz calou-se.

"Ai, meu Deus", disse Eurídice. Um fino soluço desprendeu-se da sua garganta.

De repente, tudo ficou claro para mim. Que imbecil eu fora! Eu tivera todos os dados do quebra-cabeça e não conseguira juntá-los. Agora estava entendendo tudo. Sabia quem era Maria, a mulher referida na história que Suzy me contara no bangalô no dia em que fora morta e sabia mais ainda, quem a havia assassinado.

"Continue", disse Guedes, que surgira não sei de onde. Era a única pessoa calma naquela varanda.

"Dona Belinha não apareceu para o nosso encontro. Levei o meu cavalo para beber água no riacho do Cachorro d'Água", disse o Ermitão.

"Seu cavalo está sem uma ferradura?", perguntou Guedes.

"Está."

"Continue", disse Guedes, suave, mas com autoridade.

"Depois, quando voltava, ouvi gritos num bangalô. Fui ver o que era. Eram duas pessoas discutindo. Ouvi um grito. Entrei na varandinha e vi tudo. Depois fui embora. Não tinha nada com isso."

"O que foi que você viu?"

"A moça bater com aquele boneco na cabeça da outra. Não pensei que tinha matado. Eu não tinha nada com isso, fui embora. Meu lugar é lá em cima."

"Foi sem querer, juro que foi sem querer", murmurou Eurídice, as lágrimas escorrendo pelo seu rosto. "Ela começou a falar mal de você, disse que ia contar para todo mundo quem você era."

"Isso não tinha a menor importância", gritou Carlos.

"Pensei que você não queria que ninguém soubesse", chorou Eurídice.

Maria-Carlos abraçou Eurídice.

"Que importância tem saberem que eu sou uma mulher? Eu sou uma mulher, estão satisfeitos?", disse Maria-Carlos olhando para nós com rancor. Imaginei-a vestida de mulher, de sapatos altos, mostrando o esplendor físico de seu corpo atlético, que agora eu notava, disfarçado pelas roupas largas que ela usava, queimando o coração de homens e mulheres que a viam passar em seu "andar de elegância perturbadora". Pensei no Diadorim do Guimarães Rosa, mas logo vi que nada havia, além do disfarce e da habilidade equestre, que assemelhasse as duas.

Estávamos todos perplexos, emocionados e confusos, com exceção do tira Guedes. A história fora entendida por todos, até certo ponto. Carlos era uma mulher disfarçada de homem e havia entre ele, digo, ela e Suzy e Eurídice uma relação até então desconhecida de todos, de amor, de ciúmes e que acabara em morte. Estávamos de olhos arregalados e respiração presa. Só eu sabia que Maria-Carlos tentara matar o marido, e pretendia manter esse segredo, decisão fortificada pela visão patética de Eurídice chorando no ombro de Maria.

"Posso ir embora?", perguntou o Ermitão. A pergunta foi feita a Guedes.

"Deixa eu falar primeiro com o delegado de Pereiras, para cancelar a ordem de prisão contra você."

Quando Guedes ia saindo para ir à sala onde estava a aparelhagem de rádio pela qual Trindade se comunicava com Pereiras, eu lhe disse: "Fale ao Trindade para providenciar a carreta. Eu estou querendo ir embora daqui o mais rápido possível."

"Nós também", disseram os outros hóspedes.

Fui com Minolta para o bangalô. Arrumamos as malas.

"Você não está aliviado?", perguntou Minolta.

"Não. Estou preocupado com Guedes."

"Preocupado por quê? Você está escondendo alguma coisa de mim?"

"O que poderia estar escondendo de você?"

"Não dá bola para esse tira imbecil", disse Minolta. "Ele não é imbecil."

A carreta com o delegado só chegou depois do almoço, bastante parco naquele dia, porém saboroso. Dona Belinha, que trabalhava na cozinha, resolvera pedir as contas e ir morar no meio do mato com o Ermitão; passou a manhã arrumando suas coisas. Rizoleta ficara tão perturbada ao descobrir que Eurídice, por quem desenvolvera um carinho de mãe durante o pouco tempo em que a moça ficara sob seus cuidados, era uma assassina, que teve uma crise de nervos e ficara acamada. Quem fez o almoço foi Trindade, que, felizmente, era um bom cozinheiro, não tão bom quanto a esposa, evidentemente. De qualquer forma conseguiu fazer umas costeletas de porco muito saborosas, uma farofa de linguiça e um tutu e uma couvinha à mineira também deliciosos.

O escrivão tomou o depoimento do Ermitão no Casarão do Refúgio. O delegado queria que o Ermitão fosse até Pereiras. "Só vou morto, doutor", ele respondeu, e o delegado viu que o homem estava dizendo a verdade e mandou o escrivão tomar o depoimento ali mesmo.

Afinal, as joias de Suzy não haviam desaparecido. Estavam todas numa bolsa, dentro de uma mala. O delegado arrolou as joias e me pediu que assinasse como testemunha. Recusei-me a isso. Queria envolver-me o mínimo possível com a polícia.

Antes de descermos todos, na carreta, para Pereiras, Guedes conseguiu ficar a sós comigo por uns momentos. Estávamos na copa, onde eu fora em busca de um café.

"Quando eu cheguei aqui havia aquela comoção e eu não pude lhe dizer uma coisa", disse ele.

"Diga."

Ele disse. Senti minhas pernas tremerem, quando Guedes acabou de falar.

"Não é verdade", eu disse. "Isso é um absurdo."

"Quer que eu lhe conte como foi que descobri?", ele perguntou.

"Ah, você está aí", gritou Minolta da outra ponta do salão, "está todo mundo esperando por você. A carreta já vai partir."

Durante a descida, na carreta, eu e Guedes não conversamos. Aliás, eu não conversei com ninguém.

"O que você tem?", perguntou Minolta.

Não respondi. O que eu tinha?... Pensava: "Até a hora da morte ninguém pode garantir que sua vida é feliz... A dor sofocleana... lembrei-me: não quero que a morte me ache e acabe comigo da maneira suja, dolorosa e humilhante que escolheu para mim... A morte é sempre uma coisa suja, me disse o médico, quando fui falar com ele, pode não ser dolorosa, pode até não ser humilhante, mas é sempre suja..." Valetudinis adversae impatientia...

Chegamos em Pereiras a tempo de pegar o ônibus que ia até Cruzeiro, de onde podiam ser feitas conexões para o Rio e para São Paulo.

"O que você fez com a minha história?", me perguntou Roma, em Cruzeiro.

"Nada. Apenas a li, como você queria."

"Eu precisava fazer aquele desabafo", disse Roma. "As coisas aconteceram exatamente como descrevi."

"Inclusive o beijo na boca do sapo?"

"Exatamente assim, tudo. Incrível que você tenha escolhido precisamente este tema para me dar. Mas foi bom, aquilo precisava ser contado para alguém."

Tirei os papéis da minha maleta. Roma pegou os papéis e ficou olhando para eles. Depois, num gesto abrupto, rasgou-os em pequenos pedaços, jogou numa lata de lixo que havia perto. Talvez seja esse mesmo o destino final de todos os papéis escritos, cartas, livros, testamentos, diários, contratos, escrituras, depoimentos... o lixo...

Anotei o endereço de Roma e Sílvio; anotei o endereço de Juliana e de Orion. Sabia que nunca mais iria vê-los. Como nunca mais iria ver Maria-Carlos e Eurídice. Lamento não ter dado mais atenção a Carlos, digo Maria. Era uma pessoa interessante e aquele triângulo, as três mulheres de amores entrelaçados, continha mistérios intrigantes que mereceriam ser decifrados. Senti pena de Maria e Eurídice, naquele momento, na certamente fria e feia delegacia de Pereiras, enfrentando desamparadas a sórdida burocracia dos tiras. Quando perguntei a Maria (com Eurídice não adiantava falar, estava num estado quase catatônico) se precisava de ajuda ela respondeu que não, que em Cruzeiro telefonaria para um advogado de São Paulo, muito competente. Uma mulher corajosa.

Dormi no ônibus, caído sobre o ombro de Minolta. Quando chegamos à estação rodoviária Novo Rio, o tira Guedes, depois que apanhamos as malas, me disse:

"Amanhã de manhã passo na sua casa."

5

Guedes chegou às dez da manhã. Eu conhecia os seus hábitos. Ele certamente rondara minha casa, como um cão sarnento, faminto, desde o raiar do dia.

"Queria ficar com ele sozinho, por favor", eu disse para Minolta.

Magoada, ela saiu da sala. Ouvi o barulho da porta batendo.

"Ela vai acabar sabendo", disse Guedes.

"Sabendo o quê?"

"Um crime nunca existe isolado, em estado de pureza, se é que posso falar assim. Em volta dele gravitam outras ações e omissões delituosas, uma constelação de vilanias e torpezas. O mal é contagioso", disse Guedes.

"Para uns é inspirador e instigante. Filosofemos, inspetor." Guedes fungou, limpando o nariz.

"Eu vim aqui para lhe dizer que tenho testemunhas que o viram perto da rua Diamantina, na noite em que Delfina Delamare apareceu morta."

"O senhor está louco. Se eu fosse Victor Hugo o senhor virava meu personagem."

"Bernarda viu o senhor. Lembra-se de Bernarda? Estava com um cachorro. Na rua Abade Ramos."

"Nunca andei em nenhuma rua Abade Ramos. E o assaltante que confessou que matou Delfina?"

"Já falaremos sobre ele. Mas já posso lhe adiantar que a confissão era falsa. Agenor recebeu dinheiro do marido para isso."

"E como é que essa mulher se lembra do dia em que teria me visto?"

"Era o dia do aniversário de Adolfo. Adolfo é o cachorro."

"O culpado é o marido. Só você não vê isso. Ele sabia que éramos amantes. Seu Guedes, tenho mais o que fazer, preciso escrever o meu livro, *Bufo & Spallanzani*, acho que já lhe falei sobre isso."

"Sim... Sim..." Ele pareceu, por instantes, ter desistido da nossa conversa. Isso já acontecera em outra ocasião em que havíamos estado juntos, quando o tira também se ausentara do diálogo que mantinha comigo e passara a me contemplar pensativamente. Que conjecturas estariam passando pela sua cabeça naquele momento? Eu concordara em receber Guedes apenas para saber se ele descobrira alguma coisa ligada ao meu passado negro, ao crime do coveiro.

"Não vim aqui esperando fazê-lo assinar uma confissão. Não estou com pressa. Ainda há pouco o senhor falou no Agenor da Silva, o vigarista que confessou ter matado Delfina Delamare. Ele foi assassinado."

"E o que tenho eu com isso?"

"As pessoas que o mataram pretendem assassinar outra pessoa. Foi isso que eu vim aqui lhe dizer."

"Já lhe disse que não estou interessado neste assunto."

"A outra pessoa que querem matar é o senhor."

O tira foi embora sem me dizer quem eram as pessoas que pretendiam me matar. Mas eu sabia. Até então eu pensara que jamais sentiria algo tão horrível quanto a ameaça de voltarem a me prender. Logo depois de fugir do manicômio, nas poucas vezes em que saía do meu esconderijo, eu via em cada pessoa um agente da lei, um inimigo, principalmente se o sujeito fosse barbudo. Eu tinha um medo particular dos barbudos, naquela ocasião, achava que eram psiquiatras com poder de dar eletrochoques, delatores, detetives que iam me prender, oficiais de justiça, promotores públicos prontos a me acusarem ali mesmo, no meio da rua. Era uma coisa infernal, um sofrimento que pensei ser o mais intolerável de todos. Mas o pior momento, descobri naquele dia, logo depois que Guedes saiu da minha casa, é saber que existe alguém que quer matar você, seja por ódio, seja por recompensa. Quando houve o caso Estrucho, na Panamericana, eu também me sentira ameaçado, mas não de maneira tão pessoal e tangível como agora.

O que pode fazer um cidadão pacato como eu ao saber que querem matá-lo? A primeira ideia que passa pela cabeça de qualquer um é ir procurar a polícia. Mas eu não confiava na polícia, não queria e não podia pedir ajuda à polícia. E não acreditava que Guedes estivesse interessado em me proteger. O seu torto senso ético talvez considerasse justo que eu fosse morto, desde que ele pudesse prender o assassino, e o mandante, principalmente. Aqui volto à pergunta que fiz: o que deve fazer um cidadão pacato ameaçado de morte? Primeiro, identificar o seu perseguidor. Esse eu sabia quem era, mesmo sem Guedes ter dito. Era Eugênio Delamare. Seu ódio por mim devia ser incomensurável: certamente ele teria achado as cartas que eu escrevera para Delfina. Nessas cartas, além de falar dos nossos poetas favoritos, como Baudelaire, Pessoa, Pound, Drummond, Auden e Bocage, eu rememorava o que havíamos feito na cama, ações libidinosas abrasivas, delirantemente lúbricas, candidamente sórdidas, descritas com a maior crueza, relatos que deixariam Bataille morto de inveja por não tê-los escrito. Creio que Delamare ainda não havia lido as cartas quando veio me visitar, ao descobrir que eu era amante de Delfina, e ameaçou castrar-me e "deixar-me sangrar como um porco até morrer". Deve tê-las encontrado depois que Delfina morreu. E se ele queria fazer aquilo comigo, antes de ver as cartas, eu podia imaginar quais seriam os seus planos agora.

Muito bem — pensei naquele dia em que o tira sebento, Guedes, foi à minha casa como mensageiro da má notícia —, a primeira providência já está tomada, identificar o meu algoz.

Em seguida eu poderia fazer duas coisas:

1. Fugir dele, Delamare. Viver é saber se evadir (ver Greene). Eu não fazia outra coisa nos últimos vinte anos.

2. Tornar inoperante o poder que me ameaçava, isto é, acabar com Eugênio Delamare antes que ele acabasse comigo. Essa hipótese, a princípio, me deu uma certa repugnância. Mas após consi-

derar a vileza do caráter imundo de Delamare, a circunstância de que ele não tinha filhos ou outros parentes que sofressem com a sua morte (o que gerava a agradável perspectiva de toda a sua fortuna ir para o Tesouro Nacional), comecei a me habituar, e logo passei a gostar da ideia de matá-lo. *Gostar* talvez não fosse a palavra correta, não era exato que a morte dele me desse prazer. Alívio sim, era isso o que eu almejava com a sua morte. Alívio do medo.

Mas de que maneira eu poderia matar Eugênio Delamare? Eu havia matado — bem, o coveiro fora morto involuntariamente, por acaso, por inépcia; na verdade a minha experiência de assassino não valia grande coisa. Matar Delamare com as minhas próprias mãos, esganando-o? Ou dando-lhe pauladas? Facadas? Pontapés? Mordidas? (Mordidas, evidentemente, não. Primeiro, eu não mordia homens, nem que fosse em legítima defesa; em segundo lugar, para matar um homem a dentadas você tem que ser tigre ou cachorro danado.) Tiros. Essa era a melhor maneira. Eu não teria contato físico com Eugênio e não correria riscos. Afinal ele era um atleta, um homem forte e musculoso, capaz de resistir e lutar.

Eu não era um andarilho urbano, como Guedes, o tira, mas havia muitas ruas do centro da cidade que me agradavam particularmente, como as ruas República do Líbano, Constituição e Larga, entre outras poucas. Gostava de ficar olhando as vitrines das lojas de instrumentos musicais, de equipamentos eletrônicos; das casas que vendiam animais — peixes, quelônios, preás, cachorros, pássaros, gatos, cobras, lagartos, o diabo —; dos bric-à-bracs que vendiam até penicos velhos; mas principalmente gostava de ver as vitrines das casas de caça e pesca, com seus rifles, carabinas, revólveres, molinetes, arpões submarinos.

Um dia eu estava parado na porta de uma casa de caça e pesca, olhando um rifle com mira telescópica, quando um sujeito se aproximou de mim. Perguntou se eu estava interessado em alguma arma de fogo.

"Vendo pela metade do preço. Grande estoque", ele disse.

"Estou apenas olhando."

"Não precisa registrar na polícia. Tudo no maior sigilo."

Provavelmente me achou com cara de bandido, assaltante de banco. "Tenho uma metralhadora Ina, com munição."

Afastei-me apressado e nunca mais parei na porta daquela ou de outra loja de armas.

Mas agora, ali estava eu, para ver se o mesmo sujeito, ou outro, aparecia com as mesmas propostas. Perdi horas e horas, inutilmente, indo da porta de uma loja para outra. Ninguém apareceu.

Vamos voltar atrás um pouco e ver o que aconteceu pouco antes de Guedes ir me encontrar no Pico do Gavião. Agenor aparecera morto numa rua escura em Caxias (a cidade onde Roma descobrira Santinha, que curara a loucura do seu marido bailarino), perto do motel Luxemburgo, ao lado da avenida Brasil. Fora assassinado com três tiros na cabeça, três no peito e três no abdome. A uns cinco metros de distância estava caída uma mulher, que a polícia ao chegar ao local pensou que também estivesse morta. A mulher recebera dois tiros nas costas, e, apesar do calibre da arma utilizada, ainda estava viva. A polícia concluíra que haviam sido empregadas duas pistolas 45, os projéteis tinham camisa de metal duro, e os disparos ouvidos por testemunhas haviam sido feitos numa sucessão rápida, indicativa de arma automática. Agenor fora morto por disparos de uma única arma, com carregador de nove tiros, provavelmente.

Guedes demorou dois dias para tomar conhecimento da morte de Agenor. Logo que soube correu para Caxias, a fim de conversar com o encarregado das investigações.

"A mulher estava com Agenor, talvez tivesse saído do Luxemburgo, mas os empregados do motel negam isso. Os matadores, no mínimo dois, estavam interessados em matar Agenor, a mulher entrou de gaiata. Saiu correndo e levou dois tiros nas costas. Eles não perderam tempo para confirmar se ela havia morrido ou não. O cara que liquidou Agenor é cuidadoso, deu um tiro em cada têmpora e outro no olho direito, queria evitar a possibilidade de um desvio bamburro causado pela ossatura do crânio, isso acontece, você sabe. Além disso deu três tiros na barriga. Mesmo se ele fizesse isso dentro de um CTI, com os médicos em volta, prontos para entrar em ação, o Agenor se fodia. A mulher deu sorte."

"Onde ela está?"

"No hospital aqui de Caxias. Foi operada e passa bem."

"Você já a ouviu?"

"Vou lá hoje. Quer ir comigo?"

Ao chegarem ao hospital, Guedes e o policial de Caxias, Bráulio, um paraibano que tinha cara de sargento do Corpo de Fuzileiros Navais, foram levados por um médico de plantão até à beira da cama onde estava a mulher. Tinha um tubo enfiado no braço e outro no nariz.

"Ela ainda não está em condições de falar", disse o médico.

Nesse instante a mulher abriu os olhos e olhou o teto. Seus olhos eram cinzentos e opacos. Se houvesse alguma coisa no teto para ver, ela não teria visto. A mulher ainda não fora identificada. Não havia registro de suas impressões digitais nos arquivos consultados.

Para Bráulio o casal estaria entrando no motel; aquele não era um local de desova, de despejo de pessoas mortas em outro lugar. E os moradores de qualquer forma não transportariam um homem morto e uma mulher viva. O casal devia estar entrando, e não saindo; para entrar no motel era necessário parar na rua, em situação propícia à ação dos assassinos.

Guedes achava que, se o raciocínio de Bráulio fosse correto, a mulher que estava no hospital não devia ser a esposa de Agenor. "Esse negócio de levar a própria mulher pra motel é coisa de burguês", disse o tira. Nesse caso, a mulher de Agenor, que devia saber muita coisa, ainda estaria viva, escondida em algum lugar. Guedes achou melhor nada contar a Bráulio sobre as investigações que fizera envolvendo Eugênio Delamare e Agenor da Silva.

"Como é que ela é?", perguntou Bráulio.

"Não sei."

"Então é fácil", brincou Bráulio.

A mulher morreu na noite daquele dia em que foi visitada pelos tiras, sem ser identificada, sem fazer revelação alguma. O corpo foi removido para o Instituto Médico Legal, para ser autopsiado. Ficaria ali algum tempo e depois seria enterrado num cemitério de indigentes.

Guedes deduzira corretamente (tenho vontade de usar o adjetivo "inteligente", mas a ojeriza que sinto pelo tira não me deixa) que os assassinos que haviam matado Agenor e a mulher estavam também atrás de mim. Foi essa a verdadeira razão pela qual Guedes apressou-se a ir ao Refúgio. Não que ele se incomodasse com a minha morte, apenas a achava inconveniente e prejudicial, naquele momento, para as suas investigações. Acho que já disse isso.

6

Voltando às minhas andanças para comprar um revólver. No segundo dia, um sujeitinho pequeno e esverdeado se aproximou de mim, na porta de uma casa de armas, e perguntou se eu estava interessado em alguma.

"Estou."

"Siga-me."

Ele começou a andar sem olhar para trás. Caminhamos na direção da rua Camerino. Ao atravessá-la vi o velho prédio do meu colégio. Subitamente tive a revelação melancólica de que aquela fora a única época feliz da minha vida. Com grande tristeza percebi o tamanho da minha infelicidade desde que me tornara um adulto. Eu não fizera outra coisa senão me enganar, me evadir, através do sexo e da comida.

Eu estava imaginando a história de um escritor epicurista, hedonista etc., que decide purificar-se pela ascese, quando o sujeitinho verde embarafustou-se pela porta de um sobrado onde havia uma tabuleta dizendo: Fotógrafo — 5 minutos.

Quando cheguei à porta do sobrado o sujeito subia uma escada de madeira, apoiando-se num corrimão. Subi atrás. Ele me esperou no patamar.

"Por aqui."

Entramos na sala de espera do fotógrafo. O sujeito tirou uma chave do bolso e abriu uma porta. Penetramos num cômodo escuro, sem móveis, e ele bateu com os dedos, em código, numa porta grossa, que parecia forrada de ferro. Uma luz acendeu no cômodo vazio, um postigo se abriu na pesada porta e um par de olhos fixou-se em mim. Algum tempo depois a porta foi aberta e entramos num salão onde havia uma mesa, vários armários de madeira e arquivos de aço.

"Ele quer um revólver", disse o sujeitinho verde.

"Um 22, 38 ou 45?", perguntou o camarada que estava na sala.

"É para matar um homem", eu disse.

"Quer fazer um estrago nele? Arrancar o nariz, os dentes, o tampo da cabeça — além de matar?", perguntou o homem.

"Como é que é isso?", eu disse.

"Com um 22 você só mata. Com um 45 e munição dundum você estraçalha."

"O que é bala dundum?", perguntei.

Os dois homens olharam um para o outro e riram com desdém.

"Nosso amigo é um leigo, não sabe porra nenhuma. A gente tira o metal da ponta e deixa o chumbo aparecer. Depois faz uma cruz em cima do chumbo. Na hora do impacto o chumbo se arreganha. Já viu o estrago?"

"Quarenta e cinco com dundum", eu disse.

O sujeito abriu um armário, de onde retirou uma pistola enorme, negra. "Pente de sete tiros e mais um na agulha", ele disse. "É carregado pela culatra, assim. Puxando você introduz o cartucho na câmara. Agora é só apertar a tecla do gatilho." O sujeito me explicou também como funcionava o dispositivo de segurança. "Quando não estiver usando a arma pressione a asa do registro, que trava o cão e o retentor. As automáticas são muito traiçoeiras."

Antes de sair perguntei: "Este revólver é bom mesmo, posso confiar nele?"

"Não é revólver. É pistola. Revólver tem um tambor, um cilindro. Você está vendo algum cilindro nesta arma?" O homem balançou a cabeça. Quando saí da sala, ouvi que ele dizia entre dentes: "Puta merda, confundir revólver com pistola!"

Quando cheguei em casa coloquei o revólver, digo, pistola, em cima da mesa, ao lado do TRS-80, e fiquei olhando para as duas máquinas. A pistola me pareceu mais bonita e, não sei por quê, me deu inspiração, vontade de escrever.

Liguei o TRS-80. Primeiro o printer, Epson FX-80, conectado no computador. Depois, no drive o coloquei o Superscripsit e no drive 1 um floppy disk, para arquivo. A luz vermelha em cima dos drives acendeu e apagou quando o TRSDOS foi carregado. Mês, dia e ano, ENTER, hora, minutos, segundos, ENTER, luz vermelha acendendo e apagando, nos dois drives. READY. Escrevi: SS. ENTER. O menu do programa apareceu na tela. Bati O.

Name of document to open?

Escrevi Bufo.

ENTER.

Na tela, Open Document Options:

Document name: Bufo: 1

Author: Gustavo Flávio.

Operator: GF

Comments: Romance

Printer type: LP 8

Lines per page: 54

Pitch: P

Line spacing (to 3 + , " + " = 1/2): 1

1st page to include header: 1

1st page to include footer: 1

Novamente: ENTER

Apareceu a screen page: a tab line, com o ghost cursor e a status line e as especificações de impressão do documento. No alto da "página" o cursor piscava. Tudo pronto para escrever.

As palavras foram aparecendo na tela à medida que eu escrevia:

> Material de arquivo. Spallanzani considera Bufo um indivíduo estúpido. Apetite sexual e gastronômico de Bufo. Eu e Bufo. Paralelo. So many writers, Conrad for instance, have been aided by being brought up in a métier utterly unrelated to literature. Inglês é o latim dos tempos modernos. Lévi-Strauss: De fato não estou muito otimista em relação ao futuro de uma

humanidade que se reproduz tão rapidamente que se tornou uma ameaça para a sua própria sobrevivência, antes mesmo que lhe comecem a faltar os elementos mais essenciais como o ar, a água, o espaço. Estou olhando o revólver, digo, pistola, aqui ao lado. Chega de lérias.

Parei de escrever.

Print command: apertei a tecla CONTROL e bati P. Fiquei ouvindo o rápido matraquear da Epson. Arranquei o papel com os caracteres que havia escrito e joguei na lata de lixo. ("O melhor amigo do escritor": Singer) Para que guardar aquilo no arquivo do computador? Defini o bloco apertando as teclas CONTROL e X. Na status line apareceu:

Delete Copy Move Adjust Search Freeze Hyph Print Linespace?

Bati a tecla D, significando Delete, apagar.

Na status line: You have asked to remove this block. Are you sure? (Y or N)? Você pediu para eliminar este bloco. Tem certeza? (Sim ou Não)? O Superscripsit é sempre muito cuidadoso, quando você manda apagar algo maior do que um parágrafo. Bati Y e imediatamente aquele monte de letras desapareceu da tela e foi eliminado do arquivo. Apertei a tecla CONTROL e a tecla Q, quitting the document, voltando para o main menu. Na tela:

(O) Open a document
(D) Display disk directory
(S) System setup utility
(P) Proofread a document
(C) Compress a document
(A) ASC II text conversion utility
(E) Exit to TRSDOS

Escrevi: KILL BUFO: 1. Bati a tecla ENTER.

O TRSDOS procurou e encontrou o que havia no drive 1 sobre *Bufo & Spallanzani*, e apagou tudo, a ouverture que eu colocara no arquivo, contendo o encontro do cientista com o batráquio, a primeira aparição de Laura, a torre de La Ghirlandina com o sino, a história da infância de Spallanzani, minhas anotações, o plano geral do livro, tudo foi extinto, destruído, numa fração de segundos. Não existia mais *Bufo & Spallanzani* sobre a face da Terra, tudo jogado na grande lata do lixo do oblívio. O comando KILL era tão peremptório que o computador obedecia sem discutir a ordem recebida.

KILL. Matar, destruir. Para matar Delamare também bastava apertar uma tecla do gatilho da pistola ao meu lado. Minha imaginação vagava.

Bateram à porta.

Pelo visor vi que era um sujeito carregando um enorme buquê de rosas, ornamentado com fitas coloridas.

"Gustavo Flávio?", perguntou ele.

Então percebi tudo e tentei fechar a porta, mas era tarde demais. Ele encostou a arma no meu peito e disse: "Para dentro."

Entrou atrás de mim, fechando a porta com o pé. Jogou as flores no chão, com displicência.

"Ponha as mãos para trás", disse. Com habilidade algemou os meus pulsos. "Deita aí", disse friamente, apontando para o chão. Estirei-me de barriga para baixo. Ouvi-o discando o telefone.

"Já entrei. Mole, mole. O puto tem uma Colt. Antiga." Desligou.

"Olha aqui", comecei.

"Cala a boca." Ele não falava com raiva, mas era um tom seco e intimidante.

Com dificuldade virei o rosto para ver onde o sujeito estava. Sentara-se numa das poltronas da sala, ereto, as duas mãos apoiadas nas pernas. A pistola sumira. Olhou-me, impassível. Se alguma coisa podia ser lida no seu rosto inescrutável era um enorme desinteresse por mim.

A campainha tocou, fazendo meu coração bater. Ouvi o homem abrir a porta. Pelos sons deviam ser duas as pessoas que acabavam de chegar. Quando fui virar a cabeça, para olhar quem havia chegado, levei uma coronhada na nuca.

"Fica quieto."

Senti que o meu cinto era afrouxado e o zíper da minha calça aberto. Minhas calças foram puxadas para baixo.

"Ei!", protestei.

Outra coronhada, seguida de uma dor fina na nádega. Haviam me dado uma injeção. Um dos homens passou no meu foco de visão. Tinha barbas negras. Lembranças dos dias no manicômio vararam a minha cabeça. Psiquiatras. Detetives. Promotores públicos. Juízes. Flores, em cima de uma sepultura. A lápide se abriu como num filme de vampiro e um sujeito todo vestido de negro, com uma flor branca na lapela, sorriu para mim e disse muito prazer, Maurício Estrucho.

"A pior forma de autoridade", disse Estrucho, "a mais arrogante e dissimulada, é a do artista: ele julga, de forma implacável, quem pensa diferente dele, sempre fingindo-se de justo e imparcial." Quando comecei a estranhar aquela fala de Estrucho, o seu rosto foi envelhecendo, uma barba branca apareceu no seu rosto e quem falava comigo era Tolstói: "Afinal quando é que você vai terminar essa merda do *Bufo & Spallanzani*?" Quando eu ia dizer que *Bufo & Spallanzani* havia sido KILLED pelo computador, o sonho acabou.

7

Ouvia vozes. Eu estava numa incômoda cadeira de avião. Sendo grande e gordo, era para mim um desconforto viajar nas estreitas poltronas dos aviões. Aquela cadeira onde eu estava era apertada, tanto quanto todas as outras. Abri os olhos e vi um par de pernas nuas levantadas. Eram as minhas pernas! Que pesadelo era aquele? Fechei novamente os olhos.

Alguém bateu no meu rosto. Primeiro de leve, depois com mais força. Tentei perceber o que estava acontecendo. Havia um sujeito que eu conhecia.

“Eu sei quem é você”, balbuciei.

“O puto ainda está dopado.”

“Você é o Eugênio Delamare”, eu disse.

“Você consegue contar cem, de trás para a frente?”, perguntou Delamare.

“Claro”, eu disse. “Cem... noventa... noventa...”

“Eu quero que ele esteja em condições de ver e perceber tudo”, disse Delamare para um dos sujeitos ao meu lado. Eram três, os homens que estavam com ele, envoltos numa neblina.

“Isto é uma adega”, eu disse. Tentei apontar a infinidade de garrafas de vinho deitadas em prateleiras ao longo das paredes, mas minhas mãos estavam amarradas.

“Você fechou a porta de cima?”, disse Delamare.

“Fechei”, disse um sujeito. Era o motorista dele. As imagens começavam a ficar mais claras.

"Está vendo isto aqui?", perguntou Delamare.

Era uma faca. Brilhava refletindo a luz do teto.

Senti um frio nas minhas pernas nuas. Senti um frio no meu coração. Notei então que estava amarrado numa mesa obstétrica, como uma mulher que fosse parir um filho.

"Vou arrancar os seus colhões. Lembra-se de que eu lhe prometi isto?", disse Delamare.

Os outros homens em volta riram. Um deles era o entregador de flores.

Comecei a me debater em pânico, mas meus braços, minhas pernas e o meu tronco estavam fortemente atados por arames que dilaceravam a minha carne. Sangue começou a escorrer pelo meu corpo.

"Fiz muito isso, com os meus bois, na fazenda. Mas com você é mais agradável", disse Delamare.

Fechei os olhos.

Eu sempre ouvira dizer que quando uma dor é muito forte, você não a sente. É verdade.

"Faça ele abrir os olhos."

Alguém me esbofeteou com violência.

"Sabe o que é isto?" Delamare aproximou a mão do meu rosto. Segurava entre o polegar e o indicador uma bola bege, como um gomo de jaca, ovalar, lisa, fosca, compacta. "É um dos seus colhões, garanhão."

Com as unhas Delamare lacerou o ovo, desenrolando os longos tubos que pareciam cordões, como se o meu testículo fosse um novelo de fios grossos.

"Você já viu luta de cães de combate?", perguntou Delamare, enquanto desenrolava os cordões do meu testículo. "Sempre que vou à Inglaterra vou ver uma luta de cães, são as melhores do mundo, os ingleses sabem fazer as coisas, eles têm classe, têm tradição. Quando ainda é um filhotinho, o cão de combate, o pit bull terrier, um cruzamento de bulldog com terrier, começa a ser ensinado a desejar a carne e o sangue dos outros cães, como alimento."

Delamare assumiu uma atitude de conferencista. Meu testículo era agora uma comprida tripa fina que arrastava pelo chão. Seus asseclas ouviam-no respeitosamente.

“Quando chega à idade de combate o cão é deixado vários dias sem comer em companhia de outro animal fraco, em cujo corpo foram feitos ferimentos sangrentos. Não preciso dizer o que acontece. O bull terrier despedaça o outro cão. Isso é repetido várias vezes, na fase de treinamento. Mais tarde usam um cão sem ferimentos, que é também feito em pedaços e devorado. O bull terrier passa então a ver todo e qualquer cão como um inimigo a ser retalhado e comido. Eu não vou fazer isso com você, não sou um cão feroz. Vou apenas tirar-lhe os colhões, um depois do outro, sem pressa, sem açodamento — eu lhe prometi isso, lembra-se? —, e depois, culminando esta festa, vou cortar o seu pênis e jogar tudo no lixo. Espero que isto não venha a prejudicar a sua criatividade. Eu gosto dos seus livros. Além disso, é muito tarde para você iniciar uma carreira no bel canto e não creio que ainda empreguem castrati nas casas de ópera.”

Delamare cortou cuidadosamente o outro lado do meu saco escrotal e retirou delicadamente o meu segundo e último testículo. Então, desmaiei de pavor.

Acordei no hospital. A primeira coisa que o médico me disse foi que eu não sofria risco de vida. Eu havia perdido um pouco de sangue mas fora decidido que não deveria tomar nenhuma transfusão, tendo em vista os riscos de aids, hepatite etc.

Delamare não tivera tempo de cortar o meu pênis. Guedes, o tira sebento, que estava vigiando o milionário, chegou com outros policiais a tempo de impedir que isso acontecesse. Delamare e os bandidos que estavam com ele morreram no tiroteio dentro da adega da rua Sara Vilela. Dois policiais também haviam morrido.

Testículos eu não tinha mais. O médico me assegurara que a única deficiência que eu sofreria por isso era a esterilidade. A minha potência sexual não seria afetada pela ablação testicular. Por motivos psicológicos ele me aconselhava a fazer uma prótese, com a implantação de testículos de vinil, “com o peso e formato idênticos aos verdadeiros”.

“Como é que vão saber qual o peso e o formato dos verdadeiros?”

"A gente calcula, não é difícil", ele disse.

Eu não acreditava em nada do que o médico dizia. Também não estava disposto a aceitar a sua sugestão de consultar um psicólogo, analista ou lá o que fosse.

Fiquei poucos dias no hospital. Logo que pude fui para casa. Mas não para a minha, para a de Minolta, em Iguaba.

"Você está diferente, mas acho bom a gente sumir uns tempos."

A casa tinha televisão, mas eu evitava ver os telejornais. Não queria tomar conhecimento do *Caso Delamare*. Minolta, porém, sempre me contava alguma coisa do que assistira na TV. Em resumo:

O milionário Eugênio Delamare contratara o assassino profissional Agenor da Silva, da quadrilha de bandidos que controlava os presídios do Rio de Janeiro, conhecida como Facção Jacaré, para matar sua esposa Delfina Delamare, pois descobrira que ela era amante do escritor Gustavo Flávio. Agenor da Silva fora detido pela polícia, após cometer o crime. Mas conseguira fugir, misteriosamente. Outros pistoleiros da Facção Jacaré, Pedro de Alcântara, vulgo Chanfra, e Jorge Luís, vulgo Chumbo Grosso, assassinaram Agenor, numa típica queima de arquivo, para evitar que ele viesse a acusar Eugênio Delamare como mandante do assassinato da esposa. O milionário Delamare queria também vingar-se do amante de sua mulher. Chanfra e Chumbo Grosso, a seu serviço, sequestraram o escritor Gustavo Flávio, para matá-lo após submetê-lo a sevícias. O inspetor Guedes e dois auxiliares invadiram a residência do milionário no momento em que o escritor era torturado. No tiroteio entre a polícia e os bandidos, morreram Delamare, Chumbo Grosso, Chanfra e o motorista do milionário, Matinho, que também torturava o escritor. Ficaram feridos e faleceram ao dar entrada no hospital os dois policiais que acompanhavam Guedes. A participação de Guedes está sendo investigada pela Justiça. Consta que Guedes teria estado com o milionário antes da fuga de Agenor e que Delamare teria subornado o policial, para facilitar a fuga do pistoleiro, permitindo a sua morte em seguida. A chacina comandada por Guedes na casa do milionário seria uma forma de o policial eliminar todas as pessoas que poderiam incriminá-lo, denunciando sua participação criminosa no intrincado caso. O policial havia sido suspenso das suas funções, enquanto era instaurado inquérito contra ele.

"Uma verdade que é contada pela metade é pior do que qualquer mentira que se possa inventar" (Ver Blake*), eu disse. "Eles descreveram as tais sevícias que sofri?"

Minolta titubeou.

"Mais ou menos. Sabe de uma coisa: eu acho que isso tudo vai ajudar a vender os teus livros."

"O quê? Alguém comprar o livro do escritor só porque ele foi castrado?"

Minolta ficou calada.

"Quem deve estar feliz é Zilda."

"Eu não havia pensado nela", disse Minolta. "Mas não há perigo. Você está muito diferente."

"Estou com pena do Guedes."

"Do tira? O cara te perseguiu daquela maneira e você tem pena dele?"

Ficamos algum tempo calados.

"Será que o meu pau vai voltar a ficar duro?"

Minolta sentou-se ao meu lado e puxou a minha cabeça de encontro ao seu ombro. Afastei-a de mim.

"De que adianta continuar vivendo se o pau da gente não fica mais duro?"

"Existem outras coisas importantes", disse Minolta.

"Está vendo?", eu disse desanimado, "você também acha que eu me tornei um eunuco."

"Deixa de ser bobo."

"Nós, homens, não podemos dar outra coisa ao mundo senão um pênis duro. Mas vocês, mulheres, criaram tudo, o fogo, a roda, a cerâmica, a agricultura, a cidade, o museu, a astronomia, a moda, a culinária, o prazer, a arte (ver Mumford). A única coisa que os homens têm é o pau duro. E nem isso eu tenho mais."

---

* Blake não disse exatamente isso. Disse: "A truth that's told with bad intent/ Beats all the lies you can invent."

"Deixa de dizer besteira", disse Minolta.

Fomos deitar e eu fingi que dormia. Mas não consegui enganar Minolta.

"Ivan? Você está acordado?"

"Estou."

"Quer falar sobre as mulheres?"

"Não posso."

"Eu sinto que você quer me dizer alguma coisa. Sinto que você está escondendo alguma coisa de mim. Tenho sofrido muito com isso."

Fiquei calado. A noite foi passando e nós dois ficamos acordados sem falar um com outro.

O dia começou a raiar.

"Eu vou falar mas você não me interrompe. Está bem?"

"Está bem", disse Minolta.

"Não diga uma palavra enquanto eu estiver falando."

"Não direi."

8

"Normalmente eu me encontrava com Delfina no meu apartamento, já lhe contei isso, à uma hora da tarde. Eugênio ainda não chegara da viagem que haviam feito juntos, a tal viagem à Europa. Ela viera na frente para aproveitar a liberdade e disse que queria ir assistir ao ensaio da minha peça, que começava às onze horas da noite. Nós nunca saíamos à noite quando o marido estava no Brasil. Fomos. É engraçado ver os atores se atirando de cabeça nas intenções que descobrem nos meus diálogos. Naquele dia a coisa melhor era uma das atrizes, muito jovem. Quando cheguei, não lhe dei a menor importância. Mas, aos poucos, comecei a prestar atenção às pernas dela, aos movimentos do seu corpo sob as luzes fortes dos refletores. Lembro-me de que fiz para Delfina uma reflexão idiota sobre o movimento, algo assim: os rios são mais bonitos do que as montanhas porque se movimentam, e os cavalos, mais bonitos do que os rios porque se movimentam para onde querem, e os homens, quer dizer, as mulheres, mais bonitas do que os cavalos porque inventam movimentos. Algo assim, inspirado pela moça. Pensei que seria bom eu me apaixonar por ela. Creio que Delfina percebeu isso. Do ensaio fomos para o meu apartamento. Já deitados, percebi que não estava entusiasmado por Delfina, como sempre. Ela perguntou, para me excitar, com qual das amigas dela eu gostaria de ir para a cama. Denise, eu respondi, e ela perguntou se eu iria fazer com Denise o que fazia com ela.

"Delfina, inesperadamente, comentou que a sua avó dizia que na sexta-feira da Paixão, antigamente, quando a avó ainda era jovem, os cinemas só exibiam a vida de Cristo e as estações de rádio — não havia ainda televisão — só transmitiam música clássica, de preferência marchas fúnebres. Depois acrescentou que não estava se sentindo muito bem, que no dia seguinte ia ao médico, o doutor Baran, saber o resultado de alguns exames que fizera antes de viajar.

"O doutor Baran disse que ela estava com um câncer incurável e que tinha poucos meses de vida. Você pode imaginar o horror dessa situação, alguém receber notícia de que sofre de uma doença horrível. Hoje vejo que existem coisas piores.

"Ela saiu do consultório do doutor Baran e foi ao meu apartamento. Disse, aparentando calma e até um certo sangue-frio, que estava com leucemia. Ao vê-la tão controlada, fiquei pasmo. Nunca pensei que ela tivesse tanta coragem.

"'A Morte escolheu para mim uma maneira suja, dolorosa e humilhante de dizer adeus', disse Delfina com um sorriso triste. Mas ela queria se despedir do seu modo e não como a Morte havia decidido. Agora falava da Morte como se fosse uma pessoa conhecida. Deve estar pensando em se matar tomando barbitúricos, pensei. De fato, Delfina havia imaginado acabar com a vida assim e passara a noite com um frasco cheio de comprimidos na cabeceira da cama. 'Lembra-se do seu livro *Trápola*? Aquela mulher que se suicida com um tiro no coração, com um revólver calibre 22? Você diz que a morte dela foi instantânea, que ela nada sofreu, nem mesmo se sujou de sangue', disse Delfina. Expliquei que aquilo era um romance, que eu não sabia se a pessoa sofria ou não, se sujava a roupa ou não et cetera. Discutimos um longo tempo até que acabei concordando com ela. Se alguém quisesse se matar, um tiro bem no coração seria a maneira mais rápida e mais limpa. Mas se ela não tinha coragem de se matar engolindo alguns comprimidos também não teria apertando o gatilho de um revólver. 'Quem vai apertar o gatilho é você, como se fosse eu', disse Delfina. 'Não me peça isso, supliquei, pelo amor de Deus, não me peça uma coisa dessas!' Mas ela insistiu e, quanto mais desesperado eu ficava, mais calma e racional Delfina se mantinha. Passamos o dia inteiro discutindo aquilo. Várias vezes tive vontade de fugir, deixá-la sozinha no meu apartamento, desaparecer correndo pelas ruas e houve até mesmo um momento, pouco antes de Delfina afinal me convencer, que senti vontade de morrer para escapar da tortura mental a que ela me submetia. Colocou na minha mão o revólver niquelado — não sei onde ela o arranjou —, que eu larguei no chão, com repulsa e medo. Mas, na verdade, eu já estava então convencido de que matá-la seria um gesto de bondade da minha parte, até mesmo de arrependimento e generosidade. A ideia do carro foi dela mesma. Delfina escolheu o carro porque não incriminaria ninguém e também porque o corpo seria encontrado logo. A rua foi sugestão minha, sabia que era sem saída e por isso não tinha movimento. Uma vez me perdera ali tentando encontrar uma casa no Jardim Botânico.

"Era meia-noite quando chegamos à rua Diamantina. Queríamos que a rua estivesse deserta, como estava. Delfina perguntou se havia uma maneira de não estragar a blusa dela, não queria aparecer descomposta para quem a encontrasse. Abri os botões da sua blusa de seda e a carne rosada do seu peito surgiu, iluminada fracamente pela luz do poste da rua. Ela passou a mão no meu rosto e enxugou as minhas lágrimas. 'Eu te amo, muito obrigada', ela disse. Tentei ver os seus olhos, se ainda existia neles algum calor e paixão, a mesma chama resistente que havia nas pupilas de Bufo, mas Delfina, num gesto de recato e despedida, fechou as pálpebras. Eu pretendia fazê-la empunhar a arma e apertar o seu dedo sobre a tecla do gatilho, qualquer escritor de livros policiais sabe que ficam marcas de pólvora na mão dos suicidas com arma de fogo. Mas quando ela me disse, tão generosamente, querendo apaziguar minha alma, que me amava, eu só pensei em acabar depressa com o sofrimento dela. Atirei no seu infeliz coração no exato momento em que ela sorriu para mim. Como no meu livro, não saiu sangue do ferimento e a sua blusa, que abotoei cuidadosamente, ficou limpa. O sorriso dela se desfez, mas no seu rosto de olhos fechados pude ver que Delfina não sofrera e que estava alegre, acho até que feliz, no seu último instante de lucidez, de vida. Foi isso o que aconteceu. Essa é a verdade. Não me olhe assim, não posso fazê-la voltar a viver, para morrer de câncer. Não me chame de demônio astucioso. Se você quiser eu vou agora mesmo contar tudo ao Guedes, vou me entregar à polícia. A vida para mim já não vale mais nada. Você quer? Anda, diga."

SAPOS & SAPIENS
SÉRGIO AUGUSTO

Assim como *O caso Morel* (1973) era um romance do romance ou da frustrada biografia de um artista plástico, escrita por um delegado *ghost-writer*, *Bufo & Spallanzani* é o romance de um romance *in progress* abandonado no meio do caminho, pois outras histórias (& memórias) seu protagonista tinha para contar. Histórias vividas (como investigador de uma seguradora e amante de uma grã-fina) e ouvidas (no Refúgio do Pico do Gavião) por Ivan Canabrava, ex-professor primário oculto ou, melhor, refugiado num pseudônimo, Gustavo Flávio, inspirado em Gustave Flaubert, não porque ele seja particularmente obcecado pelo *mot juste*, e sim porque na época em que o adotou não ligava para mulheres, também preferindo, como Flaubert, canalizar toda sua energia para a criação literária. Sem no entanto optar por *foutre l'encrier*, literalmente, pois escrever à mão, enfiando a pena no tinteiro, ou mesmo a lápis, nunca foi a sua. Como o próprio Rubem Fonseca, Ivan, ou melhor, Gustavo Flávio, foi um pioneiro na arte de criar ficções num computador, no tempo em que um TRS-80 com DOS na ignição, drive para disquetes e Superscripsit para a edição de textos era a última palavra em matéria de desktop.

Policial algo farsesco, de estrutura especular ou "em abismo", para usar *l'expression juste*, *Bufo & Spallanzani* começa com um pesadelo assombrado por Tolstói e segue em frente com uma ruminação sobre o ofício de escritor, com Gustavo questionando a *fureur d'écrire* de Flaubert e perfilhando a satiríase produtiva (muitas amantes, muitas obras) de Georges Simenon e Guy de Maupassant. Se já tivesse encontrado Minolta, na certa teria escolhido outro *nom de plume*, quem sabe Gustavo Simeão, se bem que o único nome por ele próprio cogitado como opção, Frederico Guilherme, nos remete ao filósofo Friedrich Nietzsche, cuja sombra sobre o romance — marcado pelo eterno conflito da construção e da destruição, da vida e da morte, do amor e do ódio, da satisfação e da insatisfação, de pulsões e forças que não cessam de se entrelaçar e de se separar, de Eros e Tânatos, enfim — merecia um estudo à parte.

JORNAL DO BRASIL — sexta-feira, 4/4/86 □ 1º caderno □ 11

MILLÔR

Bufo & Spalanzani & Eu

Noutro dia, aqui mesmo no JB, interrogado pelo repórter André Ervilha, respondi que não apreciava romances policiais. Esqueci justamente dos "policiais" melhores e mais recentes: **O nome da Rosa**, excelente livro, muito bem urdido e bem **pensado**, embora lento e o extraordinário **Bufo & Spalanzani**, do Rubem Fonseca, cheio de imagina-ginação (tanta que foi nele que o Ruschi colheu a idéia para o envenenamento por sapo) com tramas e subtramas perfeitas e uma cultura específica com a qual o autor sacaneia todo o tempo a erudição. Um pequeno capolavoro. No meu caso pessoal o livro traz ainda o interesse nada desprezível de uma vivência paralela à do autor (conheço os mesmos meandros, academias de ginástica semelhantes, as mesmas fundas tricas e futricas entre homem e mulher, as tediosas pretensões intelectuais dos intelectuais e a definitiva desonestidade dos probos. Só não conheço, nem quero conhecer, o interior da polícia).

Sublinhei e comento aqui com o autor:

1) Falando de Delfina Delamare, na página 15, RF se refere a ela como **a cinderela órfã quase se casara com um milionário** (...) **os jornais e revistas davam grande destaque ao casamento da moça pobre...** mas na página 22, quando o corpo da mesma Delfina espera para ser autopsiado, RF escreve, **Delfina Delamare, talvez pela primeira vez na vida, esperava a vez de ser atendida**, implícita aqui, naturalmente, a idéia de que Delfina vivera sempre a vida, protegida dos poderosos. **Quandoque bonus dormitat Homerus, Rubem?**

2) Na pág. 200, uma firmação impensável num descendente de Grimot de La Reymière: "Não sou daqueles que comem bacalhau em grossas postas assadas, isso é uma rudeza gastronômica só comparável ao **steak tartar**." Bom, quanto ao bacalhau, isso é uma longa discussão entre portugueses e escandinavos. Mas RF só fala assim do **steak tartar** porque jamais saboreou tal pitança preparada pelo **maître** Giuseppe Fugliano, do Nino-Copacabana. Giuseppe, 80 anos em novembro — e que viva outro tanto! — italiano do Piemonte, lembra fisicamente o Flávio Rangel, alto, magro, elegante, cabelos brancos transparentes. O **steak tartar** não está no seu cardápio **et pour cause.** Giuseppe o faz para amigos. Mas atenção: uma pessoa sozinha comer uma porção inteira é um erro gastronômico. O **steak tartar** é pra ser comido pouco e saboreado muito. Uma **finesse** não uma **rudesse**.

3) Mas minha maior emoção na leitura de RF não me veio do crime nem do fato dele acontecer na rua Diamantina (onde em tempos idos morava minha irmã, se não me engano o próprio autor, também um garotinho chato que depois virou o Marco Maciel e onde, anos mais tarde, todos vivemos grandes momentos na cobertura de Vinícius de Morais. Não é pouco pruma rua de 100 metros) mas das 10 linhas na pág. 198 que eu poderia ter escrito, palavra por palavra: "Eu lia a história de um homem famoso com a maior indiferença, quando não com desprezo. Mas era capaz de ficar embevecido ante a fotografia de um "popular anônimo", no meio da rua ou mesmo trepado no estribo de um velho bonde. Jamais me interessei em conhecer um homem ou mulher famosos. Mas queria muito ter conhecido, por exemplo, aquela telefonista de olhos grandes e vestido comprido que aparecera na inauguração da primeira central telefônica do Rio de Janeiro, no Sec. XIX."

Me senti desgraçadamente traído por RF nessa referência à telefonista. Afinal ele e eu somos da mesma geração. Mas não, fui olhar na capa da lista telefônica de assinantes da Cidade do Rio de Janeiro, 1983, minha paixão é por uma moça magra também de vestido comprido, branco, sapatos brancos, um chapéu branco de abas cobrindo-lhe o rosto. Sentada no banco envernizado de uma central telefônica dos anos vinte, ela remexe na bolsa, de cabeça baixa, como quem procura... uma ficha? Está lá, sentada, imóvel no mesmo gesto irretocável, rodeada por quatro cabines telefônicas e um balcão de madeira onde três telefonistas esperam. Há um silêncio em volta, que era o da época e agora é de sempre. Um relógio, pendente do teto, marca eternos 10 pra uma. De que dia? De que ano? Não sei. Quando cruzei com a moça, eu já era um velho jornalista e ela uma velha fotografia.

Coluna de Millôr Fernandes para o *Jornal do Brasil*, em 4/4/1986. Com seu habitual bom humor, Millôr resenha *Bufo & Spallanzani*, um livro "cheio de imaginação [...] com tramas e subtramas perfeitas e uma cultura específica com a qual o autor sacaneia todo o tempo a erudição".

Lançado no fim de 1985, pela editora Francisco Alves, e recebido pela crítica como um "misto de história de amor e drama policial", no limite entre o trágico e o romântico, a delicadeza e a grossura, a abjeção e o grotesco, o ridículo e o inverossímil, "na verdade ultrapassando em muito o simples rótulo de classificação", na avaliação do poeta Fernando Py e outros resenhistas, *Bufo & Spallanzani* poderia intitular-se *Sapos e homens*, já que é de batráquios e *homo sapiens* (e um estoico *homo sexualis*, Ivan/Gustavo) que suas histórias se alimentam. O sátiro que as relata não repele esse reducionismo ("É apenas uma história de sapos & homens", esclarece aos demais hóspedes do agathachristiano Refúgio do Pico do Gavião), sem deixar de salientar como improcedente qualquer aproximação com o célebre romance *Of Mice and Men* (*Ratos e homens*), de John Steinbeck, e sua simbologia. Os ratos, no livro de Steinbeck, eram uma metáfora para os marginalizados da sociedade americana, enquanto os sapos do romance que Gustavo Flávio não consegue engrenar podem ser vistos como uma metáfora sobre a violência do saber e a utopia do progresso — ou sobre a superioridade

O PAÍS — Domingo, 2/2/86 — O GLOBO

A guerra das vedetes

OTTO LARA RESENDE

"— Não foi! — Foi! —Não foi!"

Manuel Bandeira

Em matéria para *O Globo* de 2/2/1986, Otto Lara Resende se mostra impressionado com a aula de Rubem Fonseca sobre sapos.

do tesão sobre a dor —, ainda que tais ilações pareçam incomodar o Bufo epicurista que o assina.

A chegada do romance de Rubem Fonseca às livrarias foi badalada por um longo debate no "Caderno B" do *Jornal do Brasil*, coordenado por Zuenir Ventura e com a participação de três jornalistas, um crítico literário e o delegado Ivan Vasques. Amigo histórico do escritor e membro honorário de sua galeria de personagens *à clef*, Vasques, durante o debate, só assumiu sua semelhança com o detetive Guedes no quesito perseverança, pondo em dúvida sua competência. Se fosse "um detetive 100%", teria percebido que a blusa de Delfina estava abotoada quando encontrou seu cadáver e descartaria, *in limine*, a hipótese de suicídio. Mas essa "falha sensacional", ponderou Vasques, pode ter sido deliberada, para despistar os leitores ou humanizar Guedes ainda mais.

Bufo & Spallanzani já chegou disputando as primeiras colocações na lista de *best-sellers* com Milan Kundera (*Risíveis amores* e *A insustentável leveza do ser*), Marguerite Duras (*O amante*) e Luis Fernando Verissimo (*A mãe de Freud*). Em maio, assenhoreou-se do topo da lista e também se transformou no primeiro *audiobook* nacional. Àquela altura, o país acompanhava a luta desesperada do naturalista Augusto Ruschi para sobreviver aos efeitos letais do veneno de um sapo, coincidência salientada por Otto Lara Resende em sua coluna dominical no jornal *O Globo*, toda ela dedicada ao que aprendera sobre batráquios com o velho professor Ceresso e ao imenso prazer que a leitura do livro lhe proporcionara.

Em seu espaço diário no *Jornal do Brasil*, Millôr Fernandes, que considera o romance um "pequeno *capolavoro*", com tramas e subtramas perfeitas "e uma cultura específica com a qual o autor sacaneia todo o tempo a erudição", também se lembrou de Ruschi, insinuando, de brincadeira, que o cientista "colhera a ideia para o envenenamento por sapo" em *Bufo & Spallanzani*. Nunca se soube se Ruschi, atraído pelo nome do fisiologista italiano, lera o romance antes de morrer, em junho de 1986.

Adaptado pelo próprio Rubem Fonseca, Patrícia Melo e Flávio R. Tambellini, *Bufo & Spallanzani* virou filme em 2001, dirigido por

Delfina Delamare e outras mortes

Bufo & Spallanzani, de Rubem Fonseca — Ed. Francisco Alves, 337 pp. Cr$ 62.000.

Deonísio da Silva

Muitos mistérios rondam a ficção de Rubem Fonseca. Um deles: sua obra é fascinante, mas os comentários feitos a cada novo livro empenham-se muito mais em apreciar o autor, não o romance que produz.

Agora mesmo está ocorrendo o de sempre: a propósito de **Bufo & Spallanzani**, rastreia-se a vida do cidadão Rubem Fonseca. Se ao menos fosse a do escritor... Ou se tais resenhistas tivessem um pouco da competência dele para levantar a vida pregressa das personagens...

Os que conhecem Rubem Fonseca, sabem que muitas de suas opiniões acerca de temas preferenciais são encontráveis em toda a sua ficção, desde o livro de estréia, **Os Prisioneiros**, até este último. Mas que novidade é esta? E que importância tem isso? Coisa muito óbvia: todos os escritores fazem igual. Às vezes, disfarçam seus gostos e repulsas através de uma rede de metáforas.

Terá algum proveito o leitor saber das obsessões do autor? A compaixão do narrador para com os sofrimentos dos justos está presente também em **Bufo & Spallanzani**, principalmente quando as personagens são seres frágeis, indefesos e vulneráveis à máquina social, montada exatamente para ser apoiada neles.

Neste romance, ao invés de Mandrake, o detetive culto e sagaz, apreciador de

finas iguarias e um bom charuto, encontramos um tal Guedes, sem nenhuma leitura, mas igualmente perspicaz. É ele, como Mandrake, quem desvenda a trama: o assassinato da bilionária Delfina Delamare.

Mulheres lindas povoam a ficção de Rubem e não faltam aqui. A variação na caracterização de tais personagens parece inesgotáveis.

Ele não se repete de jeito nenhum ao compor uma nova mulher. Podem até ser muito parecidas umas com as outras, tomadas no conjunto da obra, mas o narrador sempre reserva a cada uma delas a marca de certa originalidade. O conhecimento é extraído delas mesmas, como Spinoza ensinou.

E, assim, tanto o escritor Gustavo Flávio, com sua dieta de leitura riquíssima e variada, quanto o quase analfabeto Guedes acabam por extrair de si mesmos um conhecimento essencial ao leitor.

Como sempre ocorre na ficção de Rubem, não é só uma a morte que desafia o leitor. Retirado de tudo, posto no "refúgio do pico do gavião", um grupo reduzido de personagens tem outro crime para perturbá-los: o de Suzy. E, num estreato, outro: o de um marginal pago para assumir um crime que não praticou. Como Shakespeare, Rubem sabe matar. Matará também a sua curiosidade, leitor amigo: eu apenas duvido que você leia o livro somente uma vez.

Em matéria para a *Leia livros* (São Paulo, jan. 1986, p. 25), Deonísio da Silva lembra as mulheres de Rubem: "Ele não se repete de jeito nenhum ao compor uma nova mulher. Podem até ser muito parecidas umas com as outras, tomadas no conjunto da obra, mas o narrador sempre reserva a cada uma delas a marca de certa originalidade."

Tambellini, com José Mayer no papel de Ivan/Gustavo, Maitê Proença (Delfina), Tony Ramos (Guedes), Isabel Guéron (Minolta), Juca de Oliveira (professor Ceresso) e Gracindo Jr. (Eugênio). Conquistou quatro prêmios, inclusive o de melhor roteiro, no Festival de Miami, e quatro Kikitos no Festival de Gramado.

Capa da primeira edição de *Bufo & Spallanzani*, publicada pela editora Francisco Alves no fim de 1985.

Bufo & Spallanzani ao redor do mundo: capas das edições estrangeiras de um dos mais importantes livros da década de 1980.

O AUTOR

Contista, romancista, ensaísta, roteirista e "cineasta frustrado", Rubem Fonseca precisou publicar apenas dois ou três livros para ser consagrado como um dos mais originais prosadores brasileiros contemporâneos. Com suas narrativas velozes e sofisticadamente cosmopolitas, cheias de violência, erotismo, irreverência e construídas em estilo contido, elíptico, cinematográfico, reinventou entre nós uma literatura noir ao mesmo tempo clássica e pop, brutalista e sutil — a forma perfeita para quem escreve sobre "pessoas empilhadas na cidade enquanto os tecnocratas afiam o arame farpado".

Carioca desde os oito anos, Rubem Fonseca nasceu em Juiz de Fora, em 11 de maio de 1925. Leitor precoce porém atípico, não descobriu a literatura (ou apenas o prazer de ler) no *Sítio do Pica-pau Amarelo*, como é ou era de praxe entre nós, mas devorando autores de romances de aventura e policiais de variada categoria: de Rafael Sabatini a Edgar Allan Poe, passando por Emilio Salgari, Michel Zévaco, Ponson du Terrail, Karl May, Julio Verne e Edgar Wallace. Era ainda adolescente quando se aproximou dos primeiros clássicos (Homero, Virgílio, Dante, Shakespeare, Cervantes) e dos primeiros modernos (Dostoiévski, Maupassant, Proust). Nunca deixou de ser um leitor voraz e ecumênico, sobretudo da literatura americana, sua mais visível influência.

Por pouco não fez de tudo na vida. Foi office boy, escriturário, nadador, revisor de jornal, comissário de polícia — até que se formou em direito, virou professor da Escola Brasileira de Administração

Pública e de Empresas da Fundação Getulio Vargas e, por fim, executivo da Light do Rio de Janeiro. Sua estreia como escritor foi no início dos anos 1960, quando as revistas *O Cruzeiro* e *Senhor* publicaram dois contos de sua autoria.

Em 1963, a primeira coletânea de contos, *Os prisioneiros*, foi imediatamente reconhecida pela crítica como a obra mais criativa da literatura brasileira em muitos anos; seguida, dois anos depois, de outra, *A coleira do cão*, a prova definitiva de que a ficção urbana encontrara seu mais audacioso e incisivo cronista. Com a terceira coletânea, *Lúcia McCartney*, tornou-se um Best-seller e ganhou o maior prêmio para narrativas curtas do país.

Já era considerado o maior contista brasileiro quando, em 1973, publicou seu primeiro romance, *O caso Morel*, um dos mais vendidos daquele ano, depois traduzido para o francês e acolhido com entusiasmo pela crítica europeia. Sua carreira internacional estava apenas começando. Em 2003, ganhou o Prêmio Juan Rulfo e o Prêmio Camões, o mais importante da língua portuguesa. Com várias de suas histórias adaptadas para o cinema, o teatro e a televisão, Rubem Fonseca já publicou 17 coletâneas de contos, uma antologia, um livro de crônicas e 12 outros livros, entre romances e novelas. Em 2013, lançou *Amálgama*, vencedor do Jabuti de contos e crônicas. Em 2015, ficou entre os finalistas na mesma categoria com seu *Histórias curtas*. No início de 2017, lançou *Calibre 22*. Em 2018 chegou ao público seu último livro, *Carne crua*.

OUTROS LIVROS DO AUTOR

Os prisioneiros
A coleira do cão
Lúcia McCartney
O homem de fevereiro ou março (antologia organizada pelo próprio autor)
O caso Morel
Feliz ano novo
O cobrador
A grande arte
Vastas emoções e pensamentos imperfeitos
Agosto
Romance negro e outras histórias
O selvagem da ópera
O buraco na parede
Histórias de amor
E do meio do mundo prostituto só amores guardei ao meu charuto
A confraria dos espadas
O doente Molière
Secreções, excreções e desatinos
Pequenas criaturas
Diário de um fescenino
Mandrake, a bíblia e a bengala
Ela e outras mulheres
O romance morreu
O seminarista

José
Axilas e outras histórias indecorosas
Amálgama
Histórias curtas
Calibre 22
Carne crua

Direção editorial
Daniele Cajueiro

Editora responsável
Janaína Senna

Produção editorial
Adriana Torres
Mariana Bard
Laiane Flores

Revisão
Cristiane Pacanowski | Pipa Conteúdos Editoriais

Projeto gráfico de miolo
Angelo Bottino

Diagramação
Futura

Este livro foi impresso em 2020 para a Editora Nova Fronteira.
As fontes usadas no miolo são Garage Gothic e Starling.